無知之城

H.P. Lovecraft

李函──譯

堡壘文化

The Nameless City
& Other Stories

短篇怪談選+克蘇魯神話故事傑作選

目錄

推薦序
這是一條讓洛夫克拉夫特走向恐怖電影界的偉大道路　龍貓大王通信　9

譯者序
洛夫克拉夫特的怪談、獨立短篇與補遺。　李函　13

一、《外神》（*The Other Gods*）　17

幻夢境中的諸神為了躲避人類而搬遷到未知城市卡達斯。來自烏撒的智者巴爾賽，企圖帶著年輕的徒弟阿泰爾登上哈瑟格基亞山，並親眼目睹眾神狂歡的景象……《夢尋祕境卡達斯》曾多次提及這樁事件。

五、《神殿》（*The Temple*） 57

第一次世界大戰期間，一艘德國海軍潛艇發現了一具水手浮屍，屍體手上緊握著一只象牙製塑像。當一名潛艇水手將塑像占為己有後，幻覺、浮屍、叛變，各種怪事逐漸在潛艇上發生……

六、《赫伯特·衛斯特：甦屍者》（*Herbert West—Reanimator*） 73

醫學院學生赫伯特·衛斯特認為人體是能被重新啟動的複雜機器。某次，衛斯特在屍體內注入了他製造的特殊藥劑，並使屍體復甦為發狂的殭屍，之後，事情就變得越來越失去控制……

本故事曾於一九八五年拍成電影。

七、《達貢》（*Dagon*） 111

敘事者逃離俘虜自己的德軍潛艦後，搭乘救生艇漂流到一處神祕小島。他在島上陸續發現了龐大且結構怪異的巨石碑，上頭寫滿了意義不明的象形文字，其中包含許多海洋生物的圖騰，此時，一隻巨型生物從海中冒出……

本篇故事大幅影響了洛夫克拉夫特日後對克蘇魯神話的描寫，也包含了許多日後知名的恐怖元素。

八、《無名之城》（*The Nameless City*） 119

敘事者在阿拉伯半島找到了一處失落的地底城市，並發現了許多不適於人類居住的矮小建築結構。在一座神殿中，敘事者也發現了排列在牆上的不明爬蟲類生物遺骸……

本故事為洛夫克拉夫特首度提及《死靈之書》，也普遍被認為是克蘇魯神話體系的第一篇作品。

九、《獵犬》（*The Hound*） 137

主角與朋友這對盜墓賊，某日前往挖掘一個傳奇盜墓賊的墓穴，卻在墓場附近聽見了不祥的狗吠聲。兩人挖出棺木後，發現其中的遺骸身上有多處遭到野獸啃咬撕裂的傷口，脖子上也戴著《死靈之書》所記載的一只護身符。兩人偷走護身符後，身邊便開始頻繁發生怪事，也經常聽到狗吠聲……

十、《牆中鼠》（*The Rats in the Walls*） 149

搬回英格蘭家族古宅的美國人迪拉坡爾，夜間在宅邸中總會聽到牆裡傳來細微的聲響。不只迪拉坡爾感到怪異，連他的貓也經常追著牆內的聲響奔跑。為了調查宅邸內的祕密，迪拉坡爾邀來朋友與科學家，對宅邸地下的巨型洞穴進行探勘，卻發現迪拉坡爾先祖的駭人祕密……

十一、穿越萬古（*Out of the Aeons*） 175

一艘紐西蘭貨船的船長，將在南太平洋上某座神祕火山島上，發現的一具木乃伊與一只裝有捲軸的圓筒，捐贈給波士頓的卡波特博物館，並吸引了學術界與大眾的注意，某日館內因故解剖木乃伊，才發現……

米斯卡托尼克大學的學生吉爾曼在阿卡漢租下了「巫宅」中的閣樓房間，據說女巫凱茲雅．梅森曾居住於該處。住在屋內的吉爾曼，開始經歷不尋常的惡夢……

恢復神智的皮斯理，原本以為自己因為心理疾病而失去意識，卻被告知自己其實以不同的人格度過了好幾年。每晚出現的怪異夢境，也使皮斯理對自己的經歷感到恐懼。在經歷催眠後，他才回想起發生在自己身上的怪異事件……

推薦序

這是一條讓洛夫克拉夫特走向恐怖電影界的偉大道路

——龍貓大王通信

日後我們提到「無以名狀」這個形容詞時，許多人都會聯想到不世出的恐怖大師H.P.洛夫克拉夫特。不過，在他仍在世時，這個形容詞應該刪掉兩個字更合適一點：「無名」才是最適合洛夫克拉夫特的形容詞。花了很長一段時間，時代才進化到跟上他對於恐懼的深刻了解，而在這段時間裡，許多取材、致敬、模仿洛氏小說的恐怖電影，是讓更多人認識洛夫克拉夫特的主要動力之一。

《無名之城》收錄了洛氏自一九一九年至一九三六年的十三部短篇小說，時間維度幾乎涵蓋了洛氏的創作生涯，但這並不是我們需要閱讀《無名之城》的原因。這本書真正有趣之處，在於它揭示了一條通往名為洛夫克拉夫特這座「無名之城」的偉大道路：這本短篇小說集，收錄了幾部最偉大的洛氏小說改編電影的原著作品。

如果以為談到洛氏，就一定要提到克蘇魯與那些無可名狀的外神，那是對洛夫克拉夫特才華的嚴重低估，而《無名之城》裡的《赫伯特．衛斯特：甦屍者》能讓你轉變印象。這篇故事裡沒有令人恐懼的天外邪神，只有一位「擁有纖細五官、一頭金髮、蒼藍色眼珠與柔和嗓音」的瘦弱年輕人衛斯特，這位外表人畜無害的醫學生有著堪稱為邪惡的夢想：他想要找到起死復生的秘方。衛斯特沒有失去親人、他也並未身懷重病，而他無來由地藐視死亡，認為逆轉生死是一種可以被克服的醫學障礙。

《赫伯特．衛斯特：甦屍者》與你看過的醫學偉人傳記驚異地類似，衛斯特不斷地面對實驗失敗、改進、再實驗……只是這些實驗裡使用了大量的屍體、而實驗失敗的後果往往是製造出吃人活屍。衛斯特某種程度上是「無以名狀」定義的最佳詮釋者，他醉心於復活實驗並非為財為權、他也不是夢想征服世界的惡魔、他只是為了追求醫學的極致而瘋狂——不擇手段，完成最高道德。讀者很難從私德層面去批評這樣為最高道德而瘋狂的夢想家……同時在閱讀他的實驗過程中，自己的道德標準也被漸漸地扭曲：你也許甚至會暗暗期望，衛斯特能夠證明人定勝天。

分為六章的《赫伯特．衛斯特：甦屍者》，呈現洛氏拿手的多樣化風格，有些章節直到最後一句話，才能品嚐到洛氏刻意忍到最後一秒才迸發的殘忍；有些章節殘忍至極，甚至轉化為某種荒謬的喜劇氛圍。當一九八五年電影《幽靈人種》（*Re-Animator*）改編《赫伯特・衛斯特：甦屍者》時，它並沒有照本宣科地闡述小說劇情，但它懂得保留小說裡混合殘忍、暴力與喜劇的多種元素，製作出一部集腥羶色大全的恐怖電影。小說與電影同等精彩，而它們之間有著不同的故事、以及相似的劇情核心。如果你看過《幽靈人種》，當你閱讀《赫伯特・衛斯特：甦屍者》時，一定能感受兩個跨越六十年光陰的版本之間，互相呼應唱和的趣味。

一九一九年的《達貢》被改編為二〇〇一年電影《異魔禁區》（*Dagon*）；一九三四年的《來自異界》被改編為一九八六年電影《靈異殺陣》（*From Beyond*）；二〇〇五年影集《恐怖大師》（*Masters of Horror*）其中一集改編了一九三三年的《巫宅夢》；而在本書中《無名之城》與《獵犬》裡提及的「死靈之書」，更在包括《屍變》（*The Evil Dead*）、《鬼玩人》（*The Evil Dead II*）、《夜夜破膽》（*Necronomicon*）、甚至是《十三號星期五》（*Friday the 13th*）第九集《星期五末日》（*Jason Goes to Hell: the Final Friday*）裡被提及。《無名之城》的十三篇故事，不只留給這些恐怖電影最棒的改編基礎，它們還以漫畫、廣播劇、舞台劇、網路短片等等形式被改編翻拍，擴散到流行文化之中，讓更多觀眾與讀者接觸了洛氏作品的驚駭創意。

不只被改編，這十三篇故事本身也有豐富的電影性，例如《神殿》裡的一戰德軍潛艇艦長，在某尊詭異的象牙神像逐漸帶領全艦步入瘋狂後，這位自豪自傲的普魯士軍人，始終拒絕相信這些非理性的迷信，並且視瘋狂為意志不堅的示弱，他宛如《白鯨記》的鐵血船長，心中逐漸增長與船員的恐慌截然不同的瘋狂。讀者在閱讀過程中，絕對會想起《從海底出擊》（*Das Boot*）或是《赤色風暴》（*Crimson Tide*）等等令人神經緊繃的經典潛艦電影，在數百公尺的深深海底，除了水壓、隨時備戰的壓力、還有某種誰也不敢說開的詭異，滲入艙壁瀰漫在堅強的士兵之間。

從恐怖電影開始認識洛夫克拉夫特的朋友，《無名之城》是深入洛氏宇宙的最佳捷徑；想要了解洛氏作品為何如此適合改編成為電影的朋友，這本書是讓妳理解洛氏成為恐怖電影最愛的最好證據。而對沉默多年的台灣洛氏信徒們而言，這是補足教主偉大視野的一塊美麗拼圖。

譯者序

洛夫克拉夫特的怪談、獨立短篇與補遺。

本書譯者　李函

洛夫克拉夫特筆下的克蘇魯神話，已讓當代讀者產生了明確的既定印象：來自繁星的邪神、追逐奧祕卻自尋死路的主角，與無法避免的悲劇。在這些故事中，驅使角色行動的原因，全都是企圖對某件謎團追根究柢的好奇心。對各類奇異事跡的好奇心，永遠是洛夫克拉夫特作品的核心要素。但與其他奇幻或科幻作品不同的是，洛夫克拉夫特的角色們，總會因好奇心而墮入求生不得、求死不能的深淵。無論是為了追尋遺忘的回憶、癡迷於禁忌知識或苦於解決平凡的怪異小問題，角色們往往會一頭栽進環環相扣的神祕事件；等到他們終於察覺事情的嚴重性時，卻已跨進了不該踏入的疆域。洛夫克拉夫特的作品中，好奇心害不死貓，卻容易害死跟在貓身後的人。

無論是廣為人知的克蘇魯神話，或早期主題較為獨立的短篇故事，好奇心的致命要素都已滲透進故事脈絡。與大眾對他筆下異星妖魔的刻板印象不同的是，洛夫克拉夫特相當強調人物的理智心態。經歷怪誕情況的人物們，每每拒絕相信身邊發生的一切，也總企圖用充滿學術風格的研究或調查方式，為異常事件做出合理解釋。這些鐵齒得可說是不見棺材不掉淚的可憐人，儘管察覺到自己已踏入流沙般的惡夢，卻總是因貪求一窺迷霧後的真相，而落入無窮悔恨。對神祕事物的追尋，以及對理智的古板堅持，形成了洛夫克拉夫特作品中的矛盾特色。這樣的劇情走向，也大幅影響後代創作者，並成為當代恐怖作品常見的橋段。

克蘇魯神話最常引發學者與邪教徒們好奇心的來源，莫過於《死靈之書》。熟悉相關作品的讀者們，對這本虛構著作肯定相當熟悉。它在洛夫克拉夫特筆下的各式作品中現身，為人與魔之間提供了兼具理性與瘋狂的橋樑。在不少故事中，它向研究人員提供了與異域神魔或外星生物有關的重要情資，也是旁門左道進行邪術時不可或缺的道具。在《克蘇魯的呼喚》與《夢尋祕境卡達斯》選集中，我們見識到《死靈之書》如何隱晦暗示了各類邪神的相關資訊。《死靈之書》於一九二四年出版的短篇故事《獵犬》首度登場，而與該書同樣惡名昭彰的作者，阿拉伯狂人阿布杜·阿爾哈茲瑞德，則早在一九二一年出版的《無名之城》中就已出現。儘管在各篇作品中，都只是片面描述阿布杜·阿爾哈茲瑞德與《死靈之書》，但枝微末節的影射，已經足以使讀者對這兩項元素產生強烈聯想。即使是熟悉這兩者的書中人物，也從未向讀者吐露過《死靈之書》的完整內容；同樣的留白方式，也為洛夫克拉夫特圈的其他作家與後代創作者所採用。

對死亡與異域的迷戀，不只出現在克蘇魯神話作品。一九二二年出版的《赫伯特．衛斯特：甦屍者》，便是洛夫克拉夫特在沒有影射任何自創神話元素的狀況下，創作出的短篇小說。更重要的是，這也是史上最早的殭屍故事之一，遠遠早於一九六八年上映的殭屍電影祖師爺《活死人之夜》（*Night of the Living Dead*）。這篇故事曾於一九八五年由導演史都華．戈登（Stuart Gordon）翻拍成電影，也延伸出兩部續集。與瑪麗．雪萊所著《科學怪人》中的科學家法蘭肯斯坦相較之下，衛斯特同樣著迷於征服死亡；但比法蘭肯斯坦更殘忍的是，衛斯特對復活行為近乎病態的執著，導致他犯下無數違反道德倫理的行為。雪萊在作品中探討了復活者的純真人性，洛夫克拉夫特則一如往常地將死亡設定為人類與異域間無法跨越的界線。對他而言，人物遭遇的發狂或死亡，都是理智的終止處；這點在他各類作品中也經常出現。衛斯特對生命與超自然現象的冷感，與擔任敘事者的助手對死後世界的好奇，在劇情中形成強烈對比，同時也凸顯出洛夫克拉夫特作品中獨特的矛盾：對未知事物的旺盛好奇，和對神祕真相的絕對抗拒。

《巫宅夢》與《超越時間之影》則以不同路線詮釋了好奇心引發的災難。《巫宅夢》敘述著迷於數學與民俗學的大學生吉爾曼，由於渴求透過數學來突破現實世界與其他次元之間的藩籬，而遭到女巫與外神使者奈亞拉索特普的糾纏，甚至在夢中被強迫拉入遙遠的異空間。《超越時間之影》的主角皮斯理，則為了找出自己陷入不明人格轉換症狀多年的原因，而深入研究諸多禁忌典籍與科學紀錄。對真相的渴求，最後使他踏上西澳洲的沙漠；他在沙漠底下的太古城市，發現了令自己驚駭無比的答案，但也無法從中獲得慰藉。《巫宅夢》的怪談風格，儘管與《超越時間之影》的科幻小說式架構有所不同，卻都講述了受到好奇心誘惑的理智人士，如何一步步受到異域誘惑，最後敗於超自然的宇宙勢力手下的故事。

這次收錄的十三篇故事，囊括了洛夫克拉夫特早期的短篇怪談，以及出自他生涯早期與晚期的克蘇魯神話故事，加上補充《夢尋祕境卡達斯》選集故事的《外神》，和洛夫克拉夫特與哈索．希爾德（Hazel Heald）合著的《穿越萬古》。每篇故事的主角們都因為受到好奇心的驅策，使自己面臨無法挽回的局面。在洛夫克拉夫特筆下，走火入魔般的好奇心，可能會比奈亞拉索特普或克蘇魯等邪神帶來更駭人的後果。如同《克蘇魯的呼喚》開頭所說：「世上最慈悲的事物，便是無法將所有事物聯想在一起的人心。」當人心做出了不該有的聯想，後果便不堪設想。這不只是克蘇魯神話作品的核心，也是洛夫克拉夫特的個人哲學。

一、《外神》

The Other Gods

地球的神明，居住在地球最高峰的頂端，祂們不願讓凡人見到自己。祂們曾居住在較為低矮的山峰上，但來自平地的人類，總會爬上滿布岩石與冰雪的山坡，迫使諸神搬遷到越來越高的地區，直到最後只剩下一座尖峰。祂們離開昔日居住的山峰時，便帶走了所有與自己有關的痕跡，據說只有一次例外：當時祂們在某座山的岩壁上留下了雕像，那座山名為恩格倫涅克山（Ngranek）。

但現在祂們已前往冰冷荒原中未知的卡達斯（Kadath），從未有人涉足該地，其態度也漸趨嚴厲，因為已經沒有更高的山峰，能讓祂們躲避人類的到來了。心態嚴峻的諸神們，儘管過往曾容許人類奪走祂們的住所，現在則禁止人類前來，或是來回此地。人類最好別聽聞到冰冷荒原中的卡達斯，否則就會不明智地攀登該處。

有時，地球諸神想家時，會在深夜造訪自己過去居住的山巔。當祂們試圖在回憶中的山坡上，用古老方式玩耍時，便會輕聲哭泣。人類在白雪皚皚的素萊山（Thurai）上感覺到諸神的眼淚，不過他們以為那是雨水。他們也從黎明時由萊瑞昂山（Lerion）吹來的微風中，聽到諸神的嘆息。眾神經常搭乘雲船旅行，睿智的佃農們則深知相關傳說，不敢在多雲的夜晚前往特定高峰，因為諸神已不如昔日和藹。

坐落於史蓋河（Skai）遠方的烏撒（Ulthar），曾住了位渴望目睹地球諸神的老人。他熟讀《玄君七章祕經》[1]，也很熟悉《納克特抄本》（*Pnakotic Manuscripts*），那本書來自遙遠又寒冷的洛瑪（Lomar）。他的名字是智者巴爾賽（Barzai the Wise），村民們則講述了他在怪異的月蝕夜，登上某座山的故事。

巴爾賽相當了解諸神，也清楚祂們的來去路線，還曾猜出諸神的許多祕密，使人們將他視為半神。他明智地建議烏撒居民通過嚴禁殺貓的傑出法規，也率先告訴年輕的祭司阿泰爾（Atal），黑貓在聖約翰之夜（St. John's Eve）午夜時的去處。巴爾賽熟知諸神相關的知識，也渴求親眼目睹祂們的真面目。他相信自己對神明抱持的深厚祕密學識，能保護自己不受祂們的怒氣所傷。因此某天晚上，他決定登上高聳且滿布岩石的哈瑟格基亞[2]山頂，因為他清楚眾神會在當地現身。

哈瑟格基亞位於海瑟格（Hatheg）遠方的岩漠，該地因此得名，如同寂靜神殿中的石像般矗立。山峰周圍的霧氣陰鬱地翻騰，因為迷霧即為眾神的回憶，昔日眾神居住於哈瑟格基亞之上時，祂們非常熱愛這座山。地球諸神經常搭雲船造訪哈瑟格基亞，當祂們在明月下的山巔懷舊地起舞時，就會在山坡降下蒼白霧氣。海瑟格的村民說，無論何時都不該攀登哈瑟格基亞。當蒼白霧氣遮蔽巔峰與明月時，夜間登山會讓人送命。但巴爾賽帶著自己的門徒阿泰爾，從鄰近的烏撒

---

1 譯注：*Seven Cryptical Books of Hsan*，不同版本中寫為《地球七章祕經》。

2 譯注：Hatheg-Kia，有些版本寫作「哈瑟格基拉（Hatheg-Kla）」。

來到此處時，完全不在意村民的說法。當時阿泰爾只是酒館老闆的兒子，有時也感到畏懼，但巴爾賽的父親是位住在古堡的伯爵，因此他的血液中並沒有平民的迷信，也只嘲笑了心懷恐懼的佃農們。[3]

巴爾賽與阿泰爾離開海瑟格。儘管農民們不斷懇求，他們依然出發前往岩漠，並在夜間營火旁談論關於地球諸神的事。他們旅行了許多天，並從遠處看到高聳的哈瑟格基亞，以及山巔旁濃密陰鬱的迷霧。第十三天，他們抵達了高山寂寥的山腳，阿泰爾也吐露了自身的恐懼。但年老的巴爾賽滿腹學識，心中也無所畏懼，於是他帶頭爬上自從山蘇（Sansu）的時代後，就無人登上過的山坡；發霉的《納克特抄本》中，曾記載了關於山蘇的恐怖紀錄。

道路非常崎嶇，沿路的裂隙、懸崖與落石，也使通道變得危機重重。之後天氣變得寒冷，也開始下雪。巴爾賽與阿泰爾邊用手杖和斧頭劈砍障礙物，邊往上走時，經常因此滑倒。最後，空氣變得稀薄，天空的色彩也隨之改變，登山者們也發現此時有些呼吸困難。但他們依然努力向上攀爬，除了對該處的奇異光景感到訝異，一想到當月亮出現在高空中、蒼白的霧氣也在周圍飄散時，屆時山頂上將出現的景象，就使他們感到興奮。三天來，他們以世界屋脊為目標，爬得越來越高，接著紮營等待雲霧遮蔽月亮。

過了四天晚上，沒有任何雲朵飄來，冷冽的月光則穿過寂靜山峰周圍的陰沉薄霧。而在第五天的滿月夜，巴爾賽望見北方遠處出現了濃密雲層，便和阿泰爾通宵望著雲朵逼近。厚重的雲朵以莊嚴的方式飄移，特意地緩緩向前移動；雲朵在山峰旁盤旋，於監看者頭頂的高空飄浮，並遮蔽了明月與山頂。監看者注視了漫長的一小時，霧氣不斷翻攪，雲層則變得濃厚又躁動。巴爾賽相當熟悉地球諸神相關的學識，於是他仔細傾聽特定聲響，但阿泰爾感覺到迷霧中的冰冷，以及夜色中的威嚴氛圍，也對此感到畏懼。而當巴爾賽開始往上攀爬，並熱切地向他招手時，阿泰爾則過了許久才跟上對方腳步。

霧氣非常濃厚，使道路變得難以行走，儘管阿泰爾最後終於追上，他依然難以看到巴爾賽的灰色剪影。從雲層中透出的月光下，可看到對方正攀爬著黯淡的山坡。巴爾賽往前走了非常遠的距離，儘管他年事已高，卻比阿泰爾爬得還輕鬆。他完全不怕陡峭的山路，就連強壯又無所畏懼的人，也無法適應這種坡度。即使是阿泰爾難以越過的漆黑寬闊裂隙，也沒有使他停下腳步。於是他們狂野地越過岩塊與深淵，途中經常跌撞摔跤，有時則對廣闊無聲的荒涼冰柱，與沉靜的花崗岩坡感到敬畏。

巴爾賽忽然在阿泰爾的視線中消失，當時他正在攀登一處醜惡的崖壁，崖壁似乎往外突出並擋住通道，並未受到地球諸神啟發的攀登者根本不可能通過此處。阿泰爾在下方遠處，正盤算著當自己抵達目的地時該怎麼做，此時他好奇地發現，周圍的光線變得更強，彷彿無雲的山峰與諸

3　譯注：關於阿泰爾後續的故事，參見《烏撒之貓》與《夢尋祕境卡達斯》。

神的聚會地已近在咫尺。等到他爬向突起的崖壁與變亮的天空時，便感到前所未有的恐懼。接著他從高處的霧氣中，聽到巴爾賽狂放又愉悅的喊叫聲：

「我聽到了神明的聲音。我聽見地球諸神在哈瑟格基亞上狂歡的歌聲！先知巴爾賽聽到了地球諸神的嗓音！霧氣已經變薄，月光明亮無比，我即將目睹在哈瑟格基亞上狂舞的眾神，祂們年輕時就厚愛此山。巴爾賽的智慧使他變得比地球諸神還偉大，祂們的咒語與屏障全然無法對抗他的意志；巴爾賽將見證諸神，那些驕傲的神明，神祕的神明，抗拒人類目光的地球諸神！」

阿泰爾聽不見巴爾賽耳中的聲響，但他已逼近了外凸的岩壁，並掃視該處是否有落腳處。巴爾賽的嗓音在他耳中變得越趨淒厲。

「霧氣非常稀薄，月亮也在山坡上灑下陰影。地球諸神的聲音高昂狂野，祂們畏懼智者巴爾賽的到來，因為我比他們更強大……月光隨著地球諸神舞動而閃爍，我將親眼目睹諸神在月光下舞動嚎叫的身影……光線變得黯淡，眾神驚懼不已……」

巴爾賽喊出這些話語時，阿泰爾感到周圍的空中傳來一股微妙變化，彷彿地球的自然法則全都臣服於更偉大的律法。因為，儘管坡度比之前更陡，上坡路卻變得出乎意料地好走，外凸的懸崖也完全不構成阻礙。他輕鬆抵達崖壁，並小心地爬過突起的表面。月光怪異地變淡，而當阿泰爾往上爬入霧氣中時，他聽到智者巴爾賽在黑影中尖叫。

「月色一片漆黑，神明在夜空下舞動；天空出現了恐怖光景，月亮已消失在月蝕中，而人類書籍或地球諸神的書籍中並未預言此事……哈瑟格基亞上有不為人知的魔法，心懷恐懼的眾神發出的尖叫已轉為笑聲，冰坡則無盡延伸至漆黑的天空，我也往那裡落下……嘿！嘿！終於啊！我在微光中見證了地球諸神！」

阿泰爾暈頭轉向地爬過難以言喻的斜坡，並在黑暗中聽到了一股醜惡的笑聲，其中混入了從未有人聽聞過的叫喊，只有在無法形容的惡夢中出現的冥界火河邊，才會聽到這種聲響。那股叫聲將一生中的恐懼與痛苦，全部擠壓進窮凶惡極的一瞬間：

「外神！外神！來自幽冥外域、守護脆弱地球諸神的外神！轉頭……回去……別看！別看！無限深淵的復仇……受詛咒的可憎地獄……慈悲的地球諸神呀，我要落入空中了！」

阿泰爾閉上眼睛並摀住耳朵，試圖抓緊地面，抵抗未知高空的恐怖拉力時，哈瑟格基亞上響起了恐怖的雷聲，驚醒了海瑟格、尼爾（Nir）與烏撒平原上的善良佃農與誠實居民，使他們透過雲層，目睹從未有書籍預測過的奇異月蝕。當月亮終於重新現身時，阿泰爾已安全地身處山上的積雪之中，周圍完全看不到地球諸神或外神的身影。

發霉的《納克特抄本》記載，當山蘇在世界尚年輕的歲月中攀爬哈瑟格基亞時，只在此找到沉默的冰晶與岩石。但當烏撒、尼爾與海瑟格的人們克服恐懼，並在白天登上那座陰森山峰，找尋智者巴爾賽時，他們在山頂的裸石上，發現一只有五十肘寬[4]的奇特巨型符號，彷彿有某種龐大的鑿子劈開了岩石。那只符號也與學者們在《納克特抄本》駭人的部分裡發現的符號相同，但該書已太過老舊，無人能讀。這是他們唯一發現的東西。

他們從未尋獲智者巴爾賽，神聖祭司阿泰爾也永遠不敢祈禱他的靈魂得到安息。再者，烏撒、尼爾與海瑟格的人民至今依舊畏懼月蝕，當蒼白雲霧遮蔽山頂與月亮時，他們也會在夜間禱告。而在哈瑟格基亞的迷霧上空，地球諸神有時依然念舊地起舞。祂們清楚自己安全無虞，也喜歡從未知的卡達斯搭乘雲船前來，並用昔日的方式玩耍，如同地球剛創生、人類尚未開始攀登禁忌地帶時一樣。

4 譯注：cubit，古代長度單位，一肘約為四十五公分到五十五公分。

二、《來自異界》

From Beyond

在我最好的朋友克勞佛・蒂林蓋斯特（Crawford Tillinghast）身上發生的改變，恐怖得超越常人想像。自從兩個半月前的那天後，我就沒看過他了，當時他曾把自己的物理學與形上學研究方向告訴我。當我敬畏又近乎害怕地勸告他後，他就勃然大怒地將我趕出實驗室和房子。我知道，他目前大多待在閣樓實驗室中，和那台該死的電子機器待在一起，很少進食，甚至把僕人都趕走了。但我從沒想過，短短十週居然會對人造成這麼大的改變與扭曲。看到如此結實的人忽然變瘦，令人感到相當不安。更糟的是，對方鬆垮的皮膚變成蠟黃色或灰色，發出異常光芒的雙眼凹陷又有黑眼圈，前額滿布青筋與皺紋，雙手則不斷扭動與顫抖。不只如此，他還變得蓬頭垢面又衣衫不整，宛如雜草的黑髮根部已經轉白，一度乾淨的臉龐，現在則不修邊幅地長了撮白鬍。這段期間累積下來的效果讓人相當震驚。但在我被驅離數週後，當克勞佛・蒂林蓋斯特那晚含糊的訊息，讓我來到他家門前時，他就以這副外型現身。這副鬼魅般的身影迎接我時，還一面顫抖，手中拿著蠟燭，並鬼鬼祟祟地回頭窺視，彷彿害怕慈愛街（Benevolent Street）上這座孤寂古宅中的無形妖物。

打從一開始，克勞佛・蒂林蓋斯特研究科學與哲學就是個錯誤。這些事物應該留給無趣又毫無人性的研究者，因為對情感充沛、態度積極的人而言，這種研究只會提供兩種悲劇性的答案：如果他在任務上失敗，便會感到絕望，一旦成功，又將面對無法言喻且超乎想像的恐怖。蒂林蓋斯特曾經歷失敗，並感到孤寂與鬱悶，但現在，從我感受到的不祥恐懼判斷，他已化為成功下的受害者。十週前我曾警告過他，當時他對自覺即將做出的發現大放厥詞。他激動得滿臉通紅，以高昂又異常、但老帶著賣弄的嗓音說話。

「我們對身旁的世界和宇宙，」他曾這樣說，「有多少了解？我們接收感知的方式少得可憐，而我們對周圍事物的了解也無比狹隘。我們只能以天生的方式觀看事物，無法徹底理解事物本質。透過微薄的五感，我們假裝自己理解無限複雜的宇宙，但其他擁有更廣闊強大、或不同感知方式的生物，不只看得到和我們差異極大的東西，還可能目睹並研究整體物質、能量與生命世界，這些世界近在咫尺，但我們永遠無法透過既有的五感察覺這一切。我總是相信這種奇異又無法進入的世界，就存在於我們身邊。**現在我相信，自己已發現拆毀藩籬的方式**。我沒有開玩笑。二十四小時內，桌邊那台機器就會發出波長，影響我們體內尚未發現的感知器官，這些器官只被視為萎縮或低等的殘餘組織。那種波長能使我們看見許多人類所不曉得的光景，以及我們認知中的有機生命不得而知的數種景象。我們會理解為何狗會在天黑時嚎叫，以及貓為何在午夜豎起耳朵。我們會看到這些事物，以及其餘活著的生物從未目睹的東西。我們將超越時間、空間與次元，完全不需要肉體上的動作，就能一窺造物的根源。」

蒂林蓋斯特說出這些話時，我勸告過他，因為我夠了解他，要說是感到有趣，我反而覺得恐怖。但他是個狂熱份子，也把我趕到屋外。現在他的狂熱氣息絲毫未減，但他對談話的渴望壓抑了自身怒氣，並迫切地寫了封信給我。可是，上頭的字跡實在難以辨認。當我踏入突然化為顫抖怪人的朋友家中時，就感染了潛伏在屋內陰影中的恐懼。十週前說出的話語與信念，似乎在蠟燭小光圈外的黑暗中化為實體，我也對東道主空洞且改變的嗓音感到作噁。我希望僕人們還在附近，不過當他說僕人們都已在三天前離開時，便使我感到不安。奇怪的是，老格雷戈里（Gregory）居然會在沒告訴我這位真心好友的狀況下，就拋棄他的主人。當怒氣沖天的蒂林蓋斯特把我趕走後，便是他給了我所有關於主人的資訊。

但我高漲的好奇心與驚奇感壓抑了所有恐懼。我只能猜測克勞佛・蒂林蓋斯特找我的目的，但我確信他要告訴我某種莫大奧祕或發現。先前，我曾抗議他對無稽之談進行的異常研究，現在當他得到某種程度的成功後，儘管勝利的代價看似可怕，我卻幾乎共享了他的心情。我跟著顫抖男子手中晃動的蠟燭，走入漆黑空蕩的屋內。電力似乎被關掉了，當我詢問嚮導這件事時，他說這有某種原因。

「太過頭了……我不敢。」他繼續低語。我特別注意到他新的咕噥習慣，因為他並不是會自言自語的人。走進閣樓中的實驗室，我便立刻看到那台令人生厭的電子機器，上頭散發出病態又不祥的紫羅蘭色光芒。它連接到一台強大的化學電池，但似乎並未收到任何電流，因為我記得在實驗階段下，它會在啟動時嘶嘶作響。對於我的問題，蒂林蓋斯特咕噥說，這股永久光線並非來自我認知中的電力。

他要我坐在機器附近，因此機器位於我右邊，接著他打開頂端大量燈泡下某處的開關。平常的嘶嘶聲開始響起，最後變為柔和的嗡鳴，顯示機器將逐漸歸於沉默。此時光線逐漸增強，並再度變淡，接著泛出一股蒼白的怪異色澤，或是某種我無法判斷或描述的混合色彩。蒂林蓋斯特一直看著我，也注意到我困惑的神情。

「你知道這是什麼嗎？」他悄聲說道。「**那是紫外線**。」他對我的訝異反應發出古怪的輕笑。「你以為紫外線是隱形的，確實也是如此。但**現在**你能看到它，還有更多無形事物了。聽我說！那機器發出的波長，喚醒了我們身體裡上千種沉眠的感官。我們繼承了數紀元以來從獨立電子演化為有機人類的過程中，所形成的感官。我見過**真相**，也打算讓你看看。你想知道它看起來如何嗎？讓我告訴你。」

此時蒂林蓋斯特直接坐到我對面，吹熄蠟燭並以醜陋眼神盯著我。「你現有的感知器官（我想，首先是耳朵），會接收到許多感覺，因為這類感覺與沉眠的器官有關。還會有其他種感受。你聽過松果腺吧？我嘲笑膚淺的內分泌學家，他們是和佛洛依德主義者同夥的騙徒與新貴。我**發現**，那塊腺體是最偉大的感知器官。到了最後，它能產生類似視線的功能，並傳輸視覺影像到大腦。如果你很正常，就能透過這種方式得到莫大效益……我是指，能觀察大量**來自異界**的跡象。」

我環視龐大的閣樓房間，以及傾斜的南牆，平日肉眼無法看見的光線，微微照亮了牆面。遠處的角落籠罩在陰影中，室內瀰漫著一股朦朧的虛幻，遮蔽了房內的實景，讓想像力投入象徵意義與幻象之中。那段期間，蒂林蓋斯特沉默了很久，我則幻想自己身處某座龐大驚人的神殿，裡頭供奉著早已死去的神明；或是某種以無數黑石柱組成的模糊建築物，石柱矗立在潮濕的石板地面，向上延伸到雲霧飄渺的高處，超出了我的視野。這幕景象有陣子非常鮮明，但緩緩變為更駭人的概念。無垠、無形也無聲的空間中，飄盪著極致的孤寂。周圍似乎有股虛空，其他什麼也沒有，我則感到一股孩童般的恐懼，使我從臀部口袋取出左輪手槍。自從我在東普羅維登斯**（Providence）**住下後，入夜時就會帶著這把槍。接著從偏僻區域中最遙遠的角落，浮現了輕柔的**聲音**。聲音無比微弱，帶著微微的振動，也明顯帶有音樂性，同時具有無可比擬的野性，使它的衝擊像是對我全身發出的微妙凌虐。我覺得，彷彿像是有人不小心刮到了毛玻璃。這時也出現了某種宛如冷風的感覺，明顯從遙遠的聲音源頭吹過我身旁。當我屏息靜氣地等待時，便察覺到聲音和風速都在增強，這讓我產生了奇怪的念頭，覺得自己被綁在兩道鐵軌間，位於直駛而來的龐大火車頭前方。我一對蒂林蓋斯特開口說話，所有的異常感便隨即消失。我只看到那男人、發光機器與微光中的寓所。蒂林蓋斯特對我在近乎無意識下抽出的左輪手槍，醜陋地咧嘴一笑。但從他的神情看來，我確定他的所見所聞和自己相同，可能還察覺了更多事物。我悄聲說起自己的經歷，他則要我盡可能保持安靜與接納的心態。

「別動，」他告誡道，「在這種光線中，**我們不只能視物，也有東西會看見我們**。我告訴過你，僕人都已離開，但我沒說他們是**怎麼離開的**。都怪那個愚蠢的管家——我警告她不要打開樓下的燈，但她依然開了燈，纜線則發出共振。那場面一定很可怕，儘管我從另一個方向見到與聽到不同情況，但我在樓上依然能聽見慘叫聲，之後在屋內找到那些空無一人的衣服堆時，感覺相當可怕。厄普戴克太太（Mrs. Updike）的衣物很靠近前廳的電燈開關，所以我才曉得是她開的。它逮到了所有人，但只要我們不動，就很安全。記好，我們面對的是個醜陋的世界，自己在裡頭手無縛雞之力……**別動！**」

真相與對方突如其來的命令所帶來的綜合驚嚇感，使我感到一陣癱軟，在這份恐懼之中，我的心智再度接收到來自蒂林蓋斯特所謂「**異界**」的感受。我身處於混合了聲音與動作的漩渦中，眼前則浮現令人困惑的畫面。我看到房間的模糊輪廓，但有大股難以辨識的形體與雲霧從空間中某個位置湧出，並在前方某處穿透了牢固的屋頂，來到我面前。接著我又瞥見了神殿般的景象，但這次石柱向上升入空中的光海，光海則沿著我先前看到的雲霧飄來的方向，往下發出一道明亮光束。在那之後，景象變得宛如萬花筒，且在接收到混成一團的畫面、聲響與不明感官印象後，我覺得自己即將溶解，或以某種方式失去自身的固體型態。我將永遠記得一段稍瞬即逝的景象，似乎有一瞬間，我看到某塊古怪的夜空，上頭鑲滿旋轉著的閃爍星球，而當這景象消散時，我發現發光的恆星群組成了形狀固定的星系或銀河系。這形狀正是克勞佛．蒂林蓋斯特扭曲的臉孔。另一次，我則感到龐大的活物擦過我身邊，有時則**走過或飄過我理應是固態的身體**。我也看到蒂林蓋斯特注視著那些物體，彷彿他訓練更有素的感官能力，能直接目睹這些東西的形象。我想起他對松果腺的說法，也想知道他用這隻超自然眼睛看到了什麼。

突然間，我受到某種強化視力的影響。在泛著微光的陰暗混沌上空，升起了一幅畫面，雖然它相當模糊，卻顯得持久又永恆。它看上去確實有些熟悉，因為不尋常的部分與尋常環境重疊，有如電影院繪製帷幕上的投射畫面。我看到閣樓實驗室、電子機器與對面蒂林蓋斯特的醜惡身影，但在並未放置熟悉物品的空間中，則毫無一絲空隙。不管是否擁有生命，無可名狀的形體都令人作嘔地混雜在一起，無數未知的異形存在，則圍繞著世上所有正常物體。世上已知的一切，彷彿踏入了以未知事物組成的世界。生物中最先出現的，是墨黑色的水母狀怪物，牠們隨著機器發出的振動，以同樣的節奏鬆軟地顫動。牠們的數量多得讓人感到噁心，我也驚駭地注意到牠們彼此**重疊**。牠們呈現半流體狀態，能夠彼此穿透，也能穿過我們所知的固體。這些生物從未停下動作，飄浮時也似乎總是抱有邪惡目的。有時牠們會彼此吞噬：攻擊者撲向獵物，立刻讓對方在視野中消失。我顫抖地覺得，自己已經知道是誰殺害了不幸的僕人們，當我繼續努力觀察視野中全新世界的其他特質時，也無法將這念頭從腦海中驅除。但蒂林蓋斯特一直注視著我，並開口說話。

「你看到牠們了嗎？你看到了嗎？你看到那些無時無刻都在你身邊飄浮跳動、還穿過你身體的東西了嗎？你見到組成人們所謂純淨空氣與蔚藍天空的東西了嗎？我這不是成功突破疆域了嗎？我這不是讓你目睹沒有任何活人見過的世界了嗎？」我在駭人混沌中聽到他的尖叫聲，並望向那張神情狂野的臉孔，他的臉正凶狠地逼近我。他的雙眼宛如兩座火坑，並帶著高漲的恨意瞪視我。機器持續發出不祥的嗡鳴。

「你以為是那些蠕動的東西解決了僕人們嗎？蠢蛋，牠們一點傷害力都沒有！但僕人們失蹤了，不是嗎？你試圖阻止我，當我急需鼓勵時，你卻打擊我。你這害怕宇宙真相的該死懦夫，現在我逮到你了！是什麼逮住了僕人們？是什麼讓他們大聲尖叫？你不知道，對吧！你很快就會懂了。看著我──注意聽我說。你以為，世上真的有時間與物理空間？你認為形體和物質確實存在嗎？告訴你，我到過你的小腦袋瓜無法想像的深淵。我見過無限宇宙邊陲外的光景，也曾從星際間召喚惡魔……我駕馭了曾跨越不同世界、散播死亡與瘋狂的陰影……太空屬於我，你聽到了嗎？有東西在追殺我，那些東西會生吞活剝一切……但我知道該如何躲開它們。它們會抓到你，就像抓到僕人一樣……刺激吧，親愛的閣下？我跟你說過，移動很危險，由於我叫你別動，到目前為止都還讓你保持安全……避免你看到更多東西，並專心聽我說話。如果你之前有移動，它們早就對你下手了。別擔心，它們不會**傷害**你。它們沒有傷害僕人；可憐的傢伙們**看到**那些東西，才會發出慘叫。我的寵物們並不好看，因為它們來自美感**非常不同**的地方。我向你保證，解體並不痛苦……但我要你目睹**它們**。我幾乎看到它們了，但我知道該如何停止。你好奇嗎？我一直明白你不是科學家。發抖了，是嗎？因為擔心看到我發現的終極真相而發抖吧。那麼，你怎麼不動呢？累了嗎？好吧，別擔心，我的朋友，**因為它們來了**……看呀，看呀，該死的傢伙，快看……它就在你左肩後方……」

接下來的事非常簡短，你可能也在報紙上讀過內容。警方聽到蒂林蓋斯特老宅傳出一聲槍響，並在屋內發現我們。蒂林蓋斯特死了，我則失去知覺。由於我手中握有左輪手槍，他們便將我逮捕，但在三小時內就釋放了我，因為他們發現蒂林蓋斯特死於中風，我則是對準那台不祥機器開火，被打成碎片的機器散落在實驗室地板上。我沒有多提自己目睹的景象，因為我怕法醫會對此存疑。但我確實講述了模擬兩可的事件綱要，醫生則告訴我，那名企圖報復又滿懷殺意的瘋子，肯定催眠了我。

我希望自己可以相信那名醫生。如果我能將想到周邊的空氣、與頭頂天空時的念頭逐出腦海，就能安撫自己神經兮兮的心靈。我從未感到孤身一人或心情舒適，當我疲倦時，心裡也會浮現一股陰森冷冽的獵物感。唯一阻止我相信醫生的理由相當簡單：警方宣稱克勞佛・蒂林蓋斯特謀殺了僕人們，卻從未尋獲他們的屍體。

三、《艾瑞克・贊恩的音樂》

The Music of Erich Zann

我仔細檢視了市區地圖，卻從未再度發現奧塞街（Rue d'Auseil）。這些地圖中不只有現代地圖，因為我知道路名會改變。我反其道而行，詳細鑽研了城市裡所有古物，也親自探索了每條可能是我口中奧塞街的街道，無論該地目前的名稱為何。但儘管我下了一番工夫，令人羞愧的是，我依然遍尋不著那棟房屋、街道或那塊區域。當我還是研究形上學的大學生時，曾在貧困生活的最後幾個月裡，在那裡聽到艾瑞克・贊恩（Erich Zann）的音樂。

我非常肯定，自己的記憶出了問題，因為當我居住在奧賽街時，我的身體與心理健康受到嚴重干擾，也記得自己沒有帶任何熟人到該處。但奇怪又令人困惑的是，我居然再也找不到那個地方。那條街離大學只有半小時的步行路程，任何去過當地的人，都不可能遺忘該處明顯的怪異特徵，但我從未見過任何去過奧塞街的人。

奧塞街位於漆黑河流的對岸，河邊建滿了窗戶朦朧的高聳磚造倉庫，河上則有座以黑石打造的大橋。那條河畔總是陰暗無比，彷彿鄰近工廠排出的煙霧永久遮蔽了太陽。河流也瀰漫著我從未在別處聞過的陣陣臭氣，某天我或許能憑藉這股氣味找到那條街，我應該能立刻認出那味道。橋墩另一端有狹窄的鵝卵石街道，路旁裝設了欄杆。接著道路往上坡攀升，剛開始坡度非常緩和，但抵達奧賽街時，卻變得極度陡峭。

我從未看過和奧賽街一樣又窄又陡的街道。它幾乎是座懸崖，沒有車輛能夠在上頭行駛。許多處是由數列台階組成，盡頭頂端則是一道長滿藤蔓的高牆。上頭鋪設的材料相當不規則，有時是石板，有時是鵝卵石，有時則是赤裸的土壤，上頭長有稀疏的灰綠色植物。高聳的建築物擁有山峰般的屋頂，屋齡極度老舊，還以誇張的角度向前後與側邊傾斜。有時隔街面對彼此的房屋都往前傾，彷彿在街上形成相連的拱門，這類房屋自然為地面擋住了大部分光線。還有幾座天橋在半空中橫跨街道，連接不同房屋。

那條街道的居民讓我留下特別的印象。剛開始，我以為他們全都沉默寡言，但之後認為原因是他們年事已高。我不曉得自己怎麼會住在這種街區上，但當我搬到那去時，心神並不平靜。我住過許多貧困地區，也總因缺錢被趕走。直到最後，我來到奧賽街上那棟搖搖欲墜的房屋，建築所有人是癱瘓的布蘭多特（Blandot）。那是從街道頂端數下來第三棟房子，也是街上最高的建築物。

我的房間位於五樓。那是屋裡唯一有人住的房間，房子幾乎空無一人。我抵達當晚，古怪的音樂就從上頭的尖頂閣樓傳來，隔天我則向老布蘭多特詢問此事。他告訴我，音樂來自一位年邁的德國古提琴手，他是個奇怪的啞巴，署名為艾瑞克·贊恩，晚上他在某家廉價劇院樂團演奏。對方補充說，贊恩從劇院回家後，還想在晚間演奏，這正是他選擇這座高聳又孤立的閣樓房間的原因。房內唯一的山形牆窗戶，是街道上唯一能越過盡頭的高牆，望向下坡路段與遠景的位置。

此後我每晚都會聽到贊恩的音樂。儘管他害我無法入眠，他音樂中的怪異感卻持續在我心頭繚繞。我不太懂音樂這種藝術，但我很確定他的和聲和我先前聽過的音樂沒有任何關聯，我也斷定，他是個充滿高度原創天份的作曲家。我聽得越久，就越感到著迷。一週後，我決定要結識這名老人。

某晚贊恩下班返家時，我在走廊攔住他，並說我想認識他，也想在他演奏時待在一旁。他是個矮小纖瘦又駝背的人，身上穿著破爛衣服，長了一雙藍色眼睛，醜陋的臉孔宛如羊男，頭頂幾乎沒有毛髮。剛聽到我說的話時，他看起來憤怒又害怕。不過，我明顯的友善態度終於融化了他的心防，他則不情願地示意我跟他走上在黑暗中嘎吱作響又搖晃的閣樓階梯。他的房間位於西側，是陡峭的尖頂閣樓中的兩間房之一，面對著構成街道上端的高牆。房內的空間很大，裡頭的空蕩感與廢棄氛圍，也使它感覺起來更加寬闊。裡頭的家具只有一座狹窄的鐵床架、骯髒的盥洗台、一只大書架、一支鐵製譜架和三把舊式椅子。樂譜凌亂地四處堆在地上。牆面是赤裸的木板，上頭可能從來沒塗過灰泥；大量的灰塵與蜘蛛網，也使這裡看起來更像是荒廢的房屋。艾瑞克・贊恩的美麗世界，明顯處於某種遙遠的想像宇宙之中。

啞巴示意我坐下，並關上門，鎖上大木栓，然後點燃一根蠟燭，以便加強他帶來的蠟燭火光。他從滿是蟲蛀痕跡的遮蔽布中取出古提琴，並拿起樂器，坐在令人最不舒服的椅子上。他並未使用譜架，只透過記憶演奏，卻用我從未聽過的音樂，使我著迷了一小時。那必然是他自己創作的音樂。對像我這種不諳音樂的人，不可能妥善形容它的本質。那是某種賦格[1]，擁有最迷人的重複樂句；但對我而言最顯著的，則是它缺乏我先前在樓下房間聽到的怪異音調。

我記得那些令人難忘的音調，也經常哼唱和用口哨吹出不準確的曲調，因此當樂手終於放下琴弓時，我就詢問他是否能演奏那些曲子。當我說出請求時，那張滿布皺紋、宛如羊男的臉龐，就喪失了一些演奏時的無趣與平靜，還似乎流露出我剛開始向這位老人打招呼時，他所顯露出的同種怒氣與畏懼。在那一瞬間，我企圖說服對方，也不太在意老年人多變的情緒，甚至用口哨吹出前晚聽到的幾段旋律，想將東道主從怪異情緒中喚醒。但我的計畫只進行了一下子，當啞巴樂手認出我吹出的音符時，就露出難以解讀的神情，臉孔也立刻扭曲。他伸出瘦長冰冷的右手摀住我的嘴，阻止我的粗糙模仿。他這樣做時，古怪習性便更為明顯，因為他朝向唯一被窗簾遮住的窗口，拋出驚嚇的目光，彷彿害怕某種入侵者。那眼神非常荒唐，畢竟閣樓高聳難登，比所有鄰近的屋頂都來得高。如同管理員所說，這座窗戶是陡峭街道上唯一能看到高牆頂端的地點。

老人的目光使我回想起布蘭多特說過的話，而由於某種任性心態，使我想往外望向令人暈眩的寬廣遠景，包括被月光照亮的屋頂，和丘頂遠方的城市燈火，在奧賽街所有居民中，只有這位倔強的音樂家能目睹這景象。我走向窗口，打算拉開無趣的窗簾，此時那位啞巴房客充滿恐懼的怒氣比之前更為高漲，並再度撲向我。這次他用頭向房門示意，還緊張地努力用雙手想把我拖到門口。我對東道主感到噁心不已，便要求他放開我，也說自己要立刻離開。當他看到我的不滿與

1　譯注：fugue，複音音樂的一種創作形式。

怒火時，就放開了手，自己似乎也逐漸消氣。他原本放鬆的手再度握緊，但這次他的態度友善，並強迫我坐到一張椅子上。他露出若有所思的神色，並走到雜亂的桌邊，隨後他拿了枝鉛筆，用外國人生硬的法文寫了許多字句。

他在最後遞給我的紙條上，懇求我容忍並寬恕自己。贊恩說他年老又孤單，還具有和自己的音樂等事有關的古怪恐懼和神經問題。他很喜歡讓我聽自己的音樂，也希望我能再過來，不要在意他的怪異個性。但他無法演奏那些怪異和弦，也無法忍受聽到別人演奏那類音調，更無法接受別人碰觸自己房內的東西。一直到我們在走廊上談話前，他都不曉得我能在自己的房間裡聽到他的音樂。他詢問我，是否能和布蘭多特安排，讓我住進低樓層的房間，這樣晚上我才不會聽到他的音樂。他寫道，自己會支付租金價差。

我坐著仔細研究那糟糕的法文時，對這名老人感到更加同情。他和我一樣身心受創，而我的形上學研究，則教導我發揮善心。在沉默中，窗口傳來了一陣微弱聲響。夜風肯定讓窗簾發出沙沙聲，且由於某種原因，我幾乎和艾瑞克．贊恩同樣感到劇烈驚嚇。我看完紙條，就與對方握手，並以朋友身分離開。

隔天，布蘭多特給了我租金更為昂貴的三樓房間，位在一位年老放款人的公寓，與一位名聲良好的室內裝潢師的房間之間，四樓沒有住人。

不久我就發現，贊恩對有我作伴的熱切感，並不如他說服我搬離五樓那麼強。他並未邀請我拜訪，當我登門造訪時，他就變得神色緊張，演奏態度也十分倦怠。這些場合總是發生在夜裡，因為他在白天睡覺，期間不見任何人。我對他的好感並沒有增加，不過我似乎對閣樓房間與古怪音樂越趨入迷。我有種想往窗外看的奇怪念頭，想望向牆外，並往下看視野外的斜坡，注視必然延伸在外的閃爍屋頂與尖塔。有次我趁贊恩去劇院工作時爬上閣樓，不過門上了鎖。

但我成功聽到了啞巴老人夜間的演奏。剛開始，我躡手躡腳地爬上五樓的舊房間，再大膽爬上最後一列嘎吱作響的台階，抵達尖頂閣樓。我踏上狹窄的走廊，並經常在上鎖房門的隱密鑰匙孔外聽到一些聲響，那使我感到無法形容的恐懼；那是股具有模糊好奇和隱約神祕氛圍的恐懼。音樂並不難聽，但樂曲中的振動完全不像地球上的產物，且某些間斷時，曲調會浮現某種交響樂般的音色；我難以想像只靠單一樂手，就能演奏出這種音樂。艾瑞克·贊恩必然是位身懷絕技的天才。隨著一週週過去，音樂變得越趨狂野，老音樂家則變得越來越憔悴，行徑也偷偷摸摸，使人感到十分不忍。現在他完全不願意見我，我們在樓梯間碰面時，他也急於躲避我。

當我某天晚上在門外傾聽時，我聽到尖鳴的古提琴發出高漲的混亂音色。要不是從鎖住的門後傳來可憐的證據，說明恐怖聲音是千真萬確的存在，那宛如萬魔殿般的巨響，還可能使我質疑自身動搖不已的理智。那是股含糊的可怕尖叫，只有處在最驚恐或痛苦時刻的啞巴，才會發出這種叫聲。我不斷敲門，但無人回應。之後我在漆黑的走廊中等待，因寒冷與恐懼而顫抖著，直到我聽見可憐的音樂家虛弱地抓住椅子，從地板上站起身。我認為他剛從昏迷中甦醒過來，便繼續敲門，同時放心地喊出了自己的名字。我聽到贊恩蹣跚地走到窗邊，將窗簾與窗框關上，再跌撞地走到門邊，搖搖晃晃地開門迎接我。這次他對我的出現真心感到愉快，因為當他宛如抓住母親裙擺的孩子般緊抓我的大衣時，他扭曲的臉孔便露出放鬆的神色。

老人令人不捨地發抖，並強迫我在椅子上坐下，他則癱在另一張椅子上，他的古提琴與琴弓則被隨意擱置在一旁的地面。他一動也不動地坐了一會，姿態怪異地點頭，並矛盾地流露出緊張又害怕的傾聽表情。之後他似乎感到滿意，便走到桌邊的椅子旁，寫了一張簡短的紙條，並將紙條遞給我，再回到桌邊，並開始迅速又不中斷地書寫。他透過紙條懇求我的同情，也為了滿足我的好奇心，要求我在原處等待，同時以德文寫下一段完整記錄，敘述自己遭遇的所有驚奇與恐怖事物。我繼續等待，啞巴的鉛筆則飛快地移動。

或許過了一小時後，我依然在等，而老音樂家熱切寫下的紙張持續增加，成了一小堆。此時，我注意到贊恩顫動了一下，彷彿受到某種恐怖驚嚇。他明顯正望向被窗簾遮蔽的窗口，並發抖地傾聽。接著我彷彿也聽見了某種聲響，不過那聲音並不可怕，反而相當微弱，宛如遠處飄來的曲調，顯示有某位樂手待在鄰近房屋中，或是高牆彼端某處住家裡，但我從未有機會探看那方向。那聲音對贊恩產生駭人效果，他拋下鉛筆，忽然站起身，再抓起古提琴，開始用演奏撕裂黑夜。除了在上鎖的門口偷聽外，我從未聽過他的琴弓發出如此狂野的音色。

我完全無法描述艾瑞克・贊恩在那個恐怖夜晚中的演奏。那比我聽過的任何曲調都來得可怕，我現在能看到他臉上的表情，這次也察覺他受到強烈恐懼所驅使。他試圖製造聲響，想阻擋某種東西，或是蓋過某種東西的聲音。我無法想像那究竟是什麼東西，但我覺得那肯定無比駭人。音樂變得癲狂奇異又歇斯底里，但依然保有一絲古怪老人的超凡天賦。我認得那曲調——那是劇院十分風行的狂放匈牙利舞曲，我也思考了一下：這是我首度聽到贊恩演奏其他作曲家的作品。

焦慮古提琴發出的尖鳴與哀嚎逐漸高漲，音色也越趨狂野。演奏者身上滴下不祥的冷汗，身體如猴子般扭動，不斷驚恐地望向被窗簾遮蔽的窗口。在他的癲狂狀態中，我幾乎能看到陰影般的羊男與酒神舞動旋轉，穿越雲霧與閃電構成的翻騰深淵。接著我隱約聽見一股更為尖銳且穩定的音律，它並非出自古提琴，那是股平靜沉穩、充滿目的與諷刺的曲調，來自西方遠處。

此時，呼嘯夜風中的窗簾開始沙沙作響；強風從外頭吹來，彷彿回應著屋內的瘋狂樂曲。贊恩發出尖鳴的古提琴已超越了自身極限，發出我從未想過古提琴能奏出的聲響。窗簾的沙沙聲變得更大，束繩旋即解開，窗簾則大力拍擊窗戶。在持續撞擊下，玻璃隨之顫抖破裂，冷風則迅速竄入，使燭火猛烈搖曳。桌上的紙張被吹得劈啪作響，而贊恩先前才在桌上寫出他的恐怖祕密。我望向贊恩，發現他已經脫離了有意識的觀看狀態。他的藍眼圓凸，玻璃般的眼珠已然失焦，狂亂的演奏方式化為盲目又機械式的陌生狂歡曲，也沒有筆墨能形容這種旋律。

忽然，一股比先前更強勁的狂風，攫走了手稿，並將它吹向窗口。我著急地追向飛舞的紙張，但當我抵達破損的窗框前，它們就飛出窗外。接著我想起自己之前想望向窗戶外的念頭，只有從奧塞街的這座窗口，能看到高牆遠處山丘、和底下往外延伸的市區。天色已經變黑，但城市的燈火總是明亮地閃爍，我也預料會在風雨中看到火光。但當我從最高的山形牆窗口往外看時，並沒有看到在底下蔓延的市區，也沒有從記憶中的街道冒出的友善燈光，只有一片宛如無垠太空的黑暗。超乎想像的空間中，充斥著動靜與音樂，沒有任何與凡間相似的事物。當我恐懼地駐足觀看時，強風吹熄了古老尖頂閣樓中的兩根蠟燭，讓我身處在無從捉摸的狂野黑暗中，面前則是混沌與地獄般的騷動，身後傳來古提琴在夜色中發出的尖鳴，音色中充滿帶有魔性的瘋狂。

我在黑暗中跌撞地後退，完全無法點亮光源，於是我撞上桌子，還翻倒了椅子，最後摸索著前往黑暗中充斥駭人音樂的位置。無論我對抗的是哪種力量，至少得嘗試拯救自己和艾瑞克．贊恩。我一度以為有某種冷冽的東西擦過我身旁，使得我放聲尖叫，但叫聲無法蓋過陰森的古提琴聲。那根瘋狂擺動的琴弓忽然在黑暗中擊中我，讓我明白自己很靠近樂手。我向前摸索，碰到了贊恩的椅背，接著找到並搖晃他的肩膀，努力企圖讓他回神。

他並未回應，古提琴也持續發出尖鳴，絲毫沒有懈怠。我把手移到他的頭部，阻止了對方機械化的點頭動作，並在他耳邊大喊，說我們倆得逃離黑夜中的不明物體。但他沒有回答我，也沒有慢下他難以言表的音樂。整間閣樓裡的怪異強風，則在黑暗與喧囂中舞動。碰觸到他的耳朵時，我不知怎地感到一陣戰慄，直到摸到他一動也不動的臉龐。那張臉冰冷僵硬、毫無氣息，玻璃般的圓凸眼珠無神地望向虛空。接著我奇蹟般地找到了房門與大木栓，並從黑暗中彷彿長有玻璃眼珠的物體旁，狂亂地逃開。逃跑時，可怕的古提琴仍繼續發出陰森尖嚎，音調中的怒火正不斷高漲。

我宛如飛翔又飄浮般地衝下無盡的樓梯，穿越黑暗的房屋。接下來呆滯地跑到又窄又陡的古老街頭上，街上盡是台階與殘破的房屋，隨後喀噠作響地踏過台階和鵝卵石，抵達低地街道和高牆之間的腐臭河流。最後氣喘吁吁地跨越漆黑的大橋，踏入更為寬廣宜人的街區、與我們熟知的道路上。這些恐怖回憶依然在我心頭繚繞。我記得當時沒有風，月亮高掛天空，城市裡的燈火也照常閃爍。

儘管我仔細搜索與調查，之後卻從未找到奧塞街。但我對此事與那些寫滿文字的紙張並不感到遺憾。那些紙已消失在難以想像的深淵中，也只有它們能解釋艾瑞克·贊恩的音樂。

四、《外來者》

The Outsider

當晚男爵夢見了許多悲傷
所有戰士賓客
融入女巫、魔鬼與棺材大蟲的陰影與身軀
早已成為夢魘多時。

——濟慈[1]

當童年回憶只帶來恐懼與悲傷時，人就無法感到快樂。當他回朔待在龐大又黯淡的廳室中那漫長的時光時，便感到悲傷。廳室裡裝有棕色掛毯，以及多得令人發狂的成排古書。當他想到在微光下的樹林，觀看醜惡高大又纏滿藤蔓的樹木，扭曲的樹枝則在高處沉默搖曳時，他也會覺得難過。這正是諸神賜予我的命運：我呆滯又失望，寂寥且殘缺。但當我的心靈短暫企圖觸及外界時，卻會出奇地感到滿足，並焦急地緊抓這些記憶不放。

我不曉得自己在哪出生，只知道城堡極度古老又恐怖，裡頭充滿漆黑走廊和高聳的天花板；望向天花板時，只能看到蜘蛛網與陰影。坍陷走廊中的石塊似乎總是極度潮濕，四處還飄散著某種可憎臭味，彷彿來自堆積了數世代的死屍。裡頭從來沒有光線，因此我有時會點亮蠟燭，並持續盯著燭火以求心安；外頭也沒有一絲日光，因為可怕的樹木長得比我能進入最高的塔樓還高。有座黑塔超過樹林的高度，並延伸到未知的外界天際，但那座塔已半毀損，除了攀爬幾乎不可能登上的陡峭石牆外，完全無法進入該塔。

我肯定在這裡住了很多年，但我無法計算時間。一定有人照應我的需求，但我想不起自己以外的其他人，或是無聲的老鼠、蝙蝠與蜘蛛之外的生物。我想，照料我的人必定相當老邁，因為我對活人的第一印象，是某個誇張地類似我自己的對象，但面目扭曲，瘦弱乾癟，也和城堡一樣老朽。對我而言，散落在地基深處間的石砌古墓旁那些骨頭與遺骸並不可怕。我在幻想中，把這些東西與日常事件聯想在一起，比起我在許多發霉書本中看到的彩色生物圖片，它們更為自然。我所知道的一切，都是從這些書中所學。沒有老師要求或指引我，在那些年頭裡，我也不記得聽過任何人類的嗓音，甚或是我自己的聲音。儘管我學過語言，卻從未想過要說出聲。我也從來沒想過自己的模樣，因為城堡中沒有鏡子，我也只透過直覺，將自己聯想為書中圖畫裡的年輕人。我覺得自己還年輕，畢竟我記得的事很少。

我經常在外頭腐臭的壕溝，和沉默的黑暗樹林中躺下，花好幾個小時夢想著在書中讀到的世界，也渴望地想像自己前往無盡森林外的晴朗世界，待在歡樂的人群裡。我曾試圖逃脫森林，但一等我遠離城堡，陰影就變得更濃密，空氣中也瀰漫著濃烈的陰森恐懼。於是我驚慌地跑回去，以免自己迷失在黑暗又無聲的迷宮裡。

1 譯注：John Keats，十八世紀英國浪漫派詩人，引言出自他的敘事詩《聖艾格尼斯之夜》（*The Eve of St. Agnes*）。

於是在無盡的微光中，我邊做夢邊等待，不過我不曉得自己在等待什麼。接著在陰暗的孤獨生活中，我對光明的渴望變得極度強烈，使我無法再呆坐下去。我向漆黑又毀損的獨立高塔舉起懇求般的雙手，高塔則延伸到森林以外，往未知的外界天空矗立。最後我決定攀爬那座塔，儘管自己可能會墜落。寧可瞥見天空而死，也不要再以未見過白日的情況苟活。

我在濕冷的微光下，爬上年久失修的石砌台階，直到階梯中斷，之後則驚險地抓緊通往上方的微小落腳處。少了階梯的死寂石砌圓塔，令我感到詭異又可怕。它漆黑損壞且遭到遺棄，裡頭受驚的蝙蝠也使它變得更加陰森，且蝙蝠翅膀並未發出任何聲音。但我緩慢的前進速度，更令人感到可怕。儘管我順利攀爬著，但頭頂的黑暗卻沒有變淡，某種揮之不去又強烈的全新寒意則侵襲著我。當我思索為何還沒有抵達亮處時，便發起抖來。如果我的膽量夠大，就會往下看。我猜，黑夜忽然籠罩了自己；我徒勞無功地用空出來的一隻手摸索窗框，想上下窺視，試圖判斷自己抵達的高度。

攀爬那座凹陷又令人絕望的懸崖時，我體驗到彷彿永恆的盲目驚恐。此時，我感到頭部碰觸到某個堅固物體，明白自己肯定到達了屋頂，或至少是某種樓層。我在黑暗中舉起空出來的手，摸索著那塊屏障，並發現它是文風不動的石頭。接著我冒險繞了高塔一圈，找尋黏滑牆面上任何可供抓握的部位。我摸索著的手終於找到能夠開啟的屏障，我則再度往上移動，用頭頂開那塊石板或門，因為我得用雙手進行可怕的攀爬動作。上頭毫無光線，而當我的雙手再往上伸，我就明白攀爬過程目前已經結束了，那塊石板是一塊開口上的活板門，它導向一座平坦的石砌平面，該處的周長比下方的塔還長，肯定是某種聳立且寬敞的觀察室。我小心地爬入門口，試圖避免沉重的石板落回原位，但卻失敗了。當我疲勞地躺在石砌地板上時，便聽到它落下時發出的怪異回音，希望必要時，能再度將它扳起。

我相信自己當下處於極高的位置，遠在樹林可憎的枝枒上空。我從地板起身，並摸索著窗口，想首度抬頭仰望天空，以及我在書上讀過的月亮與繁星。但所有方向都讓我失望，我找到的，只有龐大的大理石架子，上頭擺滿邪門的長方形箱子，大小令人感到不安。我對此深思，想知道數世紀以來和底下城堡分離的高聳房間內，究竟藏有哪種古老祕密。隨後我的雙手出乎意料地碰到了門口，上頭有座石製門板，質地粗糙且有古怪的雕刻痕跡。嘗試開門時，我發現門上了鎖，但我用盡全身力氣猛烈地突破所有屏障，將門往內部拉開。此時，我感到前所未有的純粹喜悅，皎潔明月發出的光芒，寧靜地穿越華麗鐵欄，並往下照在一座石砌短通道的階梯上，階梯則從新發現的門口邊往上爬升。除了夢中，和我不敢稱之為記憶的模糊印象以外，我從未看過月亮。

我認為自己抵達了城堡頂端，便開始爬上門外的幾道台階，但一朵雲忽然遮蔽月亮，使我絆了一跤，我只得在黑暗中緩緩地摸索前進。抵達鐵欄時，外頭依然一片漆黑，我小心地試著推開柵欄，發現它沒有上鎖，但我害怕從剛剛攀爬過的驚人高度落下，沒有將它打開。月亮隨即從雲朵後探出頭。

出乎意料且難以置信的事，最容易令人感到震驚。我先前的經歷，都無法與眼前所見比擬，也無法與這光景的怪誕意義相比。這個場面本身單純卻驚人，因為它僅僅如此：我周圍沒有從高處往下看時，會產生的暈眩樹頂感，反而是延伸到柵欄外的一大塊平地，地上鋪有大理石石板，也建有高柱。古老的石造教堂撒下的陰影籠罩地面，毀損的尖塔在月光下閃爍著陰森的光澤。

我幾近無意識地打開鐵欄，蹣跚地踏上外頭的白色碎石路，道路往兩個方向延伸。儘管我的內心依然震驚又混亂，卻依然保有對光明的狂熱渴求，就連剛出現的驚人奇景，也沒有打亂我的方向。我不曉得、也不在乎自己的經驗是否出自瘋狂、夢境或魔法，但我下定決心，無論付出哪種代價，都要見到光明與快樂。我不曉得自己是誰，也不清楚自己的本質，更不認得周圍的狀況，但當我持續跌撞前進時，就感覺到某種可怕的潛在回憶，讓我覺得自己的狀況並非偶然。我穿過一道拱門，離開充滿石板與高柱的區域，並在開闊空間中漫遊，有時我沿著可見的道路走，有時則好奇地離開道路而穿越草原。草原上偶爾出現的遺跡，代表了古代此處曾有遭遺忘的道路。我曾游泳穿過一條水流湍急的河，河中崩塌且長滿青苔的建物，是已消失的往日橋墩。

肯定過了兩小時，我才彷彿抵達了自己的目的地。那是座長滿藤蔓的雄偉城堡，位於長滿濃密樹木的莊園，感覺相當熟悉，卻又充滿令人困惑的陌生感。我注意到壕溝已被填滿，有些知名高塔也已遭拆除，新建的結構則使我感到困惑。但最令我感興趣、也最開心的，則是敞開的窗戶：裡頭放出明亮的光線，也傳出愉快的狂歡聲。我走到其中一座窗口並往內看，看見了一群穿著古怪的人，他們正在玩樂，且彼此愉快地交談。我似乎從未聽過人類語言，也只能大略猜測他們說話的內容。有些臉孔的表情，似乎在我心中激起模糊的回憶，其他神情則全然陌生。

我踏過低矮的窗口，進入明亮的房間。一進入室內，我最閃耀的希望，便瞬間化為最黑暗的絕望與真相。惡夢迅速降臨，我一進屋，就發生了我經歷過最駭人的狀況之一。我還沒完全穿越窗台，所有人便忽然感到一股前所未有的強烈恐懼，扭曲了每張臉孔，也幾乎從每個人的喉嚨中激起尖叫。人群紛紛逃竄，有幾個人在騷動中昏厥在地，慌亂逃跑的同伴則得拖著他們。許多人用雙手摀住眼睛，並盲目笨拙地逃跑，同時撞翻了家具，並撞上門板，才抵達其中一個門口。

叫聲令人驚恐。我瞠目結舌地獨自站在明亮大廳，傾聽人們逐漸消失的回音，一想到躲藏在附近的無形之物，我便打起冷顫。乍看之下，房間似乎已空無一人，但當我走向其中一座壁龕時，就感覺到那裡有某種東西。導向另一座略為相似房間的金拱門後頭，似乎有些動靜。我走近拱門時，就更具體地察覺到那東西。接著，隨著我發出第一股與最後一股聲音（那是聲陰森的嚎叫，幾乎和可怕的肇因一樣，使我感到強烈作嘔），我完整目睹了那無可名狀且超乎想像的鮮明怪物。它光靠外表，就將愉快的群眾轉變為驚慌逃竄的難民。

我甚至無法暗示它的外表，因為它是所有不潔、不祥、異常又可憎事物的集合體。它散發出食屍鬼般的腐朽感，古老又破損；它是腐臭又滴下黏液的邪靈，外表令人不適，也是慈悲的世界應該隱藏起來的赤裸邪物。天知道它不屬於這世界，或不再屬於凡世。但讓我驚恐的是，從它徹底腐爛並露出骨骸的輪廓中，我看出對人類形體的恐怖模仿，且在它發霉又解體的衣物上，有種使我感到更加毛骨悚然的不祥特質。

我幾乎無法動彈，但依然能虛弱地企圖逃跑，不過就算我蹣跚地往後退，也無法解除那隻無名無聲怪物對我施加的魔咒。那雙眼神醜惡、有如玻璃般的眼球，緊盯著我的雙眼，拒絕釋放我，但幸好我的視線變得模糊，在起初的驚嚇後，那東西的身影就也變得模糊。我試圖舉手擋住視線，但由於極度震驚，手臂無法完全遵照自己的意志。不過，這動作使我失去平衡，因此我踉蹌地往前踏了幾步，以避免摔倒。此時，我忽然驚恐地發現，自己十分靠近那屍首般的怪物，也彷彿能聽到對方醜陋又空洞的呼吸聲。幾乎發狂的我，居然還能伸出一隻手來阻止步步逼近的腥臭鬼魅。在這段驚恐無比的意外中，我的手指碰到了金拱門下怪物伸出的腐爛屍掌。

我沒有驚叫，但所有乘著夜風而行的恐怖食屍鬼都為我尖叫，在那一瞬間，我心中如山崩般湧出了撕心裂肺的大量回憶。那一刻，我明白了一切，我記得恐怖城堡與樹林外的光景，也辨識出自己身處的這棟經改動的建築。最可怕的是，當我將弄髒的手指從對方手邊抽回時，也認出了自己面前這個不懷好意的怪物。

但在宇宙中，有撫慰也有苦澀，而那股撫慰正是遺忘。在那一刻的極度恐懼中，我遺忘了使自己害怕的事物，湧出的陰森回憶也瞬間消失，化為回音般的混亂畫面。在夢中，我逃離了那棟鬧鬼的可怕建築，迅速又無聲地跑回月光之中。當我回到大理石教堂墓園，並走下階梯，便發現石門動彈不得，但我並不感到遺憾，我痛恨那座古堡與樹林。現在我與輕蔑又友善的食屍鬼們一同乘著夜風旅行，白天在尼弗倫卡[2]的陵墓中玩耍，該地位於尼羅河畔的未知山谷哈多斯（**Hadoth**）。我知道光明並不適合自己，除了涅布（**Neb**）岩石墓穴上空的月亮外；我也不該享有任何快樂，除了在大金字塔下的尼托克里斯[3]無名饗宴外。但有了全新的野性與自由後，我便欣然接受身為異類的苦楚。

儘管遺忘使我冷靜，我卻總知道自己是個外來者，在這個時代與其他活人之中，也是個陌生人。自從我向大型閃爍框架中的怪物伸出手指後，就明白了這點。因為我外伸的手指，碰到了光亮玻璃冰冷又堅硬的**鏡面**。

---

2 譯注：Nephren-Ka，參見《暗黑崇魔》；這名法老王曾為了祭拜暗黑崇魔，而收藏閃爍偏方面體（Shining Trapezohedron）。

3 譯注：Nitokris，古埃及第六王朝的最後一任法老。洛夫克拉夫特在以魔術師胡迪尼為主角的《與法老同囚》（*Imprisoned with the Pharaohs*）中提過這名法老。

五、《神殿》

The Temple

手稿於猶加敦海岸尋獲

一九一七年八月二十日，我，卡爾．海恩里希（Karl Heinrich）、阿爾特伯格—厄倫斯坦（Altberg-Ehrenstein）伯爵，德意志帝國海軍（Imperial German Army）的海軍少校，負責指揮U-29潛艇，將這只瓶子與紀錄放入大西洋。我不曉得地點，但可能接近北緯二十度，西經三十五度的位置，我的潛艇則在海床上擱淺。我這麼做的原因，是為了將某些不尋常的事公諸於世。我不可能倖存並親自進行這件事，因為我周遭的狀況充滿威脅又特異，不只導致U-29全面癱瘓，也以最恐怖的方式破壞了我鋼鐵般的德國意志力。

六月十八日下午，如U-61所收到的無線電報告所述，我們前往基爾[1]，並用魚雷擊沉了從紐約開往利物浦的英國貨船勝利號（*Victory*），座標是北緯四十五度十六分，西經二十八度三十四分。我允許船員搭小艇過去，以便為海軍部記錄取得良好的拍攝角度。貨船壯烈地下沉，先是船首，船首龍骨在水面上高高揚起，船身則垂直沉入海底。我們的攝影機沒有漏掉任何一絲細節，這麼優秀的影片無法抵達柏林，我感到相當可惜。之後我們用槍擊沉了救生艇，並再度下潛。

我們於黃昏升上海面時，有人在甲板上找到一具水手遺體，雙手用古怪的姿勢緊抓欄杆。這可憐人很年輕，皮膚相當黝黑，長相也非常俊俏，可能是義大利人或希臘人，也肯定是勝利號的船員。他明顯企圖想向被迫擊沉己方船隻的船求救。在英國豬玀對我的祖國挑起的不公侵略戰爭中，又出現了另一個犧牲者。我們的船員在他身上搜尋戰利品，並在他的大衣口袋中發現一只非常怪異的象牙雕像，形象是名頭戴月桂冠的年輕人。我的同僚軍官克蘭茲（Klenze）上尉相信這個雕像具有豐富歷史與藝術價值，便從船員手上將雕像占為己有。他和我都無法想像，這東西怎麼會落入普通水手的手中。

屍體被丟下潛艇時，船員中發生了兩件造成大騷動的事。屍體的眼睛原本閉上，但當人們將屍體拖到欄杆邊時，它的雙眼便被扯開，許多人則產生了某種異樣幻覺，認為那雙眼睛正專注又輕蔑地盯著史密特（Schmidt）與季默（Zimmer），當時他倆屈身抓著屍體。水手長穆勒（Muller）雖是個謹守本份的老人，卻又是個迷信的亞爾薩斯[2]蠢豬，眼前的景象讓他無比激動。他看著水中屍體，發誓說下沉後的屍體，將雙臂擺出游泳的姿勢，並在浪潮下往南方快速游去。克蘭茲和我不喜歡這種愚民的無知行為，並嚴厲責罵了船員們，特別是穆勒。

隔天由於有些船員生了病，造成了麻煩狀況。他們明顯因漫長航程帶來的神經壓力所苦，也做了惡夢。好幾個人似乎變得暈眩又呆滯，當我確定他們並非裝病後，就暫時停止他們的勤

1 譯注：Kiel，德國北部城市。

2 譯注：Alsace，位於法國東部地區。

務。海象相當差，所以我們下降到海浪不會造成太多問題的深度。這裡的水勢相對平靜，不過有股我們無法在海圖上辨認出的古怪南向洋流。病人們的呻吟聲相當惱人，但由於他們並未降低其他船員的士氣，我們沒有採取激烈手段。我們計畫留在原處，準備攔截遠洋客輪達西亞號（*Dacia*），位於紐約的間諜提供的資訊中提到了這艘船。

剛入夜，我們就升上海面，並發現海象和緩了不少。北方地平線上飄起了戰艦的煙霧，但我們的距離與下潛能力保障了安全。讓我們比較擔心的，是水手長穆勒的言論，隨著夜色降臨，他的行徑越趨誇張。他處於令人不齒的幼稚精神狀態，並滔滔不絕地說起某些關於死屍飄過海底舷窗的幻覺。那些屍體惡狠狠地盯著他，而儘管屍首腫脹，他卻在其中認出先前在某些德軍成功的攻擊中死亡的人。他說被我們尋獲並丟下船的年輕人，是屍體們的領袖。這種言論恐怖且異常，於是我們將穆勒銬了起來，並對他處以鞭刑。船員們對他受到的處罰感到不滿，但鐵律如山。我們也拒絕了水手季默帶頭提出的請願，他們要求將古怪的象牙雕刻丟入海中。

六月二十日，前天生病的水手波辛（Bohin）與史密特變得極度瘋狂。我對船上的軍官中沒有醫生這點感到惋惜，因為德國人的性命十分寶貴，但兩人持續瘋言瘋語地講著某個恐怖詛咒，對紀律造成嚴重影響，因此我們採取了極端措施。船員們陰鬱地接受了判決，但此舉似乎使穆勒安靜下來，從此他沒有再惹過麻煩。我們在晚間將他釋放，他則沉默地處理勤務。

接下來一周，我們全都緊張地觀察達西亞號的蹤跡。穆勒與季默的失蹤使壓力變得惡化，他們肯定是由於恐懼纏身而自殺，不過沒有人看到他們跳船。我很高興穆勒消失，因為就連他的沉默，都對船員造成了不良影響。現在每個人都默不作聲，彷彿心中保有祕密恐懼。許多人都生了病，但沒有人掀起騷動。克蘭茲上尉因壓力而感到惱怒，連小事也會使他心煩，像是在U-29周邊聚集、且數量暴增的海豚，以及不在我們海圖上的南向洋流。洋流的水勢正不斷增強。

最後，我們明顯錯過了達西亞號。這種失敗並不少見，要說是失望，我們反而覺得開心，因為我們可以返回威廉港（Wilhelmshaven）了。我們在六月二十八日轉向東北方，儘管潛艇和異常大量的海豚發生了一些滑稽的糾纏狀況，卻也迅速啟程。

凌晨兩點輪機室發生的爆炸使人大吃一驚。我們檢查機器並無問題，人員也並未怠惰，但潛艇卻在沒有收到警告的狀況下，從頭到尾遭到劇烈衝擊。克蘭茲上尉趕到輪機室，發現油槽和大多機器都已粉碎，輪機員拉貝（Rabbe）與史奈德（Schneider）也當場死亡。我們的情況忽然變得岌岌可危，化學空氣再生器並未損壞，只要壓縮空氣和蓄電池撐得下去，我們就能用這些裝置控制潛艇上升和下潛，但我們無法使潛艇前進或轉向。用逃生艇求援的話，便等於將自己交給無理攻擊偉大日耳曼帝國的敵人。自從勝利號事件後，我們就無法使用無線電與帝國海軍其餘潛艇通聯。

從意外發生到七月二日這段期間，我們不斷往南方漂，幾乎無計可施，也沒有遇到船隻。海豚依然圍繞著U-29，有鑑於我們移動的距離，這算是相當驚人的狀況。七月二日早上，我們看見了一艘掛著美國國旗的戰艦，船員們也變得非常焦躁，因為他們想投降。最後克蘭茲上尉得射殺一位名叫特勞貝（Traube）的水手，他特別猛烈地要求做出毫無日耳曼精神的投降行為。這讓船員們安靜下來，我們也在沒被發現的狀況下下潛。

隔天下午，一大堆海鳥從南方出現，海面也開始不祥地起伏。我們關閉艙門，等待狀況發展，直到我們發現如果潛艇不下潛，就會被巨浪困住。我們的氣壓與電力正在減弱，也希望能避免不必要的使用脆弱的機器，但在這個狀況下，我們別無他法。我們並未潛得太深，等到幾小時後海面變得平靜時，便浮上海面。不過，此時發生了新問題。儘管技師努力處理，我們依然無法控制潛艇移動的方向。當船員們對這種海底困境感到害怕時，有些人又開始低聲談起克蘭茲上尉的象牙雕像，但他們一看到自動手槍，就平靜下來。我們盡量讓那些可憐的混蛋保持忙碌，不斷維修機器，儘管我們清楚此舉徒勞無功。

克蘭茲和我通常在不同的時段睡覺。七月四日早上五點，我在睡覺時，發生了叛變事件。剩下六名卑劣的水手懷疑我們已經戰敗，便對我們不願向兩天前經過的美國戰艦投降一事忽然大發雷霆，並神智不清地咒罵與攻擊。他們如禽獸般怒吼，且恣意破壞設備與家具。他們嚷著毫無道理的瘋話，內容包括象牙雕像的詛咒，與看了他們之後便游走的黝黑年輕死屍。克蘭茲上尉似乎癱軟又無力，像他這種個性如女人般柔弱的萊茵蘭人[3]，老是這樣。我把六個人全數射死，這是必要措施，並確保他們無人倖存。

我們將遺體由雙層艙門排出，就此成為U-29僅剩的成員。克蘭茲似乎非常緊張，也大量酗酒。我們決定得盡可能地存活，用上大量補給品與化學供氧器材，這些東西都並未遭到那些低等水手的瘋狂舉止破壞。我們的羅盤、深度計與其他脆弱儀器都毀了，自此之後，我們只能透過猜測來進行位置判定，藉由手錶、月曆與我們的漂流狀況作為判斷依據，並透過從舷窗或指揮塔上看到的物體觀察漂流狀況。幸運的是，我們擁有還能長時間使用的蓄電池，供內部照明與探照燈使用。我們經常在船邊打出光線，但只看到游向與我們平行的海豚。我對海豚有科學上的興趣，儘管一般的真海豚（*Delphinus delphis*）是鯨類動物，無法在沒有空氣的狀況下生存，我卻花了兩小時仔細觀察其中一條海豚，也沒發現牠改變下潛的狀態。

隨著時間過去，克蘭茲和我認為我們依然往南方漂流，同時下沉得越來越深。我們觀察海洋動植物，也為了打發時間，閱讀我帶來的書本中與牠們有關的主題。不過，我不禁觀察到自己同伴對科學知識的缺乏。他沒有普魯士人的心智，只受到毫無價值的想像與臆測宰制。我們即將面對的死亡對他產生了奇特影響，他也經常充滿悔意地替我們拋進海底的男女老幼禱告，完全遺忘了只有高貴人物能服侍日耳曼帝國。過了一陣子後，他變得相當不穩定，盯著他的象牙雕像看了好幾小時，並編出誇張的故事，講述海底遭遺忘的失落事物。作為心理實驗，我有時會帶他四處走動，傾聽他如詩文般的引言，以及關於沉船的故事。我對他感到非常遺憾，因為我不喜歡看到

3 譯注：Rheinland，德國西北部萊茵河兩旁的地區。

德國人受苦，但他並非一同赴死的好對象。我對自己感到相當驕傲，深知祖國會敬重我留下的回憶，我兒子們也會接受教育，成為像我一樣的男人。

八月九日，我們看見海床，便用探照燈往上頭發出強烈光線。那是座起伏的龐大平原，地上大多覆蓋著海草，也零星散佈著小型軟體動物的貝殼。四處都有外形古怪的黏膩物體，上頭纏著海草、也長滿藤壺，克蘭茲說那肯定是倒在墳墓中的古船。他對某個物體感到困惑，那是座矗立在海床上的堅固山峰，頂端約有四英呎高，粗約兩英呎，有平坦的側面和光滑的頂端平面，頂部也形成鈍角。我認為那座尖峰是外露的岩石，但克蘭茲認為他在上面看到了雕刻痕跡。過了一陣子後，他開始發抖，並轉身避開那光景，彷彿感到相當害怕，但他無法確切解釋，只說自己受不了海洋深淵的龐大、黑暗、荒蕪、古老與謎團。他的心靈相當疲勞，但我永遠是個德國人，也迅速注意到兩件事：U-29承受深海壓力的狀況相當良好，特異的海豚們也依舊圍繞我們，即使大多自然學家認為，高等生物不可能在這種深度生存。我確定先前自己錯估了我們的深度，但我們肯定沉得夠深，才使這些現象顯得奇特。透過海床測量，我們往南漂的速度，就和我在高處水域中觀察生物經過時所測量的速度一樣。

八月十二日下午三點十五分，克蘭茲完全發狂。他本來在指揮塔使用探照燈，此時我看到他衝進圖書室，我正在裡頭看書，他的臉孔立刻背叛了自己。我將重述他說的話，並聚焦在他強調的詞語上。「**他**在呼喚！**他**在呼喚！我聽見他了！我們得走了！」他說話時，一邊從桌上取走象牙雕像，將它放入口袋，並抓住我的手臂，企圖將我往上拖向通往甲板的升降梯。在那一瞬間，我明白他打算開啟艙門，和我一起跳入外頭的水域，我完全沒準備好面對這種尋死又想殺人的瘋狂舉止。當我往後靠，並企圖安撫他時，他變得更為激動，說道：「快來——不要等到以後，寧可認罪並受到原諒，也不要抵抗並遭受天譴。」接著我試圖反其道而行，告訴對方他瘋了——可悲地徹底瘋狂。但他無動於衷，並喊道：「如果我瘋了，那才算是慈悲。願諸神憐憫對醜陋末日保持理智的冷血人物！趁他仍慈悲地呼喚時，快來！」

叫喊似乎減輕了他腦中的壓力，因為當他說完時，就變得溫和了點，並說如果我不願陪伴他，就讓他獨自前去。我的決定頓時清楚無比。他是個德國人，但也只是個萊茵蘭人和平民，現在還是具有潛在危險的狂人。一旦同意他的尋死企圖，我就會立刻擺脫這名不再是同伴、而是威脅的對象。我要他在離開前，把象牙雕像交給我，但這項要求只激得他發出不尋常的笑聲，因此我沒有繼續要求他。接著我問他，如果我獲救，他是否希望為在德國的家人留下任何紀念物，或是一撮頭髮，但他再度對我發出怪笑。於是當他爬上梯子時，我就走到操縱桿邊，並在等待一段時間後，才操作機器讓他赴死。當我發現他已經不在潛艇內後，就在水中以探照燈搜索，企圖看他最後一眼，我想確定水壓是否會如同理論般將他壓扁，或是遺體會和那些獨特海豚般不受影響。不過，我並沒有找到已故同伴，海豚群太過密集，擋住了指揮塔的視線。

那天晚上，可憐的克蘭茲離開時，我後悔自己沒有偷偷從他口袋中偷走那只象牙雕像，因為它讓我產生了極大印象。我無法忘記那年輕又美麗的頭雕，以及它頭頂的月桂冠，不過我並沒有藝術家的素質。我也對缺乏談話對象這點感到遺憾，儘管克蘭茲的頭腦比不上我，但好過沒有半個人。當晚我睡得並不好，也想知道死期何時會降臨，我當然沒有多少獲救的機會。

隔天我登上指揮塔，並開始和往常一樣用探照燈探索。自從我們看到海床後，北方的景象和過去四天完全一樣，但我注意到U-29的漂流速度變慢了。我將光線轉向南方時，注意到前方的海床明顯往下坡傾斜，在某些位置還有外型出奇規律的石塊，彷彿根據某種明確樣式放置。潛艇並未立刻沉到更深的海域，因此我迅速調整了探照燈，以便向下打出明亮光線。由於改變過快，有條電纜被扯了開來，導致我得拖延數分鐘進行維修，但最後光線再度流瀉而出，照亮了我底下的海洋谷地。

我並未屈服於任何情緒，但當我看見顯露在電燈光芒下的事物時，依然感到相當訝異。但身為在普魯士文化中長大的人，我不應感到驚訝，因為地質學和傳統都告訴我們，海洋與大陸曾發生過變動。我看到的是綿延不絕的一連串毀壞建物，儘管建築風格不明，但依然雄偉無比，保存狀態也各有不同。大多建物似乎都以大理石建成，在探照燈的光線下閃爍著白色光澤，整體而言，這是座位於狹窄谷地底部的大型城市，還有許多獨立神殿與別墅位於上方的陡坡。屋頂都已塌陷，巨柱也已毀損，但城裡還保有一股無從抹滅的古老榮光。

終於碰上我先前視為神話的亞特蘭提斯後，我便化為熱切的探索者。山谷底部曾經有條河，因為當我更仔細地觀察那光景後，就發現了石橋、大理石橋與海牆的遺跡，以及一度蒼綠美麗的高台與堤防。在熱切情緒下，我幾乎變得愚蠢又情緒化，如同可憐的克蘭茲，這也使我很晚才發現南向洋流終於停歇，讓U-29緩緩在沉默城市降落，宛如停在地表城鎮的飛機。我也很慢才發現，那群不尋常的海豚已經消失了。

不到兩小時，潛艇就停在一座靠近山谷岩牆邊的鋪地廣場上。我可以從一側看到整座城市，市區從廣場上的斜坡往下延伸到河岸。在另一側極度靠近潛艇的位置，我見到一座大型建築裝飾華麗、保存良好的正面結構，那明顯是座神殿，透過挖空堅固的岩石建成。我只能以猜測的方式判斷這座巨型建物的建築工法。龐大無比的正面結構，明顯包覆了一塊綿延不斷的空洞裂口，上頭可見許多分布廣泛的窗戶。中央有座敞開的大門，得由一列雄偉的階梯抵達該處，周圍環繞著滿布特殊獨特浮雕、像是酒神的人像。最前端則是巨柱與飾帶，兩者都裝飾了美得不可方物的雕刻。它們明顯描繪出理想化的田園景象，還有列隊的男女祭司，為了向一位俊美神祇祝禱，而端起古怪的儀典用具。這種藝術完美無比，概念上接近希臘風格，卻又特立獨行。它傳達了一種可怖的古老感，彷彿它並非希臘藝術的直系先祖，而是最古老的遠祖。我也肯定這座巨型建物的所有細節，都是由我們星球上這塊處女岩丘雕製而成。它顯然是山谷牆面的一部分，不過我無法想像，龐大的內部結構是如何開挖出來的。或許是有座洞窟或一連串洞穴系統組成了核心。歲月或沉沒都無法腐蝕這座駭人神殿的太古氣勢。它肯定是座神殿，而在數千年後的當今，它則完好無損地留在海洋深淵的無盡黑夜與寂靜之中。

我無法估算自己花了幾小時注視沉沒城市中的建築、拱門、雕像、橋墩與美麗又神祕的雄偉神殿。儘管我清楚死期已近，好奇心卻依然旺盛，並將探照燈的光線轉向周圍，急切地展開探索。光束讓我得以觀察許多細節，但無法窺見石雕神殿敞開門口中的任何東西。過了一陣子，我關掉燈光，想起自己得節省電力。光線現在已明顯比漂流時那幾週還來得黯淡，而我企圖探索水下祕密的慾望也不斷增長，彷彿因即將失去光線而受到刺激。我這名德國人，居然會成為踏上太古遺落道路的第一人！

我拿出並檢查一套以金屬接合成的深海潛水裝，並試用了可攜式燈光和空氣再生器。雖然我難以獨自操作雙重艙門，但我相信自己可以用科學技巧突破障礙，並親自踏上死寂的城市。

八月十六日，我從U-29的出口離開，努力跨越滿是泥濘的街道遺跡，並走到古老的河道邊。我沒有發現任何骨頭或人類遺骸，反而從雕刻與硬幣中找到了大量考古知識。我現在無法提及這點，只能對這個處於巔峰期的文化感到讚嘆，當時穴居原人還在歐洲遊蕩，尼羅河也在無人觀望的情況下流入海中。如果有人根據這封信而找到此處，就可以挖掘出我只能在此暗示的祕密。燈光電力開始減弱時，我便回到潛艇，決定隔天要探索石造神殿。

十七日，當我對搜索神殿祕密的衝動越趨高漲時，發生了一件令人失望的事。我發現可攜式電燈所需的電池，已經在那些豬玀於七月的叛變中毀損。我大發雷霆，但我的德國理智禁止自己在缺乏準備的狀況下，就進入漆黑的室內，裡頭有可能是某種難以描述的海怪巢穴，或是某座迷宮的通道，我可能永遠無法從其中的迂迴彎道中脫身。我能做的，只有打開U-29變暗的探照燈，並透過燈光輔助，走上神殿階梯，研究它的外部雕刻。光線以仰角打入門內，我則向內窺視，想看看能發現什麼，但此舉徒勞無功。就連屋頂都看不見，儘管我往內走了一兩步，並拿了根棍子探測地面，卻不敢往深處走。而且，我這輩子第一次體驗到恐懼。我開始明白可憐的克蘭茲為何會產生那些情緒，因為當神殿越來越吸引我時，我也對它裡頭的水底深淵感到一股逐漸高漲的盲目畏懼。我回到潛艇，熄滅燈光，坐在黑暗中思考。現在只有在緊急狀況時，才能使用電力了。

十八日星期六，我完全處在黑暗之中，受到思緒與回憶折磨，它們亟欲擊垮我的德國意志。克蘭茲發了瘋，並在抵達這座來自邪惡過往的不祥遺跡前，就已一命歸西，還提議要我和他同行。命運使我倖存的原因，難道只是要讓我受到難以抗拒的誘惑，面對沒人想像過的驚駭末日嗎？我的心智明顯受到極大壓力，我也得拋棄這種弱小人物才會有的心態。

週六晚上我無法入睡，並打開燈光，全然不在意之後的處境。惱人的是，電力居然比空氣和補給品還早耗盡。我再度想到安樂死一事，於是檢查了自己的自動手槍。我肯定是在快到早上時睡著，燈光也開著，因為我昨天下午甦醒時，電池已經沒電了。我連續點燃了好幾根蠟燭，並焦慮地後悔我們先前目光短淺的行為，完全耗盡了船上僅有的蠟燭。

最後一根蠟燭熄滅後，我便靜靜坐在無光環境中。當我想到無可避免的死亡時，內心就回朔起過往事件，至今為止都深藏心底的印象也隨之萌生，這可能會使內心脆弱又迷信的人顫抖不已。**石造神殿中雕像所描繪的俊美神明頭部，和那名死亡水手從海上帶來的象牙雕刻一模一樣，可憐的克蘭茲則將它帶回海中。**

我對這項巧合感到有些吃驚，但並未感到害怕。只有脆弱的思考者，才會急於透過原始的超自然現象角度，解釋特異且複雜的事物。這項巧合十分怪異，但我過於理智，不願將缺乏邏輯連結的事情扯在一起，或對從勝利號事件，到我當前處境之間發生的所有怪異災難進行聯想。我覺得需要休息更久，便服下鎮定劑，多睡了一會。我的夢反映了自己的緊張狀態，因為我似乎聽到溺水死者的叫聲，也看見死人的臉孔貼在潛艇舷窗上。死人臉孔之間，則浮現出那名帶著象牙雕像的年輕人嘲諷般活生生的臉孔。

我得小心紀錄今天醒來的狀況，因為我感到精神相當不穩，也產生了諸多與現實混為一體的幻覺。心理學上而言，我的狀況十分有趣，對於無法讓傑出的德國權威觀察自己的狀況，我感到十分惋惜。一睜開眼睛，我便率先感到一股極度強烈的渴望，想探訪石造神殿，這股慾望每分每秒都在增強，但我自動透過某些反向的畏懼情緒來壓抑它。接著，在電池耗盡所造成的黑暗中，我察覺到一股**光芒**，也似乎看到水中有某種磷光，從面對神殿的舷窗傳來。這激起了我的好奇心，我不曉得有深海生物能放出這種強度的亮光。

但調查該處前，我又產生了第三種念頭。由於這是非理性想法，使我質疑起自己所有感官的客觀性。那是種幻聽現象，我覺得有某種帶著節奏感的聲音，似乎是狂野但美麗的吟唱聲或合唱聖歌，從完全隔音的U-29船殼外傳來。我相信自己的心理與神經狀況產生了異常，便點燃一些蠟燭，再吞下濃烈的溴化鈉溶液[4]，這似乎使我冷靜下來，也足以驅除幻聽。但磷光依舊存在，我也難以壓抑幼稚的衝動，想走到舷窗邊查看光線來源。它具有駭人的真實感，透過光線的輔助，我也迅速看見周圍熟悉的物品，以及先前裝有溴化鈉溶液的空瓶，我之前對它當下的位置沒有任何視覺印象。最後這點使我感到納悶，於是我穿過房間並觸碰了玻璃瓶。它確實位於我似乎看到的地點。現在我明白那股光芒要不確實存在，要不就是某種持續不斷的強烈幻覺，我也無法將之驅除。因此我放棄抵抗，並爬上指揮塔，找尋光線的來源。那會不會是前來救援的另一艘潛艇？

讀者最好不要把之後的紀錄視為客觀真相，由於那些事超脫了自然法則，可能只是我疲勞的內心產生的主觀幻象。當我走上指揮塔，就發現海域沒有我預料中那麼明亮。周圍沒有發出磷光的動植物，從斜坡延伸到河邊的城市，在黑暗中也不見蹤影。我看見的東西並不壯觀，也不噁心或可怕，但它移除了我對自我意識的最後一絲信任。因為岩丘上雕出的海底神殿門窗，鮮明地發出了一股閃爍的光芒，彷彿來自神殿中猛烈的祭壇火焰。

之後的情況相當混亂。當我盯著閃著異常光芒的門窗時，便目睹了無比誇張的幻象：我無法

4 譯注：該化學物質可用於製作鎮靜劑。

形容那種影像的特異程度。我覺得自己在神殿中察覺到某種東西，有些毫無動靜，有些則正在移動，我也似乎再度聽見醒來時察覺到的虛幻吟唱聲。我心中升起了各種思緒與恐懼，全都聚焦在海中的年輕人與象牙雕像，雕像的形象也在我面前神殿的飾帶和高柱上出現。我想起可憐的克蘭茲，也想知道他的遺體和他帶回海中的雕像究竟在哪。他曾警告過我某些事，而我沒有在意，但他是個愚蠢的萊茵蘭人，普魯士人能輕鬆面對使他發瘋的事。

剩下的狀況非常單純。我前往造訪神殿的衝動，變成了難以解釋的強烈驅力，我已無法再抗拒它。我的德國意志力再也無法控制自身行為，之後可能也只能用自身意志做出微不足道的事。克蘭茲因這種瘋狂而自殺，全身毫無防護地跳入海中，但我是個普魯士人，也是個理智人士，會繼續運用自己僅剩的意志力。當我發現自己得走了，就準備好自己的潛水衣、頭盔和空氣再生器，立即著裝，並著手快速寫下這份紀錄，希望它某天能抵達外界。我會將手稿封入瓶中，並在離開U-29時將它送入海裡。

我毫不畏懼，就連狂人克蘭茲的預言也嚇不了我。我目睹的景象不可能屬實，我也清楚自身意志中的瘋狂，頂多只會在用盡空氣時害自己窒息。神殿中的光芒只是幻覺，我也該像個德國人般，在遭人遺忘的漆黑深淵中冷靜地死去。當我寫下這些字時所聽到的魔性笑聲，只是出自我衰弱的大腦。於是我謹慎地穿上潛水衣，並大膽走上階梯，進入原始神殿，那裡隱藏著神祕水域，與無盡歲月中的沉默祕密。

六、《赫伯特・衛斯特：甦屍者》

Herbert West—Reanimator

第一章：來自黑暗

說起自己在大學與日後人生中的朋友赫伯特．衛斯特（Herbert West）時，我總是滿懷恐懼。這種恐懼感並不全然來自他最近那樁失蹤事件散發出的不祥徵兆，而是由於他終生志業的性質。早在十七年前，當我們還在位於阿卡漢（Arkham）的米斯卡托尼克大學醫學院（Miskatonic University Medical School）念大三時，這股恐懼感便已露出端倪。和他共處時，他實驗中的奇景與恐怖行徑讓我非常入迷，我也是他最親近的同伴。既然他已經不在了，吸引力也就此消逝，恐懼感則更為高漲。回憶與可能性總是比現實還醜陋。

我們認識後的第一樁可怕事件，讓我遭遇了人生中最大的衝擊，即使現在提起這件事，也依然感到心不甘情不願。如我所說，事情發生在我們還在念醫學院時。衛斯特對死亡的本質，以及透過人工方式抵抗死亡的可能性所提出的狂野理論，讓他在學校裡變得聲名狼藉。他遭到教職員與同學嘲笑的觀點，取決於生命的機械性本質；他也想透過計算生理機能失敗後的化學反應，找出使人類器官機制運作的方式。若他想實驗不同種復活方式，便殺死並處理大量兔子、天竺鼠、貓、狗與猴子，使得他成為大學裡的頭號麻煩人物。有好幾次，他確實在理應死亡的動物身上發現了生命跡象。他在許多案例中，都觀察到劇烈反應，但他很快就發現，如果自身目的確實可行，就必須窮盡一生，研究使實驗達到完美的過程。他也明白，既然同種解決方式在不同物種上永遠得不到相同結果，他就需要人類對象，才能進行更深入的專業研究。這一點，使他首次與校方產生衝突，接下來的實驗也遭到學校高層禁止，這位高層人物正是醫學院院長本人：學識淵博又和藹的艾倫・哈爾賽博士（Allan Halsey），阿卡漢每位老居民都記得他為病人的付出。

我總是極度容忍衛斯特的目標，我們也經常討論他的理論，這些理論擁有近乎無限的分歧與後果。我朋友同意海克爾[1]的說法：所有生命都是化學與物理上的過程，而所謂的「靈魂」只是神話。因此我朋友相信，死者的人為復活過程只取決於身體組織的狀況。除非已開始腐敗，否則透過適當的手法，依然能使擁有所有臟器的屍體，再度恢復到所謂的「生命」狀態。衛斯特完全明白，只要敏感的腦細胞輕微壞死，就可能造成精神或智能受損，而就連最短期的死亡狀態，都很容易導致這點發生。一開始他希望找到某種試劑，能在真實死亡發生前恢復身體活力，而動物測試一再失敗，使他理解自然生命與人工生命之間的活動完全不相容。接著他嘗試採用極度新鮮的實驗品，當樣本的生命一結束，就立刻將他的溶液注入其血液中。這種狀況讓教授們充滿質疑，因為他們覺得實驗品可能並未經歷真實的死亡。他們並沒有仔細又理智地審視整個過程。

1　譯注：Ernst Haeckel，十九世紀德國生物學家，曾將達爾文的進化論引進德國。

校方禁止他研究後不久，衛斯特便向我坦承，他決定要透過某種方式取得新鮮的人類遺體，並繼續祕密從事他再也無法公開進行的實驗。聽他敘述的實驗方向與方法著實可怕，因為我們在大學裡從未自行取得解剖用樣本。太平間的屍體量不足時，負責的兩名黑人就會著手處理，也鮮少有人質問他們。當時的衛斯特，是名矮小瘦削的年輕人，戴著眼鏡的他擁有纖細的五官、一頭金髮、蒼藍色眼珠與柔和的嗓音，因此聽他談起基督教堂墓園（Christchurch Cemetary）與無名塚相對的優點時，就令人感到很不尋常。最後我們決定去無名塚，因為基督教堂中的每具遺體，都經過防腐處理，這自然有損衛斯特的研究。

此時我這個助手對他熱切又著迷，也輔助他做出所有決定，不僅考量屍體來源，還要考慮恰當場所，好讓我們進行駭人工作。我想到草丘（Meadow Hill）外廢棄的查普曼（Chapman）農舍，我們便在該處一樓設置了手術室和實驗室，兩座房間都裝有黑色簾幕，以便遮蔽我們午夜時的事務。農舍地點離任何道路都十分遙遠，視野內沒有其他房屋，但我們依然採取了必要的防範措施。因為一旦剛好有夜間路人散播起關於古怪燈光的傳言，我們的計劃就會立刻泡湯，如果事情暴露，我們也會共同聲稱這裡是化學實驗室。我們逐漸用從波士頓買來、或低調地從大學借來的材料，設立陰森的科學實驗室。除了專家外，沒人認得出那些材料。我們也取得了鏟子與鶴嘴鋤，用於在地窖中進行掩埋。我們在大學會使用焚化爐，但對我們那未經授權的實驗室而言，這種設備太昂貴了。屍體總會造成麻煩，就連衛斯特在宿舍房間進行的祕密小實驗，剩下的小天竺鼠遺體也會帶來問題。

我們如同盜墓賊般緊盯當地的死亡通知，因為我們需要品質特殊的樣本。我們要的是死後立刻下葬、未經人工防腐的屍體，最好是沒有畸形病症的遺體，所有臟器也還健在。事故罹難者是我們最佳的希望。好幾週以來，我們從未聽聞到任何適合的對象，不過我們曾在不引起懷疑的情況下，盡可能與停屍間和醫院管理人員洽談，假裝代表醫學院而來。我們發現，每樁案件醫學院都有優先選擇權，因此夏季時我們必須留在阿卡漢，當時夏季課程開課數相當少。不過，最後我們的運氣不錯，某天，我們聽說無名塚有樁理想案件：昨天早上，某個壯碩的年輕工人在薩摩池塘（Summer's Pond）淹死了，人們迅速用鎮上的公款埋葬他，完全沒有耽誤，也沒有進行防腐。我們在那天下午找到新墳塚，並決定於午夜後不久開工。

即使日後的墓園經驗催生出的特殊恐懼，當時尚未出現，我們在午夜時分進行的事，也依然是件令人作嘔的任務。我們攜帶了鏟子和油燈，儘管當時已經開始生產手電筒，效果卻不如當今的鎢絲燈泡來得令人滿意。挖掘過程緩慢又骯髒，如果我們是藝術家，而非科學家，這種工作可能就十分詭譎。鏟子敲擊到木頭時，我們無比雀躍。松木製棺材完全出土後，衛斯特便爬下墓穴，將棺蓋打開，拖出內容物並將之抬起。我伸手下去將遺骸從墳墓中拉出，接著兩人努力把墳墓恢復到先前的狀態。這件事讓我們相當緊張，特別是因為我們第一具戰利品那僵硬的軀體，與表情空洞的臉龐，但我們成功消除了自己造訪此地的蹤跡。我們將最後一鏟土拍實後，就把遺體放進帆布袋，並前往位於草丘遠方的查普曼農舍。

在強力乙炔燈光下，放在舊農舍中臨時搭建的解剖台上的遺體，看起來就沒那麼死氣沉沉。它曾是位結實又明顯缺乏想像力的年輕人，外型清爽普通：體格高大，長有一雙灰色眼珠，頭髮則是棕色。這是個頭腦簡單的健康動物，可能也擁有最單純也最健康的生理狀態。雙眼緊閉的它，看起來不像死者，反而更像是陷入沉睡，不過我朋友的專業測試，很快就證明了事實。我們終於取得了衛斯特渴求已久的樣本：條件理想的真正死者，適用於根據最仔細的計算與理論，製造出來的那種適合人類使用的溶液。我們感到非常緊張，很清楚不可能完美的成功，也對軀體上部分復活現象可能造成的駭人結果，感到不自禁的畏懼。我們特別擔心這個生物的心智與衝動，特別是在死後，某些較為脆弱的腦細胞可能已經損壞。我自己依然對傳統的人類「靈魂」，抱持一些好奇的想法，也對從鬼門關回來的人會說出的祕密感到敬畏。我想知道，這名平靜的年輕人在無法抵達的世界中，見到了哪種光景，以及他在完全復活的狀態下，會說出什麼話。但我的好奇心並不強，因為我大致抱持著與我朋友相同的唯物主義。當他將大量液體注入遺體手臂上的靜脈時，態度比我還冷靜，也立刻完善地包紮傷口。

等待非常難熬，但衛斯特從未卻步。他三不五時將聽診器貼上遺體，並泰然自若地接受負面成果。四十五分鐘後，由於遺體並未出現任何生命跡象，他便失望地宣布溶液無效，但決定要善用這次機會，在丟棄陰森的戰利品前，他打算在藥劑中嘗試一項改變。那天下午，我們在地窖中挖了個墓穴，準備在黎明前把墓填平。儘管我們在房屋外裝了把鎖，但依然希望避免任何細微風險，以防止恐怖行為被發現，再說，到了隔夜，遺體就不夠新鮮了。於是我們將一盞乙炔燈拿到相連的實驗室中，讓沉默的客人待在黑暗中的檯子上，並全力混製新溶液。衛斯特以近乎狂熱的謹慎態度，監督著秤重與測量過程。

恐怖事件發生得非常突然，出乎了我們的預料。當時我正將某些藥劑從原本的試管倒入另一根試管，衛斯特則忙著處理在這座沒有煤氣的建築物中，用於取代本生燈的酒精噴燈。此時從我們離開的漆黑房間內，爆出一連串嚇人又邪門的叫聲，我們都沒聽過這種聲響。如果地獄本身釋放出罪人們的痛苦哀嚎，也不會比那股恐怖的混亂之聲更難以描述。那無可名狀的魔音中，充斥著自然界所有異常恐懼與不自然的絕望。那不可能是人類發出的聲音，人類不可能發出這種聲響。衛斯特和我立刻跳向最近的窗口，完全沒有想到先前的行為或可能的發現，撞倒了試管、油燈與蒸餾器，狂亂地躍進鄉間夜色中滿布繁星的深淵。我想，逃向城鎮時，我們還一面放聲尖叫，不過當我們抵達城鎮邊陲，就開始自制，使自己看起來像是因玩樂而晚歸的跌撞狂歡者。

我們並未分開，並成功抵達衛斯特的房間，兩人點起油燈，低語到黎明。此時我們已用理性理論和之後的調查計畫，讓自己冷靜下來，因此我們整個白天都在睡覺，完全沒去上課。但那天晚上，報紙上刊登了兩則彼此毫無關聯的報導，再度使我們無法入眠。由於不明原因，廢棄的舊查普曼農舍燒成了一堆型態難辨的灰燼。我們清楚，肇因是被翻倒的油燈。此外，有人企圖在無名塚挖掘新墳，還彷彿因為沒有鏟子，而無助地用手指摳抓地面。我們無法理解這點，因為我們曾非常仔細地鋪平了土壤。

十七年後，衛斯特仍然經常往身後看，並抱怨覺得身後傳來了腳步聲。現在，他已經失蹤了。

第二章：瘟疫惡魔

我永遠無法忘懷十六年前那個可怕的夏天，當時傷寒在阿卡漢肆虐，宛如出自伊布力斯[2]殿堂的駭人邪魔。提起那年，大多人都會想起那場可怕瘟疫，因為真實的恐懼正拍打著蝠翼，懸浮在基督教堂墓園裡墓穴中的成堆棺材上空。但對我而言，當時有樁更可怕的恐怖事件——既然赫伯特・衛斯特已經失蹤，知道這件事的人就只剩我了。

衛斯特和我在米斯卡托尼克大學醫學院的暑期課程中處理研究生的事務，而我的朋友則因為他企圖復活死者的實驗，變得聲名狼藉。經歷過屠殺無數小動物的科學實驗後，這恐怖行為表面上遭到我們滿腔質疑的院長艾倫・哈爾賽博士阻止。不過衛斯特卻繼續在骯髒的宿舍房間內進行某些祕密實驗。在某次令人難以忘懷的可怕情況下，還從無名塚的墳墓偷走了一具人類遺體，並將之帶到草丘遠處的一棟廢棄農舍。

那段可憎時期，我和他待在一起，看著他將藥劑注入僵硬的遺體靜脈之中。他認為這種藥在某種程度上，能重置生命的化學與物理機能。結局相當嚇人，我們逐漸將當時的驚懼幻覺，歸咎於兩人過度緊繃的神經。事後衛斯特也從未擺脫某種令人發狂的感覺，覺得有東西在糾纏並追捕

2　譯注：Eblis，伊斯蘭教中的魔王。

自己。屍體不夠新鮮。顯然，要恢復正常的心理狀態，屍體就必須非常新鮮。由於老屋遭到燒毀，我們無法掩埋那具屍體。如果我們能知道它已被埋進地底，就會感到安心點。

那次經驗後，有陣子衛斯特放棄了他的研究，但當這位天生科學家的熱情緩緩恢復時，他就苦苦糾纏大學教職員，懇求讓他使用解剖室與新鮮的人類遺體，以便進行無比重要的工作。不過，他的請願徒勞無功，因為哈爾賽博士的決定不動如山，其他教授也同意院長的決策。他們只將激進的復活理論視為熱情年輕人的幼稚妄想，對方瘦弱的身材、滿頭的金髮、眼鏡後頭的藍色雙眼與柔和的嗓音，完全顯露不出他冷酷大腦中的異常力量——那幾乎可稱之為邪惡。我依然能回想起他當時的模樣，這也使我感到戰慄。他的臉孔變得更為嚴酷，但從未顯老。而現在，賽夫頓療養院（Sefton Asylum）已發生了意外，衛斯特也失蹤了。

大學最後一學期即將開學時，衛斯特與哈爾賽博士因意見不合，而爆發了言語衝突。相對於態度溫文有禮的院長，這件事只損害了衛斯特的名譽。他覺得自己沒有必要拖延如此重要的工作，此舉非常不合理，再過個幾年，他自然能夠自由進行這項工作，但他希望在自己還能使用大學優異的器材時，就著手進行。固守傳統的長者們忽視他在動物身上取得的獨特成果，還堅持否定復活的可能性，對擁有衛斯特這種邏輯心態的年輕人而言，讓他感到難以形容地作嘔與無法理解。只有在心智更成熟後，他才理解「教授／博士」這類型人物的慢性心理侷限：那是可悲的清教主義經歷數世代後的產物。他們善良又充滿良心，有時溫和又可親，但總是觀點狹隘、缺乏容忍度、故步自封又缺乏遠見。年齡對這些性格不健全、但精神高尚的人們相當慈悲，他們真正的罪惡便是膽怯，最後也會因他們犯下的智慧罪孽，諸如托勒密主義、喀爾文主義、反達爾文主義、反尼采主義與各種嚴守安息日的行為與禁奢法令，而遭到大眾嘲笑。儘管衛斯特擁有傑出的科學知識，但年輕的他，卻對善良的哈爾賽博士，以及對方知識淵博的同僚們毫無耐心。他心中的怒氣不斷上漲，還想用驚人的戲劇化方式，向這些遲鈍的知名人士證明自己的理論。和大多年輕人一樣，他著迷於精心構思出的白日夢，裡頭充滿復仇、勝利與最終的盛大寬恕。

接著，地獄的惡夢黑洞中，竄出了咧嘴而笑的致命天譴。災難開始時，衛斯特和我剛從學校畢業，但留下來在夏季班做額外工作，因此當災禍全力席捲阿卡漢時，我們都待在鎮上。儘管還不是有執照的醫師，但我們已取得學位，並在患病者人數上升時，即刻被派去參與公共服務。情況已幾乎超出控制範圍，死亡事件也發生得過於頻繁，使得當地殯葬業者無法負荷。許多屍體在未經防腐過程的狀況下快速連續下葬，就連基督教堂墓園的停屍庫，都塞滿了未防腐的死者棺材。這個狀況也影響了衛斯特，他經常想到這件無比諷刺之事：這麼多新鮮遺體，他遭禁的研究卻連一具屍體都不能用！我們嚴重地超時工作，可怕的心理與神經壓力，使我朋友流露出病態的憂愁。

但衛斯特溫和的敵人們，也扛起了令人疲勞的重責。大學完全沒有關門，醫學院裡每個醫生都在幫忙對抗傷寒瘟疫。哈爾賽博士的犧牲奉獻特別引人注目，他將高明醫術與全部心力，投注到許多人因危險或明顯毫無希望而避開的案例上。一個月內，這位無所畏懼的院長就成了知名英雄，不過他似乎沒察覺到自己的名氣，同時努力不讓自己因疲勞與精神倦怠而倒下。衛斯特不禁對他敵人的剛毅性格感到敬佩，但也由於這點，他更篤定要向對方證明自己的驚人學說。趁著學院工作與地方衛生法規紊亂無序時，某天晚上他成功將一具最近剛死亡的屍體偷渡進大學解剖室，並在我面前，將以新配方調製的溶液注入遺體。那東西確實睜開了雙眼，但只是用使人魂飛魄散的恐怖眼神盯著天花板，接著又變回死氣沉沉的屍首，完全無法再被喚醒。衛斯特說屍體不夠新鮮，無法適應炎熱的夏季空氣。那次我們差點在焚燬遺體前被逮到，衛斯特也質疑，繼續在大學實驗室進行大膽的非法實驗是否可行。

疫情在八月達到高峰。衛斯特和我差點喪生，哈爾賽博士也於十四日過世。所有學生都在十五日參加了急促的葬禮，還帶了一只華麗的花圈，不過富有的阿卡漢居民與地方政府送來的禮品，氣勢則遠遠超過花圈。葬禮幾乎成了公眾事件，因為院長是位公認的善人。他下葬後，我們都有些難過，並在貿易所的酒吧待了整個下午。儘管衛斯特因對手的死而感到震驚，卻提起他惡名昭彰的理論，使我們其他人感到一陣冷冽。夜色低垂後，大多學生都返回家中，或去執行不同的工作，但衛斯特說服我幫助他「好好利用這個晚上」。衛斯特的女房東看到我們在凌晨兩點抵達他的房間，兩人之間還夾帶著第三個人。她告訴自己的丈夫說，我們明顯吃飽喝足了。

這位尖酸的婦人顯然說對了，因為大約凌晨三點，衛斯特房間中傳來的叫聲，驚醒了整棟房子的居民，他們破門而入時，發現我們失去意識，躺在沾滿血跡的地毯上，兩人遭到毆打，身上有抓傷和撕裂傷，身旁還散落著衛斯特的瓶子與器材碎片。只有一扇開啟的窗戶顯示出攻擊者的去向，也有許多人想知道，當對方從二樓一躍而下，落到草坪上後，又發生了什麼事。房內有些古怪衣物，不過衛斯特恢復意識後，卻說那些衣服並不屬於陌生人，而是他為了調查病菌傳播，所收集來用於細菌分析的樣本。他命令人們盡快把那些衣物扔到開闊的火爐中燒掉。我們都對警方宣稱，自己不清楚先前同伴的身分。衛斯特緊張地說，對方是我們在位置不明的鬧區酒吧中遇到的友善陌生人。我們一夥人相處得非常融洽，衛斯特和我也不希望警方追捕那位好鬥的同伴。

第二樁阿卡漢恐怖事件的開端在同晚展開：對我而言，恐怖事件已凌駕瘟疫。基督教堂墓園成了駭人的謀殺現場，某個守衛遭到利爪攻擊而死，死狀不只悽慘得難以形容，還引起人們質疑這是否為人類所為。有人在午夜後看過仍活著的受害者，慘案在黎明時才被發現。鄰近的波頓鎮上一位馬戲團經理接受質問，但他發誓沒有任何動物曾由籠中逃脫。發現遺體的人們察覺有道血跡導向停屍庫，庫門外的水泥地上則有一小灘紅色血水。另一條更模糊的血跡延伸到遠處的樹林，但很快就完全消失。

隔天晚上，妖魔們在阿卡漢的屋頂上狂舞，異常的瘋狂則在風中嚎叫。遭受病魔肆虐的鎮上，悄悄出現了一股詛咒，有些人說它比瘟疫還要可怕，也有人低聲相傳，說那正是象徵瘟疫本身的邪靈。有八間屋子遭到無名對象入侵，房內死傷慘重。那隻無聲的殘忍怪物仍在外頭肆虐，總共留下了十七具嚴重受損、型態難辨的遺體。有少數人在黑暗中看過那東西模糊的身影，並說它全身蒼白，宛如畸形人猿或人型妖魔。它並未留下攻擊目標的所有遺骸，因為它有時會感到飢餓。它殺死了十四人，另外三具遺體原本就放置在遭到襲擊的住家之中。

第三天晚上，大批驚慌的搜索人員由警方率領，在靠近米斯卡托尼克校園的克萊恩街（Crane Street）上某棟房屋逮到那東西。他們謹慎地安排任務，透過志願電話站保持聯繫，學院區域中有某人傳來報告，說某處被窗簾遮蔽的窗口後頭傳來搔抓聲時，警力網便快速擴張開來。由於大規模警戒和防範措施，結果只出現了兩名罹難者，逮捕過程也沒有發生重大傷亡。那東西最後遭到一顆子彈擊中，不過並沒有造成致命傷，兇手也在眾人的訝異與作嘔中，立刻被送到當地醫院。

它曾是個人類。儘管有那對令人作嘔的雙眼、無聲的猿猴姿態與邪氣逼人的野蠻性格，這點卻十分明顯。人們包紮了它的傷口，並用車將它送到賽夫頓療養院，接下來十六年，它都在那用頭撞擊裝有護墊的牆壁，直到最近的意外發生時，它在鮮少有人願意提起的狀況下逃走。當年最使阿卡漢搜索人員感到作嘔的是，當他們清潔完怪物的臉孔時，便注意到它與三天前下葬的一位學識淵博且自我犧牲的烈士之間，具有難以置信的驚人相似之處：那正是已逝的艾倫．哈爾賽博士，知名慈善家，與米斯卡托尼克大學醫學院的院長。

對我與失蹤的赫伯特．衛斯特而言，這件事帶來莫大的噁心與恐懼。今晚當我想起此事時，也打起冷顫。我比那天早上顫抖得更嚴重，當時包紮著繃帶的衛斯特咕噥道：「該死，它還不夠新鮮！」

第三章：月光下的六聲槍響

在一發子彈就足夠的情況下，將左輪手槍中的六發子彈忽然全數射出，並不是常見的狀況，但在赫伯特・衛斯特的人生中，有許多事都相當罕見。比方說，很少有離開學院的年輕醫師，被迫隱瞞他挑選住家與辦公室的準則，但赫伯特・衛斯特正是如此。當他和我在米斯卡托尼克大學醫學院取得學位後，便企圖成為執業醫師，以便擺脫貧困生活，我們也謹慎地不提兩人選擇那座房屋的原因，是由於它遺世獨立，也相當靠近無名塚。

諸如此類的沉默鮮少缺乏確切來由，我們也不遑多讓，因為我們的需求出自不可能受歡迎的人生志業。表面上我們只是醫生，但檯面下卻有更偉大且更恐怖的目標：因為赫伯特・衛斯特的人生目標，便是在漆黑又禁忌的未知領域中冒險，他希望能在其中挖掘出生命的祕密，並使墓園中的冰冷屍骨重新得到永恆的生命。這種任務需要古怪的材料，其中之一便是新鮮的人類屍體。為了取得這種必要材料，他必須過著低調的生活，並住在離非正式墓園不遠的地點。

衛斯特和我是大學時認識的，我也是唯一能理解他那醜陋實驗的人。我逐漸成為他不可或缺的助手，而既然我們已離開了學校，就得繼續合作。很難找到能夠同時接受兩名醫師的好地點，但最後學校的影響力，使我們在波頓找到了執業場所。波頓是學院所在地阿卡漢附近的工廠城鎮。波頓精紡廠（Bolton Worsted Mills）是米斯卡托尼克河谷（Miskatonic Valley）最大的精紡廠，當地醫生從來不喜歡照料廠中操著不同語言的雇員。我們相當謹慎地選擇房屋，最後挑中了靠近邦德街（Pond Street）盡頭的破爛小屋。它離最近的鄰居有五個門牌號碼的距離，和當地的無名塚則只隔了一塊草地，北邊一座濃密的森林，將草皮從中狹窄地一分為二。這段距離比我們預期的還長，但我們無法在不穿過原野另一側的狀況下，找到更近的房屋，該地還要完全遠離工廠區。不過，我們對此並沒有過於不悅，因為我們與陰森的材料來源之間沒有其他人存在。路程有一點長，但我們可以在不受打擾的情況下，將沉默的樣品拖回家。

打從一開始，我們的工作量就高得驚人，高到能使大多年輕醫生滿意，而對抱有其他真正興趣的學生而言，則成了無趣的負擔。紡織廠員工的性格相當浮躁，除了許多正常醫療需求外，他們經常掀起的鬥毆事件與持刀械鬥，讓我們有許多工作得做。但真正盤據我們心頭的，則是我們在地窖設置的祕密實驗室。實驗室的電燈下擺設了長桌，凌晨時，我們經常將衛斯特不同的溶劑，注入從無名塚拖來的遺體。衛斯特狂熱地進行實驗，想找到某種能在人類的生理機能因我們所稱的「死亡」而停止後，還能重啟的方式，卻碰上了最詭譎的障礙。不同類型的對象需要成分截然不同的溶液，適用於天竺鼠的配方不適合人類，不同的人類樣本也需要大幅度調整配方。

屍體必須極度新鮮，腦細胞只要有些微腐壞，就會使完美的復活過程化為烏有。最大的問題確實是取得夠新鮮的屍體，在大學用死亡時間不詳的屍體進行祕密研究時，衛斯特就有過恐怖經驗。部分或不完美的復活狀況，比徹底失敗的案例更為可怕，我們對這種事也有令人生畏的回憶。自從我們在位於阿卡漢的草丘那座廢棄農舍中，經歷第一場駭人實驗後，就感到一股陰沉的威脅感。儘管從大多層面看來，衛斯特是個滿頭金髮、雙眼碧藍的冷靜科學工作狂，他卻經常坦承有種讓自己戰慄的感覺，彷彿有某種東西鬼鬼祟祟地跟蹤他。他隱約覺得自己遭到跟蹤，那是股出自緊張神經的心理幻覺，並受到無可否認的可怕事實所強化：至少有一個我們所復活的實驗品還活著，也就是賽夫頓療養院護墊牢房中那恐怖的肉食怪物。還有另一個對象，也就是我們的第一個實驗品，我們從未得知它的下場。

我們幸運地在波頓取得許多實驗品，比在阿卡漢時的狀況好多了。我們安頓下來還不到一週，就在下葬當晚找到了一位意外罹難者，並在溶液失效前讓它睜開雙眼，還流露出理性到令人訝異的神情。它失去了一支手臂，如果它有完美軀體的話，我們就可能獲得更大的成功。在那之後到隔年一月間，我們找到了另外三具軀體，一具完全失敗，一具出現明確的肌肉活動，另一具則令人膽戰心驚：它自行起身，並發出了一個聲音。隨後則是一段運氣不太好的時期，埋葬率開始下降，僅剩的屍體要不病得太重，要不就是損傷得過於嚴重，無法使用。我們有系統地將所有死亡事件與當時的狀況記錄下來。

不過，在某個三月晚上，我們出乎意料地取得了一具並非來自無名塚的遺體。波頓盛行的清教思維嚴禁拳擊運動，結果也可想而知。紡織廠工人們經常偷偷摸摸的舉行非法格鬥，有時也會有低階的專業拳擊手參加。這個晚冬夜晚，就舉行了一場這類比賽，結果顯然非常糟糕，因為有兩名膽怯的波蘭人，語無倫次地悄聲請求我們前去處理一件非常祕密的緊急案件。我們跟著他們到了一座廢棄穀倉，以嚇壞的外國人組成的剩餘群眾，正盯著地上一具沉默的黑色身影。

參與格鬥的人是歐布萊恩小子（Kid O'Brien），他是個笨拙的年輕人，長了非常不像愛爾蘭人的鷹勾鼻，而他正在發抖；另一人則是綽號「哈林黑煙（The Harlem Smoke）」的巴克・羅賓森（Buck Robinson）。這個黑人被擊昏了，我們檢測了一下，發現他已經長眠不起了。他是個近似大猩猩的醜傢伙，我不禁想稱他長得異於常人的雙臂為前腿，那張臉則使人想起不可提及的剛果祕密，與怪異明月下的隆隆鼓聲。遺體生前看起來肯定更糟，但世界上充斥著許多醜惡事物。可憐的群眾十分害怕，如果這件事的風聲沒被壓下去，他們不曉得會遭到什麼樣的法律處分。儘管我不由自主地打起冷顫，但當衛斯特自願低調處理遺體時，他們大為感激。我非常清楚他這麼做的目的。

明亮的月光籠罩著毫無積雪的景色，但我們將遺體包裹起來，並穿越荒廢的街道與草原，一同將它搬回家。在某個恐怖的夜晚，我們也在阿卡漢搬運過相似的東西。我們從後頭的原野走近房屋，走後門將遺體帶進屋內，並走下地窖階梯，為了平常的實驗替遺體做準備。我們對警方的恐懼高得荒唐，不過我們算過路程的時間，以避開轄區中單獨巡邏的員警。

結果令人疲倦地平淡無奇。儘管我們的實驗品外型駭人，卻對我們在它黑色手臂中注射的各種溶液毫無反應，那些溶液都是根據先前從白人實驗品身上學到的經驗所調配的。於是當時間危險地逼近黎明時，我們便按照先前處理其他實驗品的方式，將遺體拖過草地，到靠近無名塚的狹長樹林去，並在結凍的土壤上盡量挖出一塊墓穴，將它埋進去。墓穴不太深，但品質和埋藏先前實驗品（那具起身發出聲音的屍體）的墓穴一樣好。在提燈的光芒下，我們仔細地用落葉與枯藤將墓穴蓋住，相當確定警方永遠不會在如此濃密的森林中找到此處。

隔天我越來越擔心會被警方發現，因為有名病人提起了可疑格鬥與死亡事件的傳言。衛斯特還有另一項擔憂，下午有人找他處理一件病例，後果卻充滿威脅感。一名義大利婦人因自己的孩子失蹤而感到歇斯底里，那名五歲小男孩一大早就不知去向，晚餐時間也沒有回家。由於婦人的心臟長久以來都很虛弱，此時的症狀便令人相當緊張。這是非常愚蠢的歇斯底里，那孩子之前就經常逃家，但義大利農民極度迷信，這名女子則似乎同時對預兆與事實感到煩惱。她約莫在晚間七點過世，她狂亂的丈夫則大鬧了一番，責怪衛斯特沒有救活妻子，企圖殺死他。他抽出匕首時，友人們抓住了他，衛斯特則在他不似人聲的尖叫、咒罵與復仇誓言中離開。在他大發雷霆之際，這人似乎遺忘了自己的孩子，即使夜色已深，孩子卻依然不見蹤影。有人提議搜索樹林，但該家族大多朋友都忙著照料已故女子和尖叫男子。總之，衛斯特感受到的緊張壓力，肯定相當高漲。一想到警方與瘋義大利人，就會帶來莫大的心理負擔。

我們在十一點左右就寢，但我沒有睡好。波頓這麼小的城鎮，卻有素質良好得令人訝異的警力，我也不禁擔心，如果有人發現前晚的事件，可能會引發麻煩。這可能意味著我們在當地的事業將付之一炬，或許衛斯特和我還得坐牢。我並不喜歡附近流傳的格鬥謠言。凌晨三點的鐘聲響起時，月光映入我的雙眼，但我轉過身去，沒有打算拉上窗簾。此時後門忽然傳來穩定的搔抓聲。

我一動也不動地躺著，也感到有些迷濛，但不久後就聽到衛斯特敲了我的門。他穿著睡衣和拖鞋，雙手拿著左輪手槍與手電筒。從左輪手槍看來，我知道他心裡想到的是瘋義大利人，而不是警方。

「我們最好一起過去。」他悄聲說道。「不應門也不好，有可能是病人。那些笨蛋可能會敲後門。」

於是我們躡手躡腳地走下樓梯，內心因正常理由而感到恐懼，但部分原因則來自古怪的夜半時分。嘎嘎聲繼續響起，還變得越來越大聲。我們抵達門口時，我小心翼翼地鬆開門閂，並把門猛地打開，當照亮一切的月光灑落在門外的輪廓上時，衛斯特做了件特異行為。儘管明顯有引來注意的危險，也可能讓我們遭受可怕的警方調查（幸好我們小屋的位置偏遠，避免了這件事發生），但忽然間，我朋友激動且毫無必要地將左輪手槍中的六發子彈，全數射進夜間訪客身上。

那名訪客並非義大利人，也不是警察。在幽森月光下以醜惡姿態聳立的，是個龐大的畸形物體，只有在惡夢中才會出現這種景象：那是個眼珠宛如玻璃，全身墨黑色的鬼影，幾乎以四肢在地上爬行，全身沾滿泥土、葉片和藤蔓，身上滿是凝結的血汙，閃爍的牙齒間，咬著一只雪白色的恐怖圓柱形物體，物體的末端則是一隻小手。

第四章：亡者尖叫

死人的尖叫讓我對赫伯特．衛斯特醫生產生了銳利的強烈恐懼，這種恐懼干擾了我們多年後的合作關係。死人的尖叫聲自然令人生畏，那並不悅耳，也不是常見的事。但我早已習慣類似狀況，因此這次是由於某種特殊狀況，而使我感到害怕。如我所說，我怕的並不是死者本身。

我身為赫伯特．衛斯特的同事與助理，而他則擁有超越尋常鄉里醫生的科學興趣。因此在波頓執業時，他選擇了靠近無名塚的偏遠房屋。簡單來說，衛斯特唯一的興趣，就是對生命的現象與終止狀況進行祕密研究，最後透過注射刺激性藥劑使死者復活。為了這項陰森實驗，他需要持續補充新鮮的人類遺體，遺體得非常新鮮，因為最微小的腐爛狀況，都會徹底破壞大腦結構。需要人類的原因，則是由於我們發現得為不同類型的組織，調製不同的藥劑成分。大量兔子與天竺鼠都遭到殺害並治療，但牠們無法顯示出任何成果。衛斯特從未徹底成功，因為他從未取得新鮮程度恰當的遺體。他需要的是剛剛離世的遺體，體內所有細胞都完好無缺，也能再度接受刺激，產生所謂的生命機能。透過重複施打藥劑，這條第二段人工壽命或許能永遠延續下去，但我們發現這對正常的自然生命狀態沒有效用。為了進行人工刺激，自然生命必須死亡，實驗品必須非常新鮮，也得完全死亡。

從衛斯特和我就讀位於阿卡漢的米斯卡托尼克大學醫學院時，這場驚人旅程就已經展開，當時我們首度明白生命的機械性本質。那已經是七年前的事了，但衛斯特看起來完全沒有變老，他身材矮小，滿頭金髮，鬍子刮得相當乾淨，嗓音柔和，戴著眼鏡，只有冷酷的藍色眼球偶爾會流露出一道光芒，彰顯出承受自己恐怖研究所帶來的壓力時，他性格中的狂熱反而越趨堅韌，且節節高漲。我們的經驗時常變得驚悚無比，當生命藥劑的不同配方刺激墓園中的遺骸，使它們做出病態異常又毫無思考性的動作時，就成了失敗復活實驗的成果。

有具屍體發出了令人心驚膽顫的尖叫；另一具屍體則猛烈起身，把我們打得失去意識，並以駭人方式大肆作亂，直到它被關進療養院；還有一具醜陋的非洲怪物屍體，不僅爬出深邃的墓穴，還幹了件勾當……衛斯特得對它開槍。我們無法取得夠新鮮的屍體，以便讓它們在復活時顯露理性跡象，因此只能創造出無名的恐怖怪物。想到有一兩隻我們的怪物還活著，就令人不安，這想法陰森地繚繞我們的心頭，直到衛斯特終於在駭人狀況下失蹤為止。但當偏僻的波頓小屋裡的地窖實驗室傳出尖叫時，比起恐懼，我們更擔憂拿不到極度新鮮的屍體。衛斯特比我更急切，因此我幾乎覺得，他對任何擁有健康體態的人都隱約露出了渴望的眼神。

一九一〇年七月，屍體方面的劣勢終於開始扭轉。我去伊利諾州拜訪我父母很長一段期間，當我回來時，發現衛斯特欣喜若狂。他興奮地告訴我，透過採用某種全新角度的方法，自己很有可能解決了新鮮度的問題：也就是人工保存。我知道他之前在製作一種高度異常的全新防腐配方，對結果成功也不感到訝異，但直到他解釋細節前，對於這種配方會如何幫助我們的工作，我仍感到大惑不解，因為腐敗大多發生在我們取得屍體前拖延的時間。我發現，衛斯特明顯清楚這點，他創造出供未來使用的防腐配方，而不是為了立刻施打，也相信命運會再度提供他剛去世而未下葬的屍體，就和數年前一樣，當時我們取得了死在波頓格鬥賽中的黑人。最後，命運依然待我們不薄，因此這次在祕密地窖實驗室中，出現了一具尚未開始腐敗的屍體。衛斯特並未猜測復活過程會發生什麼事，也沒有推斷我們是否該期待心智與理性的復甦。這場實驗將是我們研究的里程碑，他也為了等我回來而保留了新屍體，讓我們能照慣例一同見證奇觀。

衛斯特把他如何取得屍體的經歷告訴我。它曾是個精力充沛的男人，這名打扮光鮮亮麗的陌生人當時剛走下火車，準備去波頓精紡廠辦事。跨越城鎮的路程相當漫長，等到旅人停在我們小屋前，詢問通往工廠的路線時，他的心臟已承受了過大的壓力。他拒絕服用興奮劑，並在短短一瞬後突然暴斃。可想而知，衛斯特認為這具屍體是上天賜予的禮物。在與陌生人簡短的交談中，他得知對方在波頓沒有認識的人。搜索男子的口袋後，發現這人是來自聖路易（St. Louis）的羅伯特・黎維特（Robert Leavitt），顯然沒有會立刻打聽他失蹤消息的家人。如果這個人無法復活，也不會有人知曉我們的實驗。我們將實驗原料埋在介於房屋與無名塚之間的濃密樹林中。反之，如果他能復活，我們便會聲名大噪與名留青史。於是衛斯特立刻往遺體的手腕注射配方，使它能保鮮到我抵達。我認為它較為虛弱的心臟，可能會危及我們實驗的成功，但衛斯特似乎不對此感到擔憂。他希望至少能取得先前無法得到的成果：重獲理性的實驗品，或許還能讓它成為活生生的正常生物。

於是一九一〇年七月十八日，赫伯特．衛斯特和我站在地窖實驗室中，注視著眩目的弧光燈下蒼白又沉默的軀體。防腐配方出奇地有效，當我驚訝地盯著兩週都沒有僵硬的健壯屍體時，不禁向衛斯特確認實驗品是否真的死了。他立刻向我保證，並提醒我，在沒有仔細檢測生命跡象前，不能使用復活藥劑，如果原本的生命力還存在，藥劑就不會生效。當衛斯特開始進行初始步驟時，我對新實驗的龐大複雜感到佩服，過程複雜到他無法讓手藝比自己差的人處理。他禁止我碰觸屍體，並先在對方手腕上注射了某種藥，位置在他的針頭注入防腐配方的部位旁。他說，這是為了中和配方，並使生理系統恢復到正常的放鬆狀態，這樣一來，注入復活藥劑後，才能完全發揮藥效。過了短短一瞬，亡者的四肢似乎微微顫抖了一下，也經歷了某種轉變。衛斯特用某種類似枕頭的物品猛力蓋在扭曲的臉孔上，直到屍體平靜下來，讓我們準備好進行復活實驗前，都沒有把物品移開。蒼白的狂熱醫生做了些例行測試，確認實驗品已完全斷氣，接著他滿意地收手，最後在左手注射劑量精確的生命靈藥。他下午就已經準備好藥劑，態度比我們在大學時還細心，當時我們還在摸索全新的工作方式。等待第一具真正的新鮮屍體所顯現的結果時，我無法描述當下那股令人屏息靜氣的懸疑，這是我們能合理期待會張口說出理性言語的第一具遺體，或許還會說出它在無可計量的死亡深淵中，所看見的事物。

衛斯特是個唯物主義者，不相信靈魂的存在，並將所有意識行為解讀為身體現象，因此他全然不在意鬼門關外的深淵，與洞窟中的陰森祕密。理論上，我並不全然否定他的想法，但本能上，則依然隱約保有祖先傳下來的原始信仰。所以我不禁抱持著一定程度的敬畏與恐怖期待，一面盯著屍首。再說，我無法擺脫回憶中我們在阿卡漢的荒廢農舍首度進行實驗那晚，所聽到的淒厲非人尖叫聲。

過了不久，我發現實驗並未徹底失敗。到目前為止維持蒼白的雙頰，開始浮現血色，並逐漸擴散到出奇均勻的淡黃色鬍渣下。用手感受屍體左手腕脈搏的衛斯特，忽然大力點了點頭，幾乎在同一時間，斜倚在屍體嘴巴上方的鏡子上，浮現了一股霧氣。隨後則出現了幾段痙攣性肌肉動作，接著是響亮的呼吸聲，胸口也明顯開始起伏。我看著闔上的眼瞼，覺得眼瞼似乎顫動了一下。接著眼皮張開，露出冷靜又鮮活的灰色眼珠，但眼神依然毫無智慧，甚至一點好奇都沒有。

那一瞬間，我起了奇異的念頭，便在變紅的耳朵旁悄聲低語。我趁對方的記憶可能還未消失時，提出關於其他世界的問題。事後的恐懼感使我遺忘了那些問題，但我想自己重複說出的最後一個問題是：「你去哪了？」我不曉得對方是否有回答，因為那張輪廓優美的嘴巴，並未傳出聲音。可是我知道，當下自己堅信孱弱的雙唇有無聲地抖動，形成我認為說出「直到現在」的嘴型，但不清楚那個詞是否有任何意義或關聯性。如我所說，自己在當下感到相當興奮，相信已經達成了一項偉大目標，復活的屍體首次因理性說出了明確話語。下一刻，我們的勝利變得無可質疑。肯定的是，藥劑成功還原了死者擁有表達能力的理性生命，至少暫時如此。但在勝利中，我也感受到最強大的恐懼。恐怖的不是那東西說了話，而是我目睹的事蹟，以及與我共享職業成就的人。

因為，那具極度新鮮的屍體終於完整恢復意識，雙眼因在世上最後的回憶而圓睜，並慌張地伸出雙手，在空中胡亂揮舞掙扎，並忽然倒了下去，再度一命嗚呼，再也無法復生。它喊出的叫嚷依然在我疼痛的大腦中迴盪：

「救命呀！滾開，你這該死的金髮小鬼——不要用天殺的針碰我！」

第五章：來自黑影的恐怖

許多人曾提過（以及出版）在第一次世界大戰的戰場上所發生的醜惡事件。其中有些事蹟讓我感到暈眩，有些則使我覺得極度作嘔，還有些害我打起冷顫，並迫使我望向身後的黑暗。但儘管見過最惡劣的慘況，我卻相信自己能說出最凶險的事：那來自黑影的恐怖事件，異常又驚世駭俗，也令人難以置信。

一九五一年，我在法蘭德斯的加拿大軍團擔任醫生，軍階為中尉，許多美國人比自家政府更早投入這場大戰，我也是其中之一。我並非自願從軍，而是由於知名的波士頓手術專家赫伯特·衛斯特醫生加入了軍隊，我則是他不可或缺的助手。衛斯特醫生總是期待能在大型戰爭中擔任外科醫生，而當機會到來時，他便幾乎在違背我意願的情況下，帶我一同從軍。有許多理由使我樂於讓戰爭將我們分開，這些理由讓我覺得，衛斯特的醫學研究與夥伴關係越來越惱人。但當他前往渥太華，並透過某位同事的人脈影響，以少校身分得到醫療聘用後，我還是無法抗拒他強大的說服力。他已決定，要我和以往一樣伴隨他。

當我說衛斯特醫生急於參加戰爭時，我並不是指他生性好戰，或為文明的安危感到擔憂。他總是像台冷血的智慧機器：身材纖瘦，滿頭金髮，雙眼碧藍，還戴著眼鏡。我想，他暗地裡嘲笑著我有時對戰爭的嚮往、以及對慵懶的中立派人士作出的指責。不過，他想在戰火連天的法蘭德斯得到某種東西，為了取得它，他得披上軍方成員的外衣。他想要的並不是許多人都想要的事物，而是某種與他祕密選擇的特殊醫學方向有關，他也在這方面取得了驚人成果，但有時結果也相當可怕。事實上，他要的正是大量剛被殺死、且支解狀態不同的屍體。

赫伯特・衛斯特需要新鮮屍體，他畢生的志業便是使死者復活。他抵達波士頓時，那些使他迅速成名的上流客戶們並不曉得這項工作，只有我清楚此事，自從當年在阿卡漢的米斯卡托尼克大學醫學院就讀後，我就一直是他最親近的朋友，與唯一的助手。大學歲月裡，他已經展開了自己恐怖的實驗，剛開始先使用小動物，接著則是以駭人方式取得的人類遺體。他會將一種藥劑注入死屍的血管內，如果遺體夠新鮮，就會作出古怪的反應。他在找尋恰當配方的過程中碰上了不少麻煩，因為每種有機體都需要特製刺激物。當他回想過往失敗時，便感到心驚膽跳：失敗成果便是因不完美的藥劑、或不夠新鮮的屍體所催生出的無名怪物。有許多這類失敗產物依然活著（一隻在療養院，其他隻則失蹤了），而當他想到可能發生、實質上卻不可能產生的事件時，便會在平常木訥的外表下感到不寒而慄。

衛斯特很快就發現，要取得有用的實驗品，得將完美的新鮮度作為主要條件，也因此採用了駭人且異常的權宜手段來取得屍體。大學期間，以及我們早年在工廠城鎮波頓共同執業時，我對他抱持的態度大致上是敬佩，但隨著他的手法越趨大膽，我的恐懼便開始萌生。我不喜歡他注視健康活人身體的方式。有一次地窖實驗室的恐怖試驗，我得知當他取得某具實驗品時，對方還是個活人。那是他首次讓屍體恢復理性思緒，儘管他的成功有如此可怕的代價，卻強化了他的信心。

我不敢提起他在那五年內的手法。我因純粹的恐懼而受他牽制，也目睹了人類語言無從描述的景象。我逐漸覺得赫伯特·衛斯特本人比他的行為更為恐怖。當時我恍然大悟，他對延長生命一度抱持的正常科學熱忱，已微妙地畸變為病態又醜陋的好奇心，以及對陰森光景的祕密嗜好。他的興趣成了邪門而變態的癮頭，讓他著迷於噁心且殘忍的異常事物。他冷靜又幸災樂禍地看著人造怪物，那些東西會害大多健康人類因畏懼與噁心而暴斃。在他蒼白的知性外表下，藏匿著對實體試驗感到挑剔的波特萊爾，也像是宰制墓穴的慵懶埃拉伽巴路斯[3]。

他毫不畏縮地面對危險，犯罪時也不動聲色。我想，當他證明了自己的觀點時，情勢就來到高潮。現在，他透過使屍體分離的身體部位重獲生命，以征服全新的領域。他有狂野的原創想法，認為從天然生理系統中分離出的有機細胞與神經組織，具有獨立生命力。他也達成了某種醜陋的初步成果：從某種難以形容的熱帶爬蟲類即將孵化的蛋中，取得能透過人工方式滋養的不死組織。他急於解決兩項生物性議題：首先，在缺乏大腦、脊椎傳導與不同神經中樞的情況下，

3　譯注：Elagabalus，西元三世紀羅馬帝國皇帝。

是否能產生任何意識與理性行為？第二，是否有任何虛無飄渺的無形關聯，不只獨立於物質細胞外，還能連結先前遭手術移除的身體部位，而這些部分先前曾是單一有機生命體。這些研究都需要大量剛遭殺害的人類屍體，因此赫伯特．衛斯特參加了第一次世界大戰。

一九一五年三月的奇異怪事，於某天深夜在聖埃盧瓦（St. Eloi）前線的戰地醫院發生。直到現在，我依然想知道那是否只是一場邪惡幻夢。衛斯特的私人實驗室，位於穀倉般的暫時建築中東側一座房間內。他會得到這座房間，是因為他聲稱自己在發展全新的衝擊性技術，能用於治療至今為止無藥可救的損傷病例。他如同屠夫般在沾滿血汙的物品之間工作——我永遠無法習慣他處理與分類特定物品時的輕率態度。有時他確實為士兵們進行了奇蹟般的手術，但他主要的興趣則較不公開，也缺少慈善性質，還需要經常解釋即使在傷者的喧囂聲中，聽起來也十分特異的聲響。這些聲音中常常出現左輪手槍的槍響——這在戰場上相當常見，但在醫院自然不大尋常。衛斯特醫生沒打算長期保存復甦屍體，或讓大眾看見它們。除了人類組織外，衛斯特也使用了許多爬蟲類胚胎組織，並獲得許多特殊成果。比起人類組織，它更適合用於在無器官碎片中維持生命，那也是我朋友當前主要的目標。他在實驗室的黑暗角落，將裝滿這類爬蟲類細胞組織的加蓋大缸，擺在一座古怪的孵育爐上。細胞組織在缸中增生，外型變得浮腫又醜陋。

在我提到的那晚，我們取得了一具絕佳新樣品：那是個曾一度身強體壯且心智完善的男子，還擁有敏感的神經系統。情況相當諷刺，因為他是幫助衛斯特取得官職的軍官，現在也成了我們的同事。而且，過去他曾在衛斯特手下祕密研究過一定程度的復活理論。得過傑出服務勳章的少校艾瑞克・莫爾蘭・克拉法姆—李爵士（Sir Eric Moreland Clapham-Lee），是我們分隊中最高明的外科醫生，當總部得知猛烈戰勢的消息時，便緊急將他派往聖埃盧瓦。他搭乘由強悍的羅納德・希爾上尉（Ronald Hill）駕駛的飛機前來，卻在目的地上空遭擊落。墜毀過程驚人又可怕，事後希爾面目全非，但飛機殘骸中的高明外科醫生除了頭部幾乎被切斷外，其他部分毫髮無損。衛斯特貪婪地帶走這具毫無生命的軀體，對方生前還是他的朋友與同僚學者。他將頭部完全切下，並將頭顱放入裝滿黏膩爬蟲類組織的恐怖大缸中，以便為了未來的實驗而保存它，並繼續處理手術檯上的無頭遺體，此時我感到不寒而慄。他注入新血，連接無頭頸部的特定靜脈、動脈與神經，再用移植自一具穿著軍官制服的無名遺體上的皮膚，縫合駭人的裂口。我清楚他的目的：他想看高度完整的身體，是否能在缺乏頭部的狀況下，展現出艾瑞克・莫爾蘭・克拉法姆—李爵士過往的心理狀態。這具沉默的軀體曾一度研究過復活行為，現在則成了恐怖的驗證品。

我依然能回想起赫伯特・衛斯特在不祥的電燈光芒下的身影，當時他將復活藥劑注入無頭軀體的手臂。我無法描述那光景——如果我嘗試的話，就會發瘋，因為那座滿是祕密穢物的房間令人感到發狂，血跡與人類屍塊在滑膩的地板上幾乎堆至腳踝的高度，遠處角落的陰影中，有道微弱的藍綠色火焰正閃爍發光，噁心的爬蟲類組織則在上頭蔓生冒泡，並持續加溫。

正如衛斯特反覆觀察的結果，這具遺體擁有健康的神經系統。他對遺體抱持莫大期待，而當它扭動了幾下後，我便看到衛斯特臉上浮現了熱切的興趣。我想，他已經準備好證實自己越趨增強的信念：意識、理性與人格能獨立於大腦而存在。他認為人類沒有具有連接性的核心靈魂，只是由神經物質組成的機器，每個部位都或多或少是完整個體。在成功的實驗演示中，衛斯特準備將生命的奧祕歸類為虛構傳說。屍體顫動地更劇烈，並在我們熱切的眼神下，開始以嚇人的方式上下起伏。雙臂令人不安地晃動，雙腿往上伸，眾多肌肉則以噁心的扭動方式收縮。接著無頭屍體把雙臂往外伸，手勢明顯出自焦急：這種帶有智慧的焦慮，足以證明赫伯特．衛斯特的每條理論。顯然，神經回想起這人生前最後的動作——企圖掙脫墜落的飛機。

我永遠無法得知隨後發生的事。那可能只是因瞬間的衝擊而產生的幻覺，因為在那瞬間，德軍砲火忽然徹底炸毀了這棟建築。既然衛斯特和我是唯一的生還者，又有誰能反駁這點呢？衛斯特最近失蹤前，他偏好這樣想，但有時他也無法接受這點，因為我們居然看到相同的幻覺，實在太奇怪了。這樁不祥事件本身非常單純，值得一提的只有它的意義。

手術檯上的屍體盲目地起身，一面陰森地揮舞雙臂，我們也聽到一股聲響。我不該把那聲音稱為嗓音，因為它太恐怖了。但它的音色也並非最恐怖的特質。問題也不在聲音的內容，它只是尖叫道：「快跳，羅納德，看在老天份上，快跳！」可怕的是聲音來源。

因為它出自黑影中恐怖角落裡的加蓋大缸。

第六章：墳墓軍團

赫伯特．衛斯特醫生於一年前失蹤時，波士頓警方曾仔細盤問過我。他們認為我有所保留，或許還懷疑我犯下了更嚴重的勾當，但我無法告訴他們真相的原因，是由於他們不可能相信。他們的確知道，衛斯特與超乎常人認知的活動有關，因為他復活死屍的邪門實驗，早已頻繁到無法完全保密。但最後那場令人膽顫心驚的災難，卻宛如地獄般妖異，使我質疑自己見到的景象。

我曾是衛斯特最親近的朋友，也是他唯一信任的助手。我們於多年前在醫學院認識，而打從一開始，我就和他在恐怖研究上合作。他緩緩嘗試使某種藥劑達到完美狀態，將這種藥劑注入剛死之人的靜脈，就能恢復對方的生命。這個計畫得用上大量新鮮屍體，因此需要最不尋常的手段。更令人震驚的是某些實驗的產品：駭人的大量血肉已經死去，但衛斯特將它們喚醒，使其恢復到盲目駑鈍又作噁的復活狀態。這些是常見的結果，為了喚醒心靈，實驗品必須維持絕對新鮮，讓纖細的腦細胞不受任何腐敗狀況影響。

對新鮮屍體的需求，破壞了衛斯特的道德觀。這類遺體難以取得，而某個恐怖的日子，他在對象依然生龍活虎時，就將對方化為實驗品。在一陣扭打，加上一根針與強力生物鹼後，對方就成了新鮮屍體，實驗也取得令人印象深刻的短暫成功。但衛斯特的靈魂變得冷酷又麻木，他冷硬的眼睛，有時會帶著某種醜惡又充滿算計的眼神，評估擁有特別敏感的大腦與強健身軀的人。最後我對衛斯特感到極度害怕，因為他開始用那種眼神看我。人們似乎沒有注意到他的眼神，但他們察覺出我的恐懼。他失蹤後，眾人便由那點延伸出某些荒唐的猜想。

事實上，衛斯特比我更害怕，因為他可憎的目標使自己終生都過得提心吊膽，也害怕每道陰影。他有時畏懼警察，但有時他的緊張情緒更為深邃迷濛，與某些無可名狀的東西有關——他透過注射藥劑，讓那些東西獲得病態的生命，他也沒看到那些東西的生命消逝。他通常會用左輪手槍結束實驗，但有時他的速度不夠快。日後有人在第一個實驗品雜亂的墳墓上發現爪痕。還有那具曾犯下食人行徑的阿卡漢教授屍體，後來它遭到逮捕，並在無名無姓的狀況下被送進賽夫頓療養院的瘋人牢房，十六年來都在房裡撞牆。其他可能倖存的實驗品大多難以形容，因為衛斯特的科學熱忱，數年後已化為不健康的奇異狂熱。他沒有將自己的主要技術用於使完整的人類軀體復活，反而復甦了獨立的身體部位，或是連結到非人類有機物質上的器官。等到他失蹤時，情況已變得異常噁心，許多實驗甚至不該在紙上提及。我們都在第一次世界大戰中擔任外科醫生，戰爭則強化了衛斯特這一面的性格。

既然提到衛斯特對自己實驗品抱持的那份隱約的恐懼，我就想起了他複雜的心態本質。有部分是因為清楚那類無名怪物的存在，另一部分的憂慮則出自它們可能會在特定狀況下，對他造成身體傷害。它們的消失為整個情況增添了恐怖氛圍，衛斯特只知道其中一隻怪物的下落，也就是被關在療養院的可憐生物。還有另一股更微妙的恐懼：那是種非常奇異的感覺，源自一九一五年在加拿大軍隊中的某場奇特實驗。在一場慘烈戰役，衛斯特復活了得過傑出服務勳章的少校艾瑞克·莫爾蘭·克拉法姆—李爵士，對方是位清楚他實驗的醫生同僚，也可能進行過同類實驗。對方的頭部遭到摘除，這樣才能調查軀幹中是否有類智慧現象。正當那棟建築遭到德軍砲彈摧毀時，實驗取得了成功。軀幹以自我意識移動，而令人不敢置信的是，我們都不安地確定，被割下的頭顱從實驗室的陰暗角落，說出明確的話語。以某種方式而言，那枚砲彈十分仁慈，但衛斯特永遠無法確定我們是唯一的生還者。他經常猜測擁有復活死者能力的無頭醫師，究竟會做出什麼事，這想法也令人不寒而慄。

衛斯特最後的居所，是一座優雅的古典房屋，俯視著波士頓最古老的墓園之一。他選擇此處的原因，純粹是為了象徵性與傑出美感，大多墳墓都來自殖民時期，對找尋新鮮屍體的科學家而言毫無用處。實驗室位於由外來工人祕密打造的地窖，裡頭裝設了大型焚化爐，以便安靜且完整地處理掉擁有者的陰森實驗，和不淨娛樂殘餘的屍體，或是屍塊與人工製成的仿效品。挖掘地窖時，工人挖到了某種極度古老的石造建物，這肯定與古老墳場相連，但太過深邃，不可能與任何墓園中已知的墳墓有關。幾番計算後，衛斯特認為它代表了位於雅佛瑞爾家族（Averill）墓穴底下的某種密室，該處最後一次有人下葬，是一七六八年。當他研究人們用鏟子和鶴嘴鋤挖出的潮濕硝石牆面時，我和他待在一起，也準備好再挖開塵封數世紀的墳墓，面對駭人的驚悚祕密。但衛斯特新萌生的膽怯性格，卻首次征服了他的好奇天性，也背叛了自己的變態嗜好，下令要求眾人別碰石造建物，並在上頭塗滿灰泥。因此直到那個恐怖夜前，建物都文風不動，並成為祕密實驗室牆面的一部分。我提過衛斯特的墮落，但我得補充說明，那只是種心理上的無形感受。表面看來，他依然與先前完全相同：恬靜又冷淡，身材纖瘦，滿頭金髮，藍色雙眼前戴了眼鏡，年輕的外表似乎從未受到歲月與恐懼影響。就算他想起滿佈爪痕的墳墓、並往身後望時，看起來也相當平靜；就算他想到在賽夫頓療養院的牢房內啃咬搔抓的食肉怪物時，也面不改色。

赫伯特．衛斯特的末日，於某天夜晚在我們的共同書房中展開，當時他的好奇視線在報紙與我之間來回飄動。皺褶報頁上一項奇怪的頭條，吸引了他的注意，而一隻無名巨爪彷彿從十六年來的歲月中探出頭來。五十英哩外的賽夫頓療養院，發生了某種恐怖又驚人的怪事，不只震驚鄰里，也使警方大惑不解。有批沉默人群在凌晨進入療養院，首領也驚醒了看護人員。他是個姿態充滿威脅的軍方人物，說話時沒有移動嘴唇，嗓音聽起來幾乎像是從他攜帶的黑色大皮箱中傳來的腹語。他毫無表情的臉孔相當英俊，幾乎可說是俊俏無比，但當大廳燈光照在臉上時，院長卻大吃一驚：那是張蠟製的臉孔，雙眼則由上色玻璃製成。這人經歷過某種無名意外。一位體型更龐大的男人攙扶著他，那是個醜陋的巨人，發青的臉孔似乎有一半遭到某種怪病侵蝕。發言者要求帶走十六年前在阿卡漢逮到的食人怪物。當他遭到拒絕時，就放出了信號，激起了一場驚人暴動。怪人們痛打並啃咬所有沒逃跑的看護人員，還殺害了四人，最後成功放出了怪物。能不在歇斯底里狀況下回想起當時事件的受害者們，堅稱怪物們的行為不太像人類，反而像是由蠟臉領袖指揮的怪誕機器人。等到救兵前來時，那些人與他們瘋狂俘虜的蹤跡已然消失。

從讀到這篇新聞那刻到午夜之間，衛斯特近乎癱瘓地呆坐著。門鈴在午夜響起，使他驚懼地嚇了一跳。所有僕人都在閣樓就寢，於是我應了門。如我對警方所述，街上沒有馬車，只有群外型古怪的人搬著一只四方形大箱子，其中一人用極度異常的嗓音咕噥道：「預付快遞。」之後，他們就將箱子放在門廊上。他們腳步蹣跚地走到屋外，看著他們離開時，我起了股奇怪念頭，認為他們轉向與房屋後頭相連的古老墓園。當我在他們身後關上門時，衛斯特便走下樓來，並看向箱子。那是個長寬有兩英呎的正方體，上頭附有衛斯特的正確姓名與目前的地址。上頭也寫了：「來自艾瑞克．莫爾蘭．克拉法姆—李，法蘭德斯聖埃盧瓦」。六年前在法蘭德斯，一座遭到炮彈擊中的醫院，坍塌在克拉法姆—李醫生的無頭復甦軀幹上，也壓住了那或許曾說出明確話語、並遭到切除的頭顱。

衛斯特甚至不像受到刺激，狀況更為詭異。他迅速說道：「這就是尾聲，但我們把這東西燒了吧。」我們把箱子搬到實驗室，一邊豎耳傾聽。許多細節我都不記得了（你可以想像出我的心智狀態），但宣稱我將赫伯特．衛斯特的屍體丟進焚化爐，就是個惡毒的謊言。我們將沒打開的木箱放進爐內，把門關上，並打開電源。畢竟，箱中並未傳出任何聲響。

衛斯特率先注意到牆上脫落的灰泥，那正是被封起來的石造古墓。我準備逃跑，但他阻止了我。接著我看到一道微小的黑色裂隙，並感受到一股陰森冰風，也嗅到墳墓深處的腐敗土壤氣味。房裡沒有聲響，但接著電燈熄滅，我則在某種地府磷光下，看見一群沉默緩行的怪物輪廓，只有瘋狂或更糟的東西能創造出這種光景。這批大軍的輪廓包含人形、半人形、略似人形與完全非人的外表，混雜了各種醜陋成員。它們將一塊又一塊的石頭，從古老牆面上沉默地移除。當洞口開得夠大時，它們便排成一列，走入實驗室，帶頭的是個裝有蠟製英俊頭顱的能言怪物。領袖身後一隻眼神瘋狂的怪物，抓住了赫伯特．衛斯特。衛斯特沒有抵抗，也沒發出聲音。接著它們在我面前衝向他，並將他撕成碎片，再將屍塊帶回那座充滿駭人妖魔的地底墓穴。身穿加拿大軍官制服的蠟頭領袖，帶走了衛斯特的頭。當它消失時，我看見眼鏡後的藍色眼珠正閃爍著醜陋光芒，眼中首度流露出明顯的恐慌情緒。

僕人們在早上發現失去意識的我。衛斯特早已消失。焚化爐中只有無法辨識的塵埃。警探們質問過我，但我又能說什麼？他們不會把賽夫頓悲劇連結到衛斯特身上，也不會聯想到帶著箱子的人們，警方已否定了這些人的存在。我把墓穴的事告訴他們，他們則指向毫無破損的灰泥牆面，並大笑出聲。於是我沒有告訴他們更多事。他們認為我要不是瘋子，要不就是兇手，我可能已經瘋了。但如果那批墳墓軍團沒那麼沉默的話，我可能就不會發瘋了。

七、《達貢》

Dagon

當我寫下本文時，正承受著極大的精神壓力，因為我已活不過今晚。我一貧如洗，藥物也用罄了。那是使我能忍受生活的唯一助力，我再也無法承受這種折磨，也將躍下這座閣樓窗口，投向底下骯髒的街道。別因為我沉迷於嗎啡，就認為我心智脆弱或品行不佳。當你讀過這些字跡潦草的紙頁後，你大概就能猜出我為何必須遺忘或死亡，不過你永遠無法徹底了解真相。

當我擔任押運員的郵船遭到德國掠奪艦俘虜時，船隻位於太平洋上最開闊、也最少有船航行的區域。當時第一次世界大戰才剛開始，德國海軍也還沒像日後如此墮落，於是我們的船成了戰利品，我們這些船員則得到海事戰俘應有的公平對待。俘虜者的態度相當自由，因此在我們被抓的五天後，我成功駕著一艘小船，帶著能維持好一段時間的水與補給品獨自脫逃。

等到我終於在海上自由漂流時，已經弄不清周遭的方向了。我從不是個稱職的領航員，只能勉強靠太陽與星辰的位置，猜測自己約莫位於赤道南方。我不曉得當前的經度，視野中也沒有島嶼或海岸線。天氣相當晴朗，好幾天以來，我漫無目標地在炙熱的太陽下漂浮，等待碰上路過的船隻，或被沖到某座可供居住的島嶼岸邊。但沒有船或陸地出現，當我在茫茫藍海中的起伏波浪上獨處時，漸漸感到絕望。

我睡著時，事情出現了變化。我永遠無法得知細節，因為儘管充滿壓力的夢境在睡眠中糾纏著我，我卻沒有甦醒。當我終於睜眼時，便發現自己有一半身體深深沉入一塊黏膩駭人的黑色泥地中，景色單調又高低起伏的泥灘在我周圍延伸，蔓延到我的視野遠方，我的小船則在一小段距離外擱淺。

儘管外人可能會認為，我應該會先對出乎意料的景色劇變感到訝異，但比起驚訝，我卻感到恐懼。因為空氣和腐朽土壤中，有種使我打從骨子裡傳出寒意的陰森感。這塊地區因腐爛魚屍而瀰漫著腥臭味，我還在綿延無盡的平原上，看到其他難以描述的物體，從噁心的泥地中突出。或許我不該希冀能透過文字，傳達這座死寂的不毛之地中無可言喻的醜惡。附近毫無聲響，我的視野中，除了幅員廣闊的黑色爛泥外，什麼也沒有。但無比的死寂與雷同的景色，使我因令人作噁的恐懼而備感壓力。

太陽在空中熊熊燃燒，但萬里無雲的殘酷天空對我而言，幾乎接近黑色，彷彿反映了我腳下如墨汁般漆黑的泥地。當我爬進擱淺的小船時，發現只有一條理論能解釋我的位置。由於某種前所未見的火山活動，肯定有一部分海床被推上海面，將數百萬年來藏匿於海底深處的陸塊拋到白日之下。從我腳下升起的新陸地占地遼闊，儘管我豎耳傾聽，卻連一丁點大海的浪潮聲都聽不見，附近也沒有海鷗來吃屍體。

我花了好幾個小時坐著思考，或在船裡沉思，當太陽在天空中運行時，往一面傾倒的船身便提供了微弱的陰影。隨著時間過去，地面失去了些許黏膩感，似乎已足夠乾燥，能讓我進行短時間旅行。當晚我只睡了一下，隔天我為自己做了裝載食物與飲水的包裹，準備走陸路找尋消失的海洋，與可能出現的救援。

第三天，我發現土壤變得夠乾，足以輕鬆在上頭步行。魚腥味強烈得令人發狂，但我心中思忖著更嚴重的事，因此不在意這種小事，並大膽地邁向未知目標。我整天都平穩地往西方走，以遠方一座比這座荒漠中任何凸起處都要高聳的山丘為目標。那晚我在當地紮營，隔天則繼續往山丘前進，不過山丘似乎並沒有比我剛開始看到時更近。到了第四天晚上，我抵達了山腳，結果它比遠方看來還高得多，有道蜿蜒過來的峽谷，使山丘在地表上看起來更為陡峭。我累到無法登山，便在山丘的陰影下睡覺。

我不曉得當晚的夢境為何如此狂野，但在逐漸凹陷的奇異凸月升到東方平原高空前，我就渾身冷汗地甦醒，決定不再入睡。我再也不想經歷先前的夢境。在月光下，我發現自己之前在白天行動有多不明智。少了豔陽的炙熱光線，我的旅程會更不費力，我現在確實覺得，自己能繼續黃昏時無法進行的攀登路程了。我拿起包裹，開始往山丘頂端走。

我之前提過，漫漫平原一成不變的單調，使我隱約感到恐懼，但我認為，當我抵達山丘頂端，並往另一側底下望去時，則變得更為驚恐。底下有座無底深淵或峽谷，連月亮都尚未升到能照亮那漆黑裂隙的高度。我覺得自己站在世界邊緣，向下窺視無可丈量的永夜混沌。畏懼的我想起了《失樂園》[1]，以及撒旦攀爬無盡黑暗領域的可怕過程。

等到月亮在天空中升得更高時，我開始看出，峽谷中的斜坡並不如我想像中那麼垂直。岩架與裸露的石塊能提供往下爬時的落腳處，當我向下爬了幾百英呎後，坡度逐漸變得平緩。我受到某種自己無法理解的衝動所驅使，辛苦地爬下岩壁，並站在底下的緩坡上，望向光線尚未照入的地底深淵。

我的注意力立刻被對向斜坡上某座獨特的龐大物體所吸引，它陡峭地豎立在我面前一百碼遠的位置，那物體在高升明月灑下的光芒中，閃爍著白色光澤。我迅速說服自己，那只是塊巨石，但我清楚，巨石的輪廓與位置顯示，它並非自然產物。靠近檢視後，我產生了難以解釋的諸多感觸，儘管它的體積龐大，加上自世界尚年輕時，它就處於在海底大張的深淵中，我依然毫不懷疑地察覺，這個奇怪物體是塊經過仔細雕琢的巨石碑，偌大碑體則由具有思考能力的生物打造而成，這些生物可能還祭拜了石碑。

我感到暈眩又害怕，卻也感到一絲如同科學家或考古學家的愉悅刺激，於是我仔細檢視了周圍環境。現在已接近天頂的月亮，在裂隙周圍的高聳陡坡上空，放出了怪異又鮮明的光芒，月光照亮在谷底流動的龐大水域，水流往不同方向流到視野之外，我站在陡坡上時，水波也幾乎要拍打到我的雙腳。在裂隙對面，微弱的波浪沖刷著龐大巨石碑的底部，現在我則能在石碑表面看出銘文與原始的雕像。銘文以我不懂的象形文系統寫成，也不像我在書中看過的任何文字，內容大

1 譯注：*Paradise Lost*，十七世紀英國詩人約翰・米爾頓（John Milton）撰寫的長篇史詩，敘述被驅出天國的撒旦誘惑人類的始末。

致包含普遍的水生動物符號，諸如魚類、鰻魚、章魚、甲殼類動物、軟體動物與鯨魚等等。有幾個文字明顯代表現代世界中無人知曉的海洋生物，但我曾在這座從海中升起的平原上，看過那些生物腐爛的軀體。

不過最讓我目不轉睛的，是圖畫般的雕刻。由於體積龐大，使那一連串淺浮雕在水面另一側相當醒目，上頭的圖樣也會使多雷[2]感到羨慕。我想，這些圖案描繪的應該是人類——至少算是某種人類。那些生物如魚類般在海底洞窟中嬉鬧，或敬拜某種同樣位於海底的巨石聖陵。我不敢詳細描述它們的臉孔與身形，因為光是回想，就幾乎令我昏厥。它們的怪誕程度超越了愛倫・坡[3]或包沃爾[4]的想像，儘管長了有蹼的手腳、格外寬大又肥厚的雙唇、圓睜的水亮雙眼，和其餘回想起來更令人不安的特徵，整體輪廓卻有明確人型。奇怪的是，它們在背景中的比例似乎錯得離譜。圖案中的其中一隻生物，正在屠殺一隻只比它大一點的鯨魚。我先前提過它們的怪異感與異常尺寸，但我隨即認為，它們只是某種靠捕魚或航海維生的原始部落，所想像出來的神明。在皮爾當人[5]或尼安德塔人首位祖先出現前的太古歲月中，那些部落最後的子嗣就已滅絕。我敬畏地發現，自己出乎意料地窺見，連最大膽的人類學家都無法想像的遠古過往。我站在原地沉思，月亮則在我面前的死寂水道中，灑下古怪倒影。

忽然間，我看到了牠。只有微弱的水面波動昭示它浮上水面，接著那東西直接出現在漆黑的水域上。牠醜陋的身軀宛如獨眼巨人般龐大，並如同惡夢中的巨獸般衝向巨石碑，用長滿鱗片的碩大雙臂環抱石碑，同時牠低下恐怖的頭顱，發出某種有節奏的聲響。我想，自己當下就發瘋了。

至於我瘋狂地爬上斜坡與懸崖、逃回擱淺小船那段神智不清的路程，我就不太記得了。我想自己唱了很久的歌，唱不出來時，就轉為發出古怪的笑聲。我隱約記得，當自己抵達小船後不久，就出現了一場暴風雨。總之，我知道自己聽見雷聲，和大自然最狂野時才會發出的其餘聲響。

當我恢復神智時，人在一間舊金山的醫院，有艘美國船隻在大海中找到我的船，船長則將我送往醫院。我在迷亂狀態下吐露了不少事，但我發現沒人注意我說的話。救出我的人不曉得太平洋中有任何上升陸塊，由於我清楚他們不會相信，便不覺得自己該堅持這點。我曾找過一位知名民族學者，詢問他古代非力士人的魚神達貢（Dagon）相關傳說，他則覺得這些特殊問題相當有趣。但我迅速察覺他令人絕望的傳統觀點，便沒有繼續追問。

夜晚，特別是凸月逐漸虧缺時，我就會看見那個東西。我試過嗎啡，但藥物只帶來短暫停

2　譯注：Gustave Doré，十九世紀法國藝術家。

3　譯注：Edgar Allen Poe，十九世紀美國作家，其筆下的驚悚作品啟發了洛夫克拉夫特等恐怖作家。

4　譯注：Edward Bulwer-Lytton，十九世紀英國作家與政治家。

5　譯注：Piltdown，二十世紀初化石偽造事件中的虛構人類，一九五三年才被證實為贗品。

歇，還讓我成為無可救藥的奴隸。所以，現在我要終結一切，也已經寫下完整經歷，以便為自己的同胞們提供資訊或輕蔑的樂趣。我經常問自己，那是否只是純粹的幻覺——是當我逃離德國海軍、倒在露天小船上受到烈日曝曬而發出囈語後，所引發的熱病症狀。我以此自問，但內心總是以醜惡的鮮明畫面作為回應。一想到深海，此時此刻在黏膩海床上爬行蠕動的無名生物，就使我打起冷顫——牠們祭拜古老石像，並在海底的花崗岩碑上，雕刻自己可憎的形象。我夢到有一天，牠們從巨浪下現身，用腥臭撲鼻的利爪，逮住疲於戰事的渺小人類殘存者。到了那天，陸地將會下沉，漆黑的海床也將於毀天滅地的混亂中升上海面。

末日已近。我聽到門邊傳來聲音，彷彿某種龐大滑膩的身軀緩緩撞上門板。牠不會找到我。天啊，那隻手！窗戶！窗戶！

八、《無名之城》

The Nameless City

我靠近無名之城時，便曉得它遭到詛咒。我在月光下沿著乾涸的可怕山谷前進，並在遠方看到城市不尋常地矗立在沙漠中，宛如從粗劣墳墓中凸出的屍首器官。城裡的風化岩塊令人生畏，因為這座城是上古洪水的倖存者，也稱得上是最古老金字塔的遠祖。一股無形氛圍使我感到害怕，逼我遠離凡人不該目睹、也無人敢見證的古老邪惡祕密。

無名之城位於阿拉伯沙漠偏遠地帶，殘破衰敗又死寂無聲，無數世紀以來的砂礫，幾乎掩埋了低矮的城牆。當孟斐斯[1]立下第一塊基石之前，它就已經存在，當時巴比倫的泥磚甚至尚未烘製完成。沒有任何傳說古老到曾賦予此城名稱，或記得這座城的繁榮光景，但它在營火旁流傳的悄聲故事中，就連謝赫[2]帳篷裡的老婦們也會低聲談起此城，使所有部落都對它避之唯恐不及，卻不曉得原因。瘋狂詩人阿布杜·阿爾哈茲瑞德（Abdul Alhazred）吟唱出意義不明的對句前晚，就曾夢見這座城市：

不朽亡者永世沉眠，
歷經亙古，死亡亦滅。

我早該知道，阿拉伯人確實有閃避無名之城的正確理由，那座城市只在奇異故事中出現，從來沒有凡人親眼目睹過它，但我不理會他們，並帶著駱駝前往無人涉足過的荒原。只有我見過它，因此其他人臉上都沒有我這種因恐懼而造成的醜陋皺紋。這也解釋了，為何夜風吹響窗戶時，其他人不會害怕地顫抖。當我在無盡睡夢中的詭異死寂裡遇上它時，它凝視著我，儘管處在沙漠的高溫下，月光卻相當冰冷。當我回視它時，就遺忘了尋獲城市的勝利感，並和我的駱駝一同停滯不前，等待黎明到來。

我等了好幾小時，直到東方的天空轉灰，群星也逐漸淡去，灰色天空則隨即發出泛著金色光澤的玫瑰色光線。我聽到一陣尖鳴，並看到一股沙塵暴在古老的石塊間出現，但天空依然晴朗，幅員遼闊的大漠也毫無動靜。烈日邊緣忽然在沙漠遠方的地平線上空出現，陽光穿過逐漸遠去的小型沙塵暴，而處在激動狀態下的我，覺得從遙遠的地底某處，傳來了宛如音樂的金屬撞擊聲。這股聲響迎接著旭日，如同在尼羅河畔恭迎晨光的門農[3]。當我牽著駱駝，緩緩跨越沙地，來到那座死寂之地時，我的雙耳依然迴盪著那陣聲響，想像力也為之茁壯。在活人之中，只有我曾目睹此地。

我在殘缺不全的屋舍與建物之間來回晃蕩，也從未找到任何雕刻或銘文，能解釋多年前建造

1 譯注：Memphis，埃及古王國首都。
2 譯注：sheik，阿拉伯語中的尊稱頭銜，意指部落長老或酋長。
3 譯注：Memnon，希臘神話中，衣索比亞國王提托諾斯與黎明女神厄俄斯之子，後遭希臘英雄阿基里斯殺死。

這座都市、並居住在此的人民（如果他們是人類的話）其事蹟。此地的太古氛圍令人不安，我也渴望碰上某種，能證明這座城市確實是由人類所建的符號或標記。我並不喜歡遺跡中某些東西的**比例**和**大小**。我帶了許多工具，並在崩壞的建築物牆面上進行不少挖掘。但進度非常緩慢，也沒有得到任何重大發現。等到夜色與明月再度出現時，我感到一股帶來全新恐懼的冷風，因此我不敢待在城裡。我到外頭的古牆邊睡覺時，身後揚起了一陣嘶嘶作響的小沙塵暴，吹拂在灰色岩塊上，而月亮依舊明亮，沙漠大部分地帶也毫無動靜。

黎明時，我從一連串惡夢中醒來，雙耳彷彿迴盪著金屬巨響。我看到太陽的紅光，從在無名之城上空盤旋的最後一絲沙塵暴中透出，並注意到周遭的靜謐。我再度步入陰森的遺跡之中，而這座廢墟在沙漠下隆起的模樣，如同身上蓋了被單的食人巨魔——我又一次徒勞無功地挖掘被遺忘種族所留下的古物。我在中午休息，下午則花了許多時間追蹤牆面與昔日的街道，以及幾乎消失的建築物輪廓。我發現這座城市確實龐大，也對它偉大氛圍的來源感到好奇。我想到就連迦勒底[4]都無法回想起的宏偉時代，也想到經歷末日的薩納斯（Sarnath），當人類種族剛出現時，薩納斯曾坐落於姆納之地（Mnar）；我也想起建於人類出現前，以灰石打造的伊博（Ib）[5]。

我突然來到一處地點，該處的基岩從沙地中突出，形成高度較低的懸崖，我開心地發現，這裡似乎有更多上古人民的蹤跡。崖壁上刻了粗糙的正面結構：那明顯是好幾座矮小岩屋或神殿。建物內部可能藏有諸多祕密，來自古老到無法估算的時代，不過沙塵暴早已抹去了外頭原有的任何雕刻。

靠近我的黑暗孔隙低矮又塞滿砂礫，但我用鏟子將其中一道裂口清空，並爬進裡頭，還帶了一把火炬，以便揭露裡頭的奧祕。我鑽進裂隙後，就發現洞穴確實是座神殿，裡頭也明顯有曾居住在此、並進行祭拜的種族留下的痕跡，當時沙漠尚未出現。原始的祭壇、石柱與壁龕無所不在，但全都有奇特的低矮造型。儘管我沒有看到雕像或壁畫，這裡卻有許多特殊石塊，明顯經由人工方式打磨成不同符號。這座雕刻廳室的低矮程度非常古怪，因為我幾乎無法挺直身子跪著，但內部區域相當寬闊，因此我的火炬一次只能照亮一小部分。一想到某些遙遠角落，我就打起冷顫，因為某些祭壇與石塊，顯示出被遺忘的儀式痕跡，儀式本質恐怖駭人、又難以理解，也使我感到好奇：究竟是哪種人會建造並經常前來這種神殿。當我見到所有存放在洞穴中的物品後，便再度爬出洞外，急於找出其他神殿還有什麼東西。

夜色已經落下，但我看過的具體事物，使好奇心戰勝了恐懼，因此我沒有逃離明月映照下的修長陰影。首度見到無名之城時，那些陰影曾嚇倒我。在微光中，我挖開另一道裂隙，並帶著新火炬爬進裡頭，找到更多意義不明的石塊與符號，不過比起比另一座神殿，裡頭沒有任何意義更

4　譯注：Chaldaea，古代巴比倫尼亞南部地區，現今則為伊拉克南部與科威特。

5　譯注：以上三個地名都來自幻夢境，參見《末日降臨薩納斯》。

明確的東西。空間同樣低矮，但較不寬闊，盡頭則是一條非常狹窄的通道，裡頭擠滿了別有深意又神祕的壁龕。當我在這些壁龕旁摸索時，一股風聲與我駱駝的叫聲劃破了死寂，逼得我出外看看，究竟是什麼東西嚇到那隻動物。

明月在原始遺跡上空鮮明地閃爍，照亮了濃密的沙雲。某股起初強烈、但逐漸減弱的風，似乎將那朵沙塵雲沿著我前方的懸崖吹來。我知道，就是這股冷冽又夾帶沙礫的強風驚嚇了駱駝，也迫使牠走到更多遮蔽的位置。此時我碰巧往上看，發現懸崖上空沒有風的動靜。這使我感到訝異，也再度使我覺得害怕，但我立刻想起自己先前曾在日出與日落時，突然目睹與聽到的強風，於是我判斷這是正常現象。我認為強風來自導向某座洞穴的岩縫，並看著飛攪的沙礫，以便找尋強風來源。我很快就發現，沙塵來自我南方遠處一座神殿上的黑色孔隙，位置幾乎已超出視野之外。我在令人窒息的沙雲中，緩緩走向這座神殿，當我走近時，它的尺寸變得比其餘神殿都還高大，也出現了一座較無沙塵堵塞的門口。要不是因為強勁冰風幾乎吹熄了我的火炬，我早就踏入門內了。強風狂野地從漆黑門口中颳出，翻攪沙礫並吹向古怪遺蹟時，還發出異常的嘆息聲。風速迅速減弱，沙礫也逐漸平息，直到一切再度歸於平靜，但某種東西似乎在城裡鬼影幢幢的石塊間移動，我望向月亮時，明月似乎開始顫抖，宛如映照在搖晃水面上的倒影。我感受到難以解釋的恐懼，但這並沒有扼殺自己對奇景的渴求。等到強風完全止息，我跨入了吹出強風的黑暗廳堂。

如同我在外頭所想，這座神殿比我先前造訪的兩座建物還龐大，也應該是座天然洞穴，因為它輸送了從某處遙遠區域颳來的風。我在這裡能挺直身子站立，但我也注意到，這裡的石塊與祭壇，和其他神殿中的一樣矮。我首度在牆上見到古代種族的某種圖像繪畫，那是奇特的捲曲顏料痕跡，幾乎都已褪色或崩解；而在兩座祭壇上，我感到興奮地看到一組造型精良、並由曲線組成的雕刻紋路。我舉高火炬時，便意識到屋頂的形狀太有規律，不可能是自然產物，也想知道，那些史前石匠一開始究竟在哪種環境下作業。他們的工程技術肯定相當先進。

火焰的明亮光線隨即揭露了我正在尋找的東西，也就是通往遙遠深淵的入口，強風正是由該處吹拂而來。當我發現，那是座明顯以人工方式在堅硬岩塊上鑿刻而成的小門時，就感到一陣暈眩。我將火炬伸入門口，看到一座漆黑隧道，低矮的拱型天花板，則懸在為數眾多、且向下延伸的窄小狹窄階梯上。我永遠都會在夢中見到那些階梯，因為我得知了它們的意義。當時我不曉得該稱它們為台階，或是陡峭下坡路上的落腳處。瘋狂的念頭在我心中盤旋，而阿拉伯先知們的話語和警告，似乎從人類熟知的國度飄過沙漠，飛入凡人不願知曉的無名之城中。但我只猶豫了一下，就穿越門口，開始謹慎地順著陡峭通道往下爬，彷彿在梯子上爬行。

其他人只有在因藥物或神智不清而引發的可怕幻覺中，才會碰上我經歷的下坡路程。狹窄的通道往下無限延伸，像是某種醜陋的鬧鬼古井，而我高舉到頭頂的火炬，也無法照亮自己爬入的未知深淵。我算不出過了多久，也忘了看錶，不過當我想到自己跨越的距離，就感到害怕。通道中的方向與坡度不斷改變，有次我來到一處狹長低矮的水平通道，還得先讓雙腳擠過岩壁，並將火炬舉到頭頂遠處。該處的高度不夠，我無法跪著。在那之後還有更多陡峭台階，當我永無止盡地爬行時，逐漸變弱的火炬便完全熄滅。我不認為自己當時有注意到這件事，因為當我察覺時，自己依然將它高舉到頭頂，彷彿它依然明亮。由於對古怪的未知事物所抱持的直覺，使我變得心神不寧，也驅使我在世上漫遊，找尋遙遠又古老的禁忌之地。

黑暗中，我心裡浮現了自己相當珍惜的邪惡學識：阿拉伯狂人阿爾哈茲瑞德所說的對句，達馬希烏斯[6]筆下可信度不高的恐怖作品中的段落，與戈蒂埃．德梅茨[7]充滿胡言亂語的《世界的圖像》[8]中惡名昭彰的語句。我重述了古怪的橋段，並低聲說起阿芙拉西亞布[9]，與和他一起順著阿姆河[10]漂流而下的惡魔們，之後則一再吟唱鄧薩尼勛爵[11]其中一則故事中的一段語句：「深淵中吞沒回音的黑暗」。有次當下坡路變得極度陡峭時，我語氣單調地背誦了湯瑪斯．摩爾[12]作品中的某個段落，直到我害怕繼續念下去：

漆黑無比的深淵
如女巫大釜
在月蝕下盛滿蒸餾月藥
我傾身觀看，彷彿

將失足落入深淵，
往下視野的盡頭，
墨黑色岩壁如玻璃般光滑，
彷彿剛被打亮
以漆黑瀝青，死亡之座
拋向黏滑岸邊。

當我的雙腳再度感覺到平坦地面時，時間彷彿完全靜止，我則發現自己處在比先前兩座較小的神殿中，空間稍高的地點。現在，兩座神殿已位於我頭頂無法計量的遠處了。我無法完全站

6 譯注：Damascius，西元五到六世紀柏拉圖學院的學者。
7 譯注：Gauthier de Metz，十三世紀法國牧師與詩人。
8 譯注：*Image du Monde*，德梅茨寫於一二四五年的百科全書，內容描述世界與宇宙的創生。
9 譯注：Afrasiab，傳說中的圖蘭（Turan，波斯對中亞的稱呼）國王與英雄。
10 譯注：Oxus，中亞最長的內流河，原文中使用它的拉丁文名稱。
11 譯注：Lord Dunsany，二十世紀英國奇幻小說作家，作品對洛夫克拉夫特有強烈影響。
12 譯注：Thomas Moore，十六世紀英格蘭作家，著有《烏托邦》（*Utopia*）。

直，但能挺直身子跪著，於是我在黑暗中緩緩前進，四處摸索方向。我很快就發覺自己身處狹窄通道，兩旁的牆面上擺滿裝有玻璃前端的木箱。當我在那處古老深淵中，摸到打亮的木頭與玻璃時，就因其可能的含義打起冷顫。木箱明顯以規律的間隔，沿著通道兩側擺設，形狀呈水平橢圓形，無論形狀或大小，都像極了可怕的棺材。當我試圖移動兩三只木箱檢查時，發現它們被牢牢地固定住。

我注意到通道十分漫長，如果有任何眼睛在黑暗中盯著我瞧的話，我迅速往前爬的動作，看起來肯定非常駭人。我有時會跨越通道，碰觸兩側牆面，以便感覺周遭環境，並確保牆壁和成排的木箱依舊繼續向前延伸。人類慣於以視覺方式思考，使我幾乎忘卻了黑暗，並想像出無盡的走廊，兩側裝載了單調又低矮的玻璃木箱，彷彿是自己親眼所見。而在難以言喻的一瞬間，我確實目睹了這光景。

我說不出自己的幻想何時與現實合而為一，但前方逐漸出現光線，我也立刻明白，眼中出現了模糊的走廊與木箱輪廓，因某種未知的地底螢光而揭露了全貌。在短暫的一剎那，由於光線非常微弱，使一切看起來和我的想像完全相符。但當我機械式地繼續蹣跚走進更強的光線中後，就發現自己的想像過於薄弱。這座廳室並非上頭城市中的神殿那種粗糙古物，而是精心打造的特異藝術成就。豐富鮮明又大膽的奇異設計與圖像，組成了延續不斷的壁畫，上頭的線條與色彩，超脫了言語所能描述的範圍。箱子由古怪的金色木頭打造，前方裝有精緻的玻璃，內部裝有木乃伊化的形體。這些是連在人類最混亂的夢境中，都不會出現的醜惡生物。

我簡直不可能描述這些怪物。牠們是某種爬蟲類，身體輪廓有部分像鱷魚，有些部分則像海豹，但整體而言，卻連博物學家或古生物學家都對這種體態聞所未聞。牠們的大小約莫接近矮小人類，前腿則有纖細卻明顯的腳，型態相當類似人類的手掌與手指。但最古怪的部位是牠們的頭部，輪廓完全扭曲了已知的生物學準則。沒有東西能與這類生物做出良好對比，在那一瞬間，我想到的是諸如貓、牛蛙、神話生物羊男或人類等不同生物。就連天神朱比特都沒有如此龐大且突出的前額，但牠們長有犄角、缺乏鼻子並長有短吻鱷般的下顎這幾點，又使牠們獨立於所有已知的生物類別。我對木乃伊的真實性存疑了一陣子，有些認為牠們是人造偶像。但我很快就認定，牠們確實是某種遠古物種，生活在無名之城尚未消亡的時代。為了凸顯牠們的怪異，大多生物身上都穿戴了極度昂貴的布料，身旁擺滿以黃金、珠寶和不明的閃爍金屬所製成的奢華飾品。

這些爬行生物肯定具有相當高的重要性，因為牠們在畫有壁畫的牆面與天花板上佔有主位。藝術家用無與倫比的技巧，將生物們畫在屬於牠們的世界中，在畫中，生物們擁有適合自己的城市與花園。我不禁認為，牠們在圖畫中的歷史是種隱喻，其實是在展示祭拜牠們的種族所經歷的發展。我告訴自己，這些生物對無名之城的人民而言，就如同母狼之於羅馬[13]，或某種圖騰野獸

13 譯注：傳說羅馬由羅慕路斯與雷穆斯兩兄弟創立，他們在嬰兒時期曾由母狼養育。

之於印地安部落。

抱持此觀點的我，勉強推敲出了關於無名之城的精彩史詩：故事敘述一座雄偉的海濱都市，在非洲大陸浮上海面之前，曾統治世界，以及城市在海洋縮小時的困苦掙扎，沙漠則蔓延深入城市所在的肥沃山谷。我目睹了它的戰爭與勝利，問題與潰敗，與日後對抗沙漠的凶險歷程。當時數千個居民（此處由醜惡的爬蟲類作為象徵代表）被迫以某種高明的方式往下鑽鑿岩層，抵達他們的先知所說的另一個世界。一切充滿了鮮明的怪異與真實，故事與我剛經歷的漫長下坡路程之間，也有明顯關聯。我甚至認得出畫中的通道。

當我沿著走廊爬向更明亮的光源時，看到了史詩壁畫中後期的圖案：那些種族離開了居住了一千萬年的無名之城與山谷。該種族的靈魂對離別的光景感到畏縮，但牠們的軀體早已知曉這狀況許久。牠們在地球仍尚年輕時，就在此成為遊牧民族，於原生岩石上刻出那些原始神廟，牠們也從未停止在神廟中敬拜。既然光線已變得更明亮，我就更仔細地研究這些圖畫，且當我想起，這些古怪的爬蟲類必然象徵了未知的人類民族時，便開始思索無名之城的風俗。許多事物特異又難以解釋。擁有書寫文字的文明，似乎躍升到比久遠日後的埃及與迦勒底文明更先進的程度，但其中卻有一些古怪的遺漏之處。比方說，我找不到象徵死亡或葬禮習俗的圖畫，只有與戰爭、暴力與瘟疫相關的圖樣，該種族對自然死亡抱持的緘默，也使我感到好奇。彷彿該種族產生了令人雀躍的幻想，將長生不老視為理想。

更靠近通道盡頭的位置，則有最誇張又栩栩如生的壁畫場景：畫面中以完全相反的觀點描繪無名之城，畫出它的荒蕪程度與逐漸擴張的廢墟，以及該種族鑿穿岩層後，找到的古怪新樂園國度。在這些畫面中，藝術家以飄渺又微妙的手法，描繪出總是受到月光籠罩的城市與沙漠山谷，倒塌的牆壁上頭懸浮著金色光輪，並隱約顯露出過往歲月的完美榮光。樂園場景幾乎是太過奢華，令人難以相信，畫中詮釋了處於永晝中的隱密世界，裡頭充滿華麗都市，與優雅的山丘和峽谷。到了最後，我在藝術上發現突如其來的衰敗現象。繪畫變得較不精緻，比起先前畫面中最狂野的部分，看起來也更古怪。牠們似乎記錄了這批古老種族緩慢的退化，加上對外部世界高漲的敵意，而牠們正是從外界遭沙漠驅逐至此。總是由神聖爬蟲類所象徵的人民，體型似乎也逐漸退化，不過牠們在月光下的廢墟高空懸浮的靈魂，則似乎變得越來越多。瘦弱的祭司們被描繪為穿著華服的爬蟲類，牠們詛咒了上空與在其中呼吸的一切。最後一幅恐怖畫面，則是一個外型原始的人類，或許是古老千柱之城埃冷（Irem）的先祖之一，古老種族的成員將他撕成了碎片。我記得阿拉伯人對無名之城抱持的恐懼，也很慶幸此處後方的灰色牆面與天花板一片空白。

當我觀看漫長的壁畫歷史時，非常靠近低矮廳室的盡頭，並注意到一道門口，那正是磷光的來源。我爬到門邊，並對大門彼端的東西發出訝異的大喊。那頭沒有其他更明亮的房間，只有一處散發規律光芒的無垠虛空。如果有人從聖母峰頂往下望向日出時的霧海，就會看到這片景象。我身後的通道狹窄到使我無法站直，面前則是一片無邊無際的地底光輝。

有一連串陡峭台階，位於導向深淵的通道頂端，和我先前經過的黑暗通道中眾多小型階梯一模一樣，但過了幾英呎，發光的霧氣就遮蔽了一切。通道左側的牆面上，有扇敞開的龐大黃銅門板，極度厚實，上頭則刻滿華麗的淺浮雕，只要關上這道門，就能將地底的光明世界，與地洞和岩石通道隔開。我望向台階，暫且不敢走到上頭。我碰了敞開的銅門，發現自己無法移動門板。接著我在岩石地面上躺下，腦袋裡充滿驚人念頭，就連死亡般的力竭感都無法將之驅除。

當我閉眼仰臥、自由思索時，壁畫中的許多要素便飄回我的腦海，並帶來全新的駭人意義：描繪繁榮歲月中那無名之城的畫面，圍繞山谷的植被，與城裡商人前往貿易的遙遠國度。爬行生物的象徵圖像，因四處可見而使我感到困惑，我也想知道，為何這類生物會如此頻繁地出現在圖像歷史之中。壁畫裡的無名之城，在各處都描繪為適合爬蟲類的比例。我對城中真正的比例與雄偉程度感到疑惑，也對在遺跡中注意到的某些怪事思索了一陣。我好奇地想到，原始神殿與地底走廊中的低矮高度，肯定是為了向當地信仰的爬蟲類神祇致敬，但這也迫使信徒們得採用爬行方式。或許在這裡舉行的儀式，人們得模仿爬蟲生物匍匐前進。不過，沒有任何宗教理論能夠輕易解釋，為何那條驚人下坡路的平坦通道，也和神殿一樣低矮——或者還更低，因為甚至沒人能跪在裡頭。當我想到爬行生物，就感受到一股全新的恐懼——牠們醜陋的木乃伊軀體離我非常近。心理上的聯想非常奇妙，我也對某股念頭感到畏縮：除了最後一幅畫中被撕成碎片的可憐原始人以外，在那段原始歲月留下的諸多古物與符號中，我是唯一的人類。

但如同我奇異的飄泊生涯總會發生的狀況，好奇心戰勝了恐懼。對最厲害的探險家而言，明亮的深淵與其中的奧祕，仍會造就出問題。我毫不質疑，奇異的窄小階梯底下，肯定有神祕的古怪世界，我也希望能找到壁畫走廊中沒有出現的人類紀念物。壁畫中描繪了令人難以想像的都市，以及這塊地底區域中的山谷，我的想像力，則聚焦在等待著自己的雄偉遺跡上。

比起未來，我的恐懼確實與過去的關聯更大。就連身處那座塞滿爬蟲類屍體與太古壁畫的狹窄走廊，以及待在離我所知的世界數英哩之下，同時面對著瀰漫怪異光線與霧氣的另一個世界時，所帶來那實際的恐怖氛圍，都無法與我從此處深不可測的古老氣息與精神中，所感受到的深層恐懼相比擬。這種無可計量的古老氛圍，彷彿是從無名之城的原始岩塊與石雕神殿往下瞪視，而壁畫中最新一幅令人訝異的地圖，則描繪出人類早已遺忘的海洋與大陸，只有少部分地區，顯示出令人隱約感到有些熟悉的輪廓。自從停止製作繪畫、憎惡死亡的種族也惱怒地沒落後，就沒人知道那段地質時期究竟出了什麼事。這些洞穴與彼端的明亮地帶曾一度生機盎然，如今我與氛圍鮮明的古物獨處，一想到無數歲月以來，這些古物曾沉默地守候在此，就使我發起抖來。

忽然間，我又感覺到一股尖銳的恐懼。自從我首度在冷冽月光下見到恐怖山谷與無名之城，這股恐懼就斷斷續續地襲上我心頭。儘管我已經精疲力盡，卻開始慌亂地坐起身，回頭沿著漆黑的走廊，望向往上延伸到上層世界的隧道。我的感受如同讓自己在夜間避開無名之城的直覺，無從解釋卻相當強烈。不過在另一瞬間，某種明顯的聲響，讓我受到更大的驚嚇，是這古墓般的深淵，首次打破死寂的聲音。那是股低沉的呻吟，彷彿由遠方一大群受詛咒的幽魂發出，並從我注視的方向傳來。音量迅速飆高，直到駭人的聲響迴盪在低矮的通道之中，同時我察覺到一股逐漸變強的的冰冷氣流，同樣也由隧道與上頭的城市飄來。一接觸到這股空氣，我就恢復了鎮定，因為我立刻回想起每次日落與日出時，深淵洞口旁突然颳起的強風，其中一陣風向我揭示了隱匿的隧道。我望向手錶，發現黎明即將到來，於是我準備好抵抗那陣強風，它將如夜晚颳出外頭般，飄回洞穴老家。我的恐懼再度降低，因為自然現象總會打散對未知事物抱持的猜疑。

呻吟般的狂風，聲勢高漲地灌入地洞。我再度趴下，並徒勞無功地緊抓地面，害怕被吹入敞開的門口，掉入閃爍磷光的深淵。我沒有預料到狂風的猛烈程度，等到我注意到身體開始滑向深淵時，上千股全新的恐懼與幻想，便襲入我的腦海。強風的惡意喚醒了我驚人的想像力，也再次顫抖地將自己與駭人走廊中唯一的人類形象相比較：那名遭到無名種族扯碎的男人。在盤旋狂風的野蠻撕扯下，似乎有股復仇般的怒火不斷增強，但那股怒火的影響力卻非常薄弱。到了最後，我想自己曾幾近發狂地瘋狂尖叫，但如果我真的有叫出聲，叫喊聲也已在呼嘯著的狂風妖靈所帶來的地府魔境中消失。我試圖在危險的無形強風中爬行，但我無法穩住腳步，也無法抵抗地被緩緩推向未知世界。我的理智最後肯定瓦解了，因為我不斷重複叨念著，阿拉伯狂人阿爾哈茲瑞德的神祕對句，他曾夢到無名之城：

不朽亡者永世沉眠，
歷經亙古，死亡亦滅。

只有陰鬱的沙漠神明清楚當下真正的狀況：我究竟在黑暗中經歷了哪種掙扎與折磨，或是哪種惡魔引領我回到人間，讓我得永遠記得這些經歷，並在夜風中顫抖，直到死亡或更糟的東西把我帶走。這件事太過古怪異常，又無比驚人，超脫了所有世人的想像。人們只有在無聲的夜半時刻輾轉難眠時，才會相信這種事。

我先前提過，狂暴的強風宛如來自地獄的惡魔，恐怖的呼嘯聲則充滿在永恆荒蕪中不斷累積的惡意。儘管我面前這些聲響依然混亂，但對我備受衝擊的大腦而言，噪音似乎在我身後化為具體型態。在從太古時期就維持死寂的無數古老墳墓之間，位於人類的白晝世界數里格的地底下，我聽到操著古怪語言的妖怪所發出的駭人咒罵與嘶吼聲。我轉身一看，發現深淵的明亮虛空中，出現了在走廊微光下看不見的東西：那是一大群橫衝直撞的魔鬼。牠們滿懷扭曲的仇恨，身披醜惡甲冑，也沒有人會錯認這批半透明的邪惡種族：無名之城的伏行爬蟲。

隨著強風逐漸止息，我墜入了地底深處聚集萬鬼的黑暗之中。當最後一隻生物穿越黃銅大門時，門板便緊緊關上，發出震耳欲聾的金屬巨響，回音往外飄向遙遠的世界，迎接東升的旭日，如同在尼羅河岸上恭迎晨光的門農。

九、《獵犬》

The Hound

我備受凌虐的雙耳，不斷響起嗡鳴與拍擊聲，以及從遠處飄來的微弱吠叫，彷彿來自某種巨型獵犬。這不是夢，恐怕連瘋狂都稱不上。已經發生太多事情了，讓我無法懷抱著令人感到寬慰的疑慮。

聖約翰（St. John）已是具遭到撕碎的屍體。只有我曉得原因，也是由於這些事實，使我準備開槍打破自己的腦袋，以免自己也遭到撕扯而死。在怪誕幻想中無盡的漆黑迴廊裡，黑暗無形的復仇女神，將我逼上自我毀滅的終局。

願上帝寬恕我們的愚行，與對死亡的著迷！這使我們陷入了恐怖的命運。平淡世界的無趣使我們覺得疲憊，就連傳奇故事與冒險帶來的喜悅，也迅速變得乏味。因此聖約翰與我熱衷於追尋各種美感或智慧上的行動，使我們脫離可怕的倦怠感。我們曾追尋過符號學家的謎題，與前拉斐爾派[1]的狂喜，但每種新情緒帶來的新鮮魅力，都消逝得太快了。

只有頹廢派[2]的肅穆哲學能幫助我們，且透過逐漸深入探索邪惡之道，我們才會感受到強烈效果。波特萊爾[3]和於斯曼[4]很快就不再使我們感到興奮，最後我們只能採用不尋常的個人體驗與冒險，才能取得更直接的刺激。這股令人生畏的情緒需求，最終讓我們走上那條不祥之道：駭人的盜墓行為。那是極致的人類惡行。就算此刻我感到莫大恐懼，但提起這件事時，也依然抱持著羞愧與怯懦。

我不能說出我們恐怖的探險細節，或是列舉我們在龐大石屋內那座無名博物館，展示出來的邪惡戰利品。我們就住在這間石屋，沒有雇用僕人。這座博物館是個難以想像的褻瀆之地，鑑賞癖好邪門又神經質的我們，集結了大量的恐怖與頹廢收藏，用以刺激我們倦怠的感官。那是座祕密房間，位於深邃的地底。以玄武岩與縞瑪瑙雕成的有翼惡魔，用咧開的大嘴吐出怪異的綠光與橘光；隱匿的氣動式管線，則將縫製在大量黑色吊飾上的陰森紅色飾物，吹得彷彿跳起了死亡之舞。這些管線飄散出我們當下情緒最渴望的氣味：有時是蒼白的葬禮百合氣味，有時則是想像中東方王族亡者神龕裡的麻藥迷香，有時——我一想到就渾身發抖！有時則是敞開的墳墓所飄散出，使人嚇得魂歸九重天的腐臭。

在這座醜惡廳室的牆面周圍，擺了裝載古老木乃伊的箱子，裡頭放有標本剝製師曾完美填充與防腐過每具身體，栩栩如生的俊俏軀體，且箱子間交替擺放了從世上最古老的墓園中偷來的墓碑。滿布四周的壁龕裡，放置了型態各異的骷髏頭，以及保存在不同溶解狀態下的頭顱。訪客能在其中找到知名貴族的腐爛禿頭，以及近日下葬的孩童新鮮又閃爍的金髮頭顱。

房內設有雕像與繪畫，所有作品都描繪了驚世駭俗的主題，有些則由聖約翰與我親自製作。

---

1 譯注：pre-Raphaelite，起源於一八四八年的藝術團體與同名運動。

2 譯注：Decadent，十九世紀的文學與藝術運動，主張人性醜惡，並認為創造力能夠凌駕邏輯與自然世界。

3 譯注：Charles Pierre Baudelaire，十九世紀法國象徵派詩人。

4 譯注：Joris-Karl Huysmans，十九世紀法國頹廢派作家。

有本以鞣製人皮裝訂的上鎖文件夾，裡頭裝有未知且無名的圖畫，據說為哥雅[5]所做，但他不敢承認。這裡放置著令人不安的樂器，包括弦樂器、銅管與木管樂器，聖約翰與我有時會用這些樂器，製造出詭譎又邪門的獨特聲響。而在內嵌的黑檀木櫃中，擺放了驚人又超乎想像的盜墓贓物，全都是透過瘋狂的變態人性收集而來。我無法深入談論這些贓物……感謝老天，早在我企圖自盡之前，就讓我鼓起勇氣摧毀那些東西！

我們為了收集這些無可言喻的寶藏所進行的搜索行動，都是讓人留下強烈藝術印象的事蹟。我們並非粗俗的盜墓賊，也只在特定的心情、場地、環境、天氣、季節與月光下才會下手。這些娛樂活動對我們而言，是最精細的美學表現，我們也十分講究其中的技術細節。不恰當的時刻、歪扭的照明效果或排列方式拙劣的潮濕草皮，都會在我們從地底挖出某些不祥祕密時，近乎徹底地破壞那股愉悅快感。我們為新奇光景和神祕現象做出的追尋過程，熱切又難以滿足。聖約翰總是擔任領袖，最後也是他帶頭前往那處散發輕蔑氛圍的可憎地點，並為我們帶來無從避免的醜陋末日。

究竟是哪種邪惡命運，將我們拐入那座恐怖的荷蘭教堂墓園？我想是由於那股陰森的傳奇謠言——故事述說某個被埋葬五百年的人，生前是個盜墓賊，曾從一座龐大陵墓，偷走了了某種含有莫大力量的東西。我在臨終前回想起那景象：蒼白的秋月照耀在墓群上，撒下嚇人的細長陰影。外型醜惡的樹木陰沉地下垂，碰觸到無人打理的雜草與崩塌的石板；一大群體型大得出奇的蝙蝠掠過月亮；滿布藤蔓的古老教堂，如同幽魂的手指般指向黯淡的天空；發出磷光的昆蟲宛如鬼火，在遠處角落的紫杉下舞動；腐土、植被以及其他較不明顯的東西散發的氣味，與夜風從遠方沼澤和海洋吹來的氣味，微弱地混在一起。最糟的是，有某種龐大獵犬發出微弱的低沉吠叫，我們卻無法看見或辨識叫聲來源。一聽到這股吠叫，由於想起農民間相傳的故事，使我們打起冷顫。幾世紀前，我們所找尋的對象曾在此地被尋獲，整個人遭到某種無可名狀的野獸，以銳爪利齒撕裂。

我記得我們如何用鏟子挖掘盜墓賊的墳墓，還有受當時光景影響而感受到的刺激：我們本身、墳墓、觀望萬物的蒼白明月、駭人陰影、醜陋樹木、龐大蝙蝠、古老教堂、舞動鬼火、噁心臭味、輕聲呼嘯的夜風，與來向不明的古怪微弱吠叫，我們也難以得知吠聲是否確實存在。

隨後我們挖到了某個比潮濕腐土更堅硬的東西，並發現一只腐爛的橢圓形箱子，上頭沾黏著長年未經翻攪的土壤中，殘留下來的礦物。箱子堅固又厚重，不過整體已經相當老舊，因此我們最後成功將它撬開，望向裡頭的內容物。

令人驚奇的是，儘管歷經了五百年，裡頭的物體大致上依然健在。雖然骨骸遭到行兇生物大口咬碎了許多地方，但整體依然出奇地牢固。我們竊喜地盯著乾淨的白色頭骨，和它修長堅硬的

---

5 譯注：Francisco José de Goya y Lucientes，十八至十九世紀西班牙浪漫派畫家。

牙齒，與沒有眼珠的眼窩，其中曾閃爍著和我們非常相似的陰森光芒。棺材裡放了一只設計奇異的護身符，顯然是掛在亡者的脖子上。巧妙的東方工藝將一小塊綠玉，雕琢成造型出奇傳統的塑像：那是隻蹲踞的有翼獵犬，或是某種臉龐近似犬科動物的人面獅身獸。它五官的神情令人感到極度不安，也讓我們立刻感受到死亡、獸性與惡意。基座上有段以聖約翰與我都不懂的文字所組成的銘文，底部則刻了一只醜陋又凶悍的骷髏頭，彷彿是工匠留下的印記。

一看見這只護身符，我們立刻明白必須得到它，這項寶藏，是我們在這古老墓穴中唯一需要的戰利品。即使我們不熟悉它的輪廓，也依然渴求它，但當我們更仔細地觀察時，發現它並非全然陌生。儘管對熟知藝術與文學、心態理智又平衡的讀者們而言，護身符相當怪異，但我們認出，這正是阿拉伯狂人阿布杜．阿爾哈茲瑞德，在禁忌的《死靈之書》（*Necronomicon*）中提過的物品：是位於中亞、凡人無法抵達的冷之高原（**Leng**）中的食屍邪教，所擁有的可怖靈魂符號。我們曾仔細鑽研過那位阿拉伯惡魔學老學者所描述的不祥輪廓，他寫道，這種外型出自某種神祕的超自然邪靈，祂們會騷擾並啃咬亡者。

我們抓起綠玉護符，對擁有者眼窩凹陷的蒼白臉孔望了最後一眼，隨後埋起墓穴，讓它恢復到一開始的狀態。當我們快步離開這座詭譎地帶時，聖約翰將偷來的護身符放入口袋，我們則似乎看到蝙蝠群降落在我們先前洗劫過的土地上，彷彿正在找尋某種受詛咒的不淨食物。不過秋月的光芒微弱又蒼白，使我們無法確認真相。

此外，隔天搭船從荷蘭返鄉時，我們也隱約聽到遠方傳來的低微吠叫，彷彿來自遠景中的某種巨大獵犬。但秋風發出虛弱悲鳴，我們也無從確認事實。

我們回到英格蘭後不到一週，就開始發生怪事。我們過著隱居生活：沒有朋友並孑然一身，居住在古老大宅中的幾座房間內，也沒有雇用僕人，宅邸則位於荒涼且罕有訪客的高沼。因此，我們的家門鮮少傳來訪客的敲打聲。

但現在，夜間出現某種持續不斷的摸索聲，使我們感到憂心。聲音不只在門邊出現，也從樓上和樓下的窗戶傳來。有次我們覺得，當月光照在圖書館窗戶上時，有個龐大的黯淡軀體擋住了窗口，另一次我們則彷彿聽到不遠處傳來呼嘯聲或拍打聲。每次事件都找不出線索，我們也開始將原因歸咎於想像力，當我們以為在荷蘭教堂墓園中聽到遠方的狗吠後，叫聲便在我們耳中盤旋不去。目前玉製護身符擺放在我們博物館內的一處壁龕中，有時我們會在它前方點燃飄出古怪氣味的蠟燭。我們在阿爾哈茲瑞德的《死靈之書》中讀到諸多關於它特質的知識，以及亡魂的精髓，和它象徵的物體之間的關聯，並對此感到不安。

接著，恐懼就此到來。

一九某某年九月二十四日晚間，我聽到房門傳來一下敲擊聲。我以為那是聖約翰，便要對方進來，但外頭只傳來一陣尖銳的笑聲，而且走廊上空無一人。當我叫醒熟睡的聖約翰時，他聲稱對此一無所知，也和我同樣感到擔憂。當晚，從高沼遠方傳來的微弱狗吠聲，對我們而言，成了明確的恐怖事實。

四天後，當我們都待在隱密博物館中時，通往祕密圖書館階梯的單一房門前，傳來了微弱又謹慎的搔抓聲。我們對不同地點有所警戒，因為除了對未知的恐懼外，我們總是害怕有人會發現自己陰森的收藏品。我們熄掉所有燈火，走到門邊並將它猛地打開，這時立刻感覺到一股來源不明的氣流，並聽見某種逐漸遠去的怪異聲響，其中混合了沙沙聲、竊笑聲與吱喳講話聲。我們沒試圖斷定自己是瘋了、在作夢，或依然維持理智。然而憂心忡忡的我們，發現那虛無飄渺的說話聲，鐵定使用了**荷蘭語**。

之後，我們便活在逐漸高漲的恐懼與驚奇之中。我們大致認為，兩人因充滿異常刺激的生活而一起發瘋了，但有時我們偏好把自己戲劇化地想像為，某種神祕又駭人危機下的受害者。怪異事件現在發生得實在太過頻繁。某種活生生的邪惡物體，似乎在我們寂寥的房屋中肆虐，我們也無法猜出那東西的底細，而且每天晚上，那股邪門吠聲總會從強風吹拂的高沼上飄來，音量也變得越來越高。十月二十九日，我們在圖書館窗口下的柔軟土壤上，發現一連串無可名狀的腳印。這些腳印和以前所未見、數量逐漸增加的大量巨型蝙蝠同樣令人瞠目結舌，蝙蝠群則糾纏著古老宅邸。

恐怖事件於十一月十八日達到高潮，當天天黑後，聖約翰從荒涼的火車站走回家，途中某種恐怖的肉食生物逮住了他，並將他撕成碎片。他的尖叫聲傳到屋內，我則及時趕到可怕的案發現場，並聽到一陣翅膀拍擊聲，還在高升的明月下，看見某個宛如黑雲的模糊物體。

當我對朋友說話時，他已經奄奄一息，無法口齒清晰地回答問題。他只能低語道：「護身符……那該死的東西……」

接著他就此嚥氣，成了一動也不動的破爛肉塊。

隔天午夜，我將他埋在我們其中一座無人看管的花園中，並為遺體低聲唸出他曾相當喜愛的一種邪門儀式。我唸出最後一句不祥語句時，便聽到從遙遠的高沼上，傳來了某種龐大獵犬的微弱吠叫。月亮已升上天空，但我不敢看它。後來我看見朦朧的高沼上，有個寬闊的模糊陰影，在不同的土丘上來回移動。我閉起眼睛，並趴在地上。我不知道過了多久，才蹣跚地走回屋內，對神龕內的綠玉護身符，進行駭人的敬拜儀式。

由於害怕獨自居住在高沼上的古宅，隔天我就前往倫敦，隨身帶著護身符，在這之前，也燒毀和掩埋了博物館所有不淨的收藏品。但三晚後，我再度聽到了吠叫聲，當週結束前，只要天一黑，我就會感覺到有詭異的目光望向自己。某天晚上，我到維多利亞堤岸（Victoria Embankment）散步透氣時，在水面某處燈火倒影中，看到一個模糊的黑色形體。一股比夜風更狂野的強風呼嘯而過，我頓時明白，發生在聖約翰身上的事，很快就會降臨到我身上了。

隔天我小心地將綠玉護身符包裹起來，並搭船前往荷蘭。我不清楚將護符歸還給沉默的長眠原主後，是否能得到寬恕，但我覺得自己得嘗試所有合理的措施。獵犬的本質，以及牠追蹤我的原因，仍舊使我大惑不解，但我在那座教堂墓園中首度聽到吠叫聲，之後所有事件都與竊取護身符後引發的詛咒有關，包括聖約翰死前的低語。因此，當我在鹿特丹的旅店內，發現竊賊們將我唯一的救星偷走時，便陷入了深沉的絕望。

當晚的吠叫聲相當大，早上我則在報紙上讀到一件發生在城市最骯髒地帶的無名案件。貧民們陷入恐懼，因為有棟住宅裡發生了血案，程度遠遠超越附近最歹毒的案件。在某處骯髒的賊窩中，一整個家庭遭到不明生物撕成碎片，對方也沒有留下痕跡，而周遭的居民整晚都持續聽到一股微弱低沉的聲音，彷彿來自某種大型獵犬。

最後，我再度站在不祥的教堂墓園之中，蒼白的冬月拋下醜陋的黑影，毫無葉片的枯樹陰鬱地往下垂，地面有結霜的枯草和碎裂的石板，長滿藤蔓的教堂，彷彿對不友善的天空嘲弄般地豎起手指，瘋狂呼嘯的夜風，則吹過結凍的沼澤與冰冷的海面。現在，吠叫聲非常微弱，當我走近先前破壞過的墳墓時，叫聲便完全消失，我還嚇跑了一群數量異常多的蝙蝠，它們當時正好奇地圍繞墳墓飛舞。

我不清楚自己為何來到該處，除非是為了向墓穴中平靜的白色骨骸禱告，或是狂亂地求情與道歉。但無論理由為何，我懷抱著自身的焦慮，加上源自外界的某種強烈意志，不斷挖掘半凍的土壤。挖掘過程比我想得簡單，不過某種怪異事件一度打斷了我的行為——一隻瘦弱的禿鷹，從冷冽的天空俯衝而下，瘋狂地啄著墳上的土壤，直到我用鏟子把牠打死。最後我挖到橢圓形的箱子，並打開潮濕的硝石棺蓋。這是我最後的理性行為。

在那古老棺木中蜷曲，周圍緊貼著龐大結實又沉睡著的恐怖蝙蝠群的，正是遭到我與我朋友洗劫的骨骸。它不像我們先前所見那樣乾淨又平靜，反而沾滿乾涸的血滴，與異樣的血肉和毛皮，發出磷光的眼窩彷彿帶有意識，對我投以不懷好意的眼神，銳利又血腥的獠牙扭曲地大張，嘲諷著我無可避免的厄運。此時它咧開的大嘴，發出低沉又輕蔑的吠聲，宛如某種大型獵犬。我也發現，它沾滿血汙的骯髒利爪，握住了那只遺失的重要綠玉護身符。我放聲尖叫，並痴呆地拔腿狂奔，叫聲迅速轉變為一連串歇斯底里的狂笑。

星辰中吹來的風夾帶著瘋狂……數世紀以來，靠著屍體磨亮銳爪與利齒……半埋入土中的貝利亞[6]漆黑神殿，飛出狂舞的蝙蝠群，死亡則與之同行……隨著那毫無血肉的死亡怪物發出的吠叫聲逐漸高漲，恐怖膜翼鬼鬼祟祟的嘶嘶拍打聲也緩緩逼近時，我將用自己的左輪手槍自盡。只有透過死亡，我才能逃離那無可名狀的邪惡生物。

6　譯注：Belial，所羅門七十二柱中的第六十八位魔神，是基督教中的墮天使與惡魔。

十、《牆中鼠》

The Rats in the Walls

一九二三年七月十六日，最後一名工人完工後，我就搬入艾克薩漢修道院（Exham Priory）。重建工程相當浩大，因為那座荒廢建築只剩下空殼般的廢墟。但由於曾是我祖先的住所，我對重建成本毫不手軟。從詹姆斯一世[1]的統治時期開始，這裡就沒有住人。當時有樁駭人無比的悲劇，儘管原因大致上無人知曉，但屋主、他的五名子女和好幾位僕人，都喪生其中。屋主的三子因受到嫌疑與恐懼糾纏而遭到驅除，他是我的直系祖先，也是那個恐怖家族唯一的倖存者。

由於唯一的繼承人被視為兇手，房產便轉到王室名下，遭到指控的男子也沒有企圖辯解，或試圖取回財產。第十一任艾克薩漢男爵華特・迪・拉坡爾（Walter de la Poer）由於遭到比良心或法律更駭人的恐怖事物震懾，只慌亂地表示，想將那棟古老建築從視線與記憶中抹去，接著便逃到維吉尼亞州，並在當地建立家庭。到了下個世紀，那個家族便成為迪拉坡爾家（Delapore）。

艾克薩漢修道院一直無人居住，不過之後它被併入諾里斯家族（Norrys）的資產，並因為它特殊的混合式構造而產生諸多研究。這座建築包含坐落在薩克遜或羅馬風格下層結構上的哥德式高塔，底下的地基則擁有更古老的設計，或混合了不同設計風格。如果傳說屬實，其中有羅馬、德魯伊，甚至是威爾斯風格。這座地基相當特殊，一面與堅硬的石灰岩峭壁相連，懸崖邊緣上的修道院，則俯瞰位於安徹斯特村（Anchester）西方三英哩處的荒涼河谷。

建築師與古物專家喜歡檢視這座來自被遺忘時代的奇特遺物，但鄉里居民則討厭這座房屋。他們數百年前就痛恨該處，當時我的祖先們在那裡居住，而儘管廢棄的房屋現在沾滿了青苔與黴菌，當地居民依然厭惡它。在我得知自己的家族來自受詛咒的房屋前，我在安徹斯特還沒待滿一天。工人在這週炸毀了艾克薩漢修道院，也忙著破壞剩餘地基。我一直清楚家族表面上的經歷，以及我首位來到殖民地、並身陷疑雲的美國祖先。不過，由於迪拉坡爾家族的沉默家規，使我一直不知道細節。不像我們的種植場場主鄰居們，我們鮮少吹噓自己的十字軍祖先，或是家族中其他中世紀與文藝復興英雄，也沒有任何傳統流傳下來，只有南北戰爭前就留下來的一只密封信函，每個鄉紳都會將這封信交給自己的長子，到自己死後才能打開。我們珍惜的榮耀，都來自移民後的生活，那是一支驕傲且充滿榮譽感、又有些保守和不擅社交的維吉尼亞家族。

戰爭時，我們耗盡了財富，也因卡爾法克斯宅邸（Carfax）遭到焚毀而家道中落，那是我們在詹姆斯河河岸上的家園。我年事已高的祖父在那場火災中喪生，那封將我們與過去連結的信封也隨著他付之一炬。我到現在還能回想起那場大火，印象如同七歲時那般清晰，當時聯邦士兵們大喊著，女人們尖叫出聲，黑人們則哭嚎並禱告。我父親在軍中捍衛里奇蒙，我母親和我則經歷了許多道正式手續，才穿越前線找到他。

戰爭結束後，我們全家人搬到北方，那裡是我母親的故鄉。我則長大成人，邁入中年，最後和冷淡的北方佬一樣富有。我父親和我都不曉得家傳信封內究竟是什麼內容，等到我混入麻薩諸

1　譯注：James the First，英格蘭與蘇格蘭國王，在位期間為一五六七年至一六二五年。

塞州混濁的商業生涯後，更是對族譜中的謎團失去了所有興趣。要是我質疑過那些事，我肯定會樂意將艾克薩漢修道院留給青苔、蝙蝠和蜘蛛網！

我父親於一九〇四年過世，但沒有留下任何訊息給我，或是我的獨子艾爾弗瑞德（Alfred），當時他只是個沒有母親的十歲男孩。這男孩扭轉了家族資訊的傳達順序，儘管我只能開玩笑般地告訴他對過去的猜測，當他以飛官身分在後來的戰爭中，於一九一七年前往英格蘭時，在寫給我的信中，提到了許多有趣的先祖傳說。迪拉坡爾家族顯然擁有鮮明的歷史，或許還有些陰森，我兒子有位朋友是來自皇家飛行隊[2]的愛德華．諾里斯上校（Capt. Edward Norrys），他住得很靠近我們位於安徹斯特的家族故居，也提到某些農民迷信，沒幾個小說家的作品，能媲美那些謠傳中的誇張與荒誕。諾里斯本人自然不太在意傳言，但我兒子對這些故事很感興趣，也在寫給我的信中，大量提及此事。這些傳說讓我將注意力轉向自己來自大西洋彼端的家族淵源，也使我下定決心購買，並重建家族故居，諾里斯曾讓艾爾弗瑞德見過那座古色古香的廢墟，也願意用令人訝異的合理價格幫他買下宅邸，因為他舅舅正是目前的屋主。

我在一九一八年買下艾克薩漢修道院，但也幾乎立刻擱置了重建計畫，因為我回國的兒子已成了殘疾人士。他活著的那兩年，我只將心力花在照顧他上，甚至將事業全數交由合夥人掌管。

一九二一年，當我痛失愛子且毫無目標，還成為不再年輕的退休製造商時，便決定將剩下的歲月投注於新的目標上。我在十二月造訪安徹斯特，諾里斯上校負責接待我，他是位肥胖又可親的年輕人，也相當重視我兒子，並協助我收集藍圖與軼事，以便為即將展開的重建工程做準備。我不帶一絲情感地望向艾克薩漢修道院，那是一堆搖搖欲墜的中世紀廢墟，上頭長滿苔蘚以及宛如蜂窩的烏鴉巢，建築危險地坐落於懸崖之上，除了分隔開來的高塔中的石牆外，廢墟缺乏地板或其餘室內部分。

當我逐漸找出祖先於三世紀前離開時的建築原貌後，便開始雇用工人進行重建。我每次都被迫得去本地以外的區域尋找人手，因為安徹斯特村民對修道院抱持著令人難以置信的恐懼與憎恨。那種情感強烈到有時會影響外地勞工，導致許多人翹班離開。居民畏懼的對象，似乎包括修道院與裡頭的古老家族。

我兒子告訴過我，他過去造訪此地時，就曾因為自己是迪・拉坡爾家族成員而遭到當地人閃避。我現在也發現，自己由於類似理由而受到排斥，直到我說服農民，讓他們知道我對自己的家族淵源所知甚少。就算如此，陰沉的居民依然不喜歡我，因此我得透過諾里斯居中協調，才得知村落中大多的傳統。或許人們無法原諒的是，我居然來重建對他們而言駭人無比的象徵。無論理性與否，他們都將艾克薩漢修道院視為邪魔和狼人的巢穴。

將諾里斯為我收集來的故事拼湊起來後，再輔以研究過遺跡的好幾名學者提出的說詞，我推

2　譯注：Royal Flying Corps，第一次世界大戰時，英國陸軍的航空部隊。

論艾克薩漢修道院坐落於一座史前神殿之上。那是某種德魯伊建築，也可能出自比德魯伊更古老的時代，可能是與巨石陣同期的產物。大多人相信那裡曾舉行過難以形容的儀式，也有些不祥故事敘述說，這些儀式轉入了羅馬人引進的希栢利[3]信仰。

地窖中依然清晰可辨的銘文中，明確寫道：

「DIV……OPS……MAGNA．MAT……」那是大地女神（Magna Mater）的標記，過往羅馬曾一度禁止人民對祂進行黑暗祭拜，但毫無成效。安徹斯特曾是第三奧古斯塔軍團[4]的營區，有許多人能證明這點，據說希栢利神殿華美無比，也擠滿了在一位弗里吉亞祭司命令下進行無名儀典的信徒。根據傳說，舊宗教的殞落並沒有使神殿中的狂歡隨之結束，且祭司們承接了新信仰，卻並未真正做出改變。同樣的是，儀式並未隨著羅馬勢力一同消亡，某些薩克遜人在神殿廢墟中繼續進行儀式，也為它設計出保存到日後的基本程序，使它成為教團核心，並在七國時代[5]廣泛使人們感到恐懼。約莫在西元一千年時，某本編年史提及此地，將它形容為重要的石砌修道院，其中有個古怪且勢力強大的僧侶教團，周圍則有幅員廣闊的花園，它並不需要圍牆來阻絕心懷恐懼的居民。丹麥人從未摧毀掉這種宗教，不過在諾曼征服[6]後，它肯定經歷了強烈衰退，因為在一二六一年，當亨利三世[7]將此地賜給我的祖先，首位艾克薩漢男爵吉爾伯特．迪．拉坡爾（Gilbert de la Poer）時，並未遭遇阻礙。

在此之前，沒有任何與我家族相關的不祥傳聞，但在那之後，肯定發生了某種怪事。某段編年史提到一位被稱為「一三〇七年上帝詛咒」的迪．拉坡爾家人，而對於將地基建築在古老神殿與修道院上頭的城堡，村落中的傳說，只提到邪惡又充滿驚懼的傳言。爐邊故事則飽含陰森敘述，其中令人畏懼的保留處，與模稜兩可又閃爍其詞的部分，則使這些故事顯得更為驚悚。這類故事將我的祖先們描繪成一窩世代相承的惡魔，相較之下，吉爾．德．雷[8]與薩德侯爵[9]只是稚嫩新手，也有隱晦的謠傳說道，數世代以來，他們經常導致村民失蹤。

最糟糕的人物，莫過於男爵們與他們的直系繼承人，大部分的傳言幾乎都和他們有關。據說，如果繼承人擁有較為健康的心態，就會以神祕的方式提早死去，以便讓另一個更為典型的子嗣取代。家族中似乎有個核心教團，由家族首長管理，有時只有少數家族成員才能參加。這支教團明顯奠基於性情，而非族系，因為有好幾名成員是透過婚姻加入。來自康瓦爾的瑪格麗特．崔

---

3 譯注：Cybele，古代土耳其弗里吉亞地區（Phrygia）信奉的大地女神。

4 譯注：Legio III Augusta，古羅馬部隊，曾駐紮於北非。

5 譯注：Heptarchy，西元五世紀至九世紀間，盎格魯薩克遜人在英格蘭建立了七大王國。

6 譯注：Norman Conquest，西元一〇六六年，來自法國諾曼第的征服者威廉，對英格蘭進行的入侵行動。

7 譯注：Henry the Third，英格蘭國王，在位期間為西元一二一六年至一二七二年。

8 譯注：Gilles de Rais，英法百年戰爭時期的法國元帥，同時是知名的撒旦崇拜者。

9 譯注：Marquis de Sade，十八世紀法國貴族，著有大量描寫性暴力與哲學的書籍。

佛夫人（Lady Margaret Trevor）是第五代男爵次子哥德弗瑞（Godfrey）的妻子，成了鄉里間最可怕的孩童剋星，也是某首恐怖老歌謠中的邪惡女主角。這首歌在威爾斯邊界仍未失傳。同樣也在歌謠中得到保存、但並未如此深入描繪的，則是瑪麗・迪・拉坡爾夫人（Lady Mary de la Poer）的陰森故事。當她與謝魯斯費爾德伯爵（Earl of Shrewsfield）結婚後不久，就遭到伯爵與他母親殺害，祭司宣告兩人無罪，並祝福他們，他們也向祭司坦承了不敢對世人重述的事。

儘管這些傳說與歌謠充滿典型的原始迷信，卻使我感到極度作嘔。它們長時間的流傳，以及和我好幾代祖先之間的關聯，都特別惱人。祖先們恐怖習慣的污名，還令我不安地回想起自己近親的某件醜聞：事情與我表親有關，他是來自卡爾法克斯的小藍道夫・迪拉波爾（Randolph Delapore），他從墨西哥戰爭回來後，就混入黑人團體，成了名巫毒教祭司。

其他較為模稜兩可的傳說，就不那麼使我心煩了：據說石灰岩懸崖下受強風吹襲的荒涼河谷中，會傳出呻吟與嚎叫，下過春雨後，還會飄來墳墓的臭味。有天晚上，約翰・克拉夫爵士（Sir John Clave）在一片寂寥原野上行走時，曾踩到某個掙扎尖叫的白色物體。還有個僕人在光天化日下看到修道院中的光景後，就發瘋了。這些故事都是陳腐的靈異傳說，當時我也是個鐵齒的懷疑論者。失蹤農民的事件較為難以忽視，不過有鑑於中世紀的風俗，狀況就不那麼特別了。窺探隱私會帶來死亡，曾有一顆以上遭到斬下的首級，被公開展示在艾克薩漢修道院附近的堡壘上，這些堡壘目前也被拆除了。

有幾篇故事極為生動，也害我希望自己年輕時曾多學了一點比較神話學。比方說，有人相信一群長有蝠翼的惡魔，每晚會在修道院守著女巫的安息夜儀式，這批魔鬼的存在，或許能解釋龐大花園中，數量多到不成比例的低劣蔬菜。而最鮮明的故事，則是老鼠的經典大戲：當城堡於悲劇發生的三個月後遭到棄置時，蠕動的骯髒鼠輩大軍便從中傾巢而出。瘦弱骯髒、又貪得無厭的鼠群吞沒了面前的一切，包括禽鳥、貓、狗、豬、羊，甚至還有兩名人類，這才平息了鼠群的怒火。那批令人難忘的老鼠大軍，引發了各類傳說，因為鼠群竄入村落民宅之中，隨後並帶來了詛咒與恐慌。

當我帶著老年人的固執，努力完成重建祖宅的工作時，便經常聽到這類傳說。這些故事全然沒有影響我主要的想法。另一方面，諾里斯上校和在一旁協助我的古物專家們，也持續讚揚與鼓勵我。兩年後工程結束時，我望著偌大的房間、裝有護牆板的牆壁、拱形天花板、豎框窗口與寬闊階梯時，便感到一股驕傲，龐大的重建成本沒有白費。

所有中世紀特徵，都巧妙地重製出來，新部分則完美地與原本的牆面和地基融為一體。我的祖宅已然完工，我也期待有朝一日能改變家族在當地的名聲，畢竟我是家族最後的成員，可以永久在此居住，並證明迪．拉坡爾家（我已把姓氏改回原本的拼法）並非都是惡人。儘管艾克薩漢修道院以中世紀風格構成，內部卻已煥然一新，完全沒有過往的老鼠和古老的鬼魂，這使我更為安心。

如我所說，我在一九二三年七月十六日搬入修道院。家中有七名僕人與九隻貓，我自己特別喜歡貓這種動物。我年紀最大的貓「黑人」（Nigger-Man）當時七歲，和我一同從麻薩諸塞州的波士頓搬過來。我在重建修道院期間，和諾里斯上校的家人同住時，還陸續養了其他貓。

五天以來，我們的生活過得非常平靜，我把大多時間花在編纂家族舊資料上。我已取得了某些與最終悲劇和華特・迪・拉坡爾逃亡有關的記錄，也認為這應該是在卡爾法克斯大火中遺失的家傳文件內容。我祖先似乎遭控殺害熟睡中的其他家族成員，只有四名僕人同夥除外，當時是他發現某件驚人事蹟的兩週後，此事改變了他的舉止。但除了影射外，他從未對任何人提過此事，或許只向協助他的僕人們說過，之後僕人們也全數逃之夭夭。

這樁蓄意謀殺案的被害人包括父親、三名兄弟與兩名姊妹，村民們大致對此案抱持寬容態度，執法單位也十分鬆懈，使嫌犯在備受崇敬且毫髮無傷、也沒有一絲偽裝的情況下，逃到維吉尼亞州，人們謠傳，這是由於他為當地破除了自古以來的詛咒。我難以猜測究竟是什麼發現，使他犯下如此駭人的行為。華特・迪・拉坡爾多年來肯定知道關於他家族的不祥故事，因此這項發現不可能讓他產生新的衝動。那麼，難道他目睹了某種恐怖的古老儀式，或是在修道院或附近，無意間碰上了某種曝露真相的恐怖象徵？據說當他住在英格蘭時，曾是位害羞又溫和的年輕人。在維吉尼亞的他，並不像是性情殘忍苦悶、又飽受騷擾與憂心所苦的人。他在日記中提到另一位紳士冒險家：貝爾費尤（Bellview）的法蘭西斯・哈雷（Francis Harley）。他形容對方滿懷無可比擬的正義感與榮譽心，也相當謹慎。

七月二十二日發生了第一場事件，儘管當時我不予理會，此事卻與日後的事件，產生了異常的重要關聯性。這件事單純到幾乎完全遭到忽略，在正常情況下，也不太會有人注意到。讀者得記得，既然我待在除了牆壁外幾乎全新的房屋中，周圍還有一群穩重的僕人，因此儘管有當地那些傳說，但為此擔憂未免也太過愚蠢了。

事後我只記得這點：儘管我相當熟悉老黑貓的個性，但牠的警覺性明顯高漲，又異於常態地擔憂。牠在不同房間中徘徊，態度焦慮不安，並不斷嗅聞部分由哥德式建築結構所組成的牆壁。我清楚，這聽起來有多像陳腔濫調，就像鬼故事中難免會出現的狗，總會在主人看到披著床單的人影之前低吼。但我無法持續壓抑這種氛圍。

隔天有名僕人抱怨，屋裡所有貓隻都變得十分焦躁。他來到我的書房，那是位於二樓的高聳西側房間，房內建有交叉拱頂、黑色橡木鑲版與哥德式三層窗，窗口俯瞰石灰岩懸崖和荒涼河谷。當他說話時，我看到黑人的漆黑身影悄悄沿著西牆爬行，並搔抓蓋住古老石塊的新鑲版。

我告訴僕人，古老石造結構肯定傳出了某種人類無法察覺的特異氣味，但就算隔著新的木工結構，也會影響貓的敏銳器官。我確實相信這點，而當僕人說可能有老鼠存在時，我便說這裡已經有三百年沒出現過老鼠，即使是周圍地區的田鼠，在這些高牆內也見不到其蹤影，牠們從來不會踏入此地。那天下午我去拜訪諾里斯上校，他也向我保證，田鼠不可能在史無前例的狀況下，突然竄入修道院。

當天晚上，和以往一樣讓隨從下班後，我便回到西塔寢室內休息，我選擇該處作為自己的房間。從書房走過石砌階梯和短廊，就能抵達寢室，階梯有些部分相當古老，短廊則完全經過重建。這座高聳的房間呈圓形，房內沒有護牆板，裡頭吊著我親自從倫敦挑選的掛毯。

看到黑人和我待在一起後，我關上沉重的哥德式房門，並在電燈泡的光芒下準備就寢，這些燈泡巧妙地取代了蠟燭。最後我關掉電燈，躺在雕工細緻且設有頂罩的四柱床上，姿態莊重的貓兒則待在我雙腳上，那是牠習慣的位置。我沒有拉上窗簾，反而往面對自己的窗口外看。天空中彷彿有極光的跡象，照亮了窗框上細緻花紋的輪廓。

我肯定在某段期間安詳入睡了，因為當平靜的貓兒忽然跳起來時，我記得自己剛結束奇怪的夢境。我在微弱的極光光芒下看到牠，牠的頭向前傾，前腳靠在我的腳踝上，後腳則往後打直。牠緊張地盯著牆上某處，位置在窗口西邊，我完全看不出那裡有什麼特別，但也將注意力完全聚焦於該處。

我觀看該處時，就明白黑人的緊張感並非空穴來風。我說不上掛毯是否確實移動過。我想它確實動了，只是非常微弱。但我發誓，我聽到掛毯後頭傳來微弱卻明顯的騷動聲，彷彿是老鼠的聲響。那一瞬間，貓兒全力跳向吊著的掛毯，用自己的體重將產生動靜的掛毯扯了下來，暴露出後方潮濕的古老石牆。重建人員在上頭各處都修補過，牆上完全沒有遊蕩鼠類留下的蹤跡。

黑人沿著這道牆旁的地板跑上跑下，用爪子抓著吊下來的掛毯，有時似乎試圖把腳掌塞進牆壁和椽木地板間的空隙。牠什麼也沒找到，過了一陣子，就疲憊地回到我腳上的位置。我沒有移動，但當晚也無法入睡。

早上，我詢問了所有僕人，發現沒人注意到任何不尋常的狀況，只有廚師記得一隻停靠在她窗台邊的貓所做的行為。這隻貓曾在不明夜間時段嚎叫，驚醒了廚師，她也及時看到貓特意衝出敞開的門口，往樓梯下跑。我在中午睡著，下午則又造訪了諾里斯上校，他對我所說的事大感興趣。那些古怪事件微乎其微，卻又令人好奇，這點刺激了他的想像力，他因此想起了不少當地鬼怪傳說。我們對老鼠的存在感到大惑不解，諾里斯則借了我一些陷阱與巴黎綠[10]；我回去後，就要求僕人們將這些東西放置在特定地點。

我感到很睏，便提早就寢，卻受到恐怖惡夢的侵擾。我似乎從某個發光洞窟中的驚人高處往下看，站在及膝的穢物中，還有個白鬍子惡魔正用手杖驅策著一群發霉又肥胖的牲畜，牠們的外表使我感到無可言喻的噁心。接著當牧人停下腳步，工作時一邊打盹時，一大群老鼠便如暴雨般落在腥臭無比的深淵中，吞噬了動物與牧人。

黑人的動作使我從恐怖畫面中驚醒，之前牠如往常般睡在我腳上。這次我不需質疑牠的低吼與嘶嘶聲來源，也見到牠因恐懼而將爪子扎入我的腳踝，完全沒注意到這樣做的後果。房間內每

10　譯注：Paris green，擁有高毒性的綠色晶體，用於顏料或殺鼠劑。

道牆壁，都發出可憎的聲響：那是貪婪巨鼠群的骯髒爬行聲。外頭沒有能照亮掛毯的極光，先前掉落的掛毯已經被吊回去了。但我害怕的程度，還不足以阻止自己開燈。

燈泡發亮時，我看見整張掛毯駭人地抖動，導致特殊的紋路彷彿跳起了死亡之舞。這股動作幾乎立即消失，聲音也隨之停歇。我從床上一躍而起，用附近的火盆長柄戳了掛毯，並把掛毯一角拉起，看看底下有什麼東西。底下只有修補過的石牆，就連貓兒也失去了對異常現象的緊張感。當我檢查房內的圓形陷阱時，我發現所有陷阱開口都遭到觸發，但沒有任何跡象顯示有東西被抓住又逃脫。

我無法再度入眠，於是我點燃蠟燭，打開房門並踏入外頭的走廊，走向通往書房的階梯，黑人則跟在我後頭。不過，我們抵達石階前，貓就衝到我前方，在古老的階梯下消失。等我走下樓梯，便忽然察覺底下偌大房間中的聲響，那種聲音的來源肯定就是這裡。

橡木鑲版牆壁中擠滿了老鼠，不斷噪雜地鑽動奔跑，黑人則宛如困惑的獵人，大為光火地四處東奔西跑。我衝到樓下打開電燈，這次聲音並未消失。鼠群繼續竄動，腳步聲猛烈又清晰，這使我終於能判斷出牠們的移動方向。這些數量無窮無盡的生物，正從某個令人難以想像的高處，搬遷到底下可想像或無從想像的深處地帶。

我聽到走廊傳來腳步聲，兩名僕人隨即推開龐大門板。他們在屋內找尋某種騷動源頭，那使所有貓發出狂亂的嘶吼，也害牠們突如其來地跳下好幾道台階，並蹲踞在地窖關閉的門前嚎叫。

我問他們是否有聽到老鼠的動靜，但他們說沒有。當我要他們注意鑲版中的聲響時，就發現噪音已經止息了。

我和這兩人一同下樓去地窖房門旁，卻發現貓群已經離開了。之後我決定再度探索底下的古墓，但目前我只巡視了陷阱。所有陷阱都遭到啟動，但沒抓到任何物體。確信除了貓群和我外，沒有別人聽到老鼠動靜後，我就在書房坐到天亮，沉思並回想自己所蒐集到的傳說，這些傳說都與我所居住的房屋有關。我在上午睡了一下，身體靠在一張舒適的圖書室座椅上，儘管我使用中世紀的裝潢風格，卻也不打算移除這張椅子。之後我打電話給諾里斯上校，他則過來幫助我探索地窖。

我們沒有發現任何不吉利的東西，不過一想到這座地窖出自羅馬人之手，我們就難掩興奮之情。每座低矮拱門與巨柱都具有羅馬風格——絕非笨拙的薩克遜人所建的廉價羅馬式建築，而是凱撒時代嚴峻又和諧的古典設計。牆面上確實滿布銘文，那些曾一再探索此地的古物學家們，肯定相當熟悉這些文字，像是「P．GETAE．PROP……TEMP……DONA……」和「L．PRAEC……VS……PONTIFI……ATYS……」。

提到阿提斯[11]的文字使我發起抖來，因為我讀過卡圖盧斯[12]的著作，也知曉一些關於這位東方

11　譯注：Atys，弗里吉亞的農業神祇，為希栢利的配偶。

12　譯注：Catullus，西元前一世紀古羅馬詩人。

神明的駭人儀式，崇拜祂的信仰，也與希栢利信仰密切混合在一起。透過提燈的燈光，諾里斯和我試圖解讀某些呈現異常矩形的石磚上，那幾乎消失的怪異圖樣。這些石磚普遍被認為是祭壇，但我們猜不出上頭圖案的意義。我們記得其中一個圖案描繪了散發光芒的太陽，學者們認為這代表非起源於羅馬，顯示羅馬祭司曾從某種更古老、或許由當地原住民建造的同址神殿中，接掌了這些祭壇。我對其中一塊石磚上的棕色污漬感到好奇。最大的石磚位於房間中央，上層表面有些特徵指出它與火有關：可能是用於焚燒祭品。

這就是古墓中的光景，貓群曾在此處的大門前嚎叫，諾里斯與我也決定要在此過夜。僕人們將長沙發搬下樓來，我要他們不要理會貓群夜間時的行為，黑人也留了下來，除了提供幫助，也和我們作伴。我們決定關上橡木大門，那是扇現代複製品，上面刻有用於通風的孔隙。關門後，我們便躺下休息，並讓提燈持續燃燒，等待可能發生的狀況。

地窖位於修道院地基深處，也肯定坐落於俯瞰荒蕪山谷的外凸石灰岩懸崖底下極深的位置。我相當確定，這裡就是來由不明的混亂鼠群前往的目的地，但我想不透牠們來此的原因。當我們期待地躺著時，我的守夜過程經常瀰漫著朦朧夢境，腳邊貓兒不安的動作，則使我從這些夢中甦醒。

這些夢讓我感到不適，且極度類似我前晚的夢。我再度看見發光洞窟，以及牧人和他無可名狀的發霉牲畜，牲畜們則浸淫在穢物之中，且當我注視這些動物時，牠們似乎變得更近，也更明顯——明顯到我能觀察到牠們的五官。接著我觀察到其中之一的鬆弛身軀，並在尖叫中甦醒，同時嚇醒了黑人，清醒的諾里斯上校則放聲大笑。如果諾里斯曉得是什麼害我尖叫的話，他可能會笑得更大聲（或更收斂點）。但過了一陣子，我也沒回想起夢裡的景象。最極致的恐懼，經常以慈悲的方式癱瘓記憶。

怪象開始時，諾里斯把我叫醒。他溫和地搖動我，並要我聽貓的聲音，使我從同樣的駭人夢境中甦醒。確實出現了不少聲響，緊閉大門外頭的石階底部，傳來貓群惡夢般的尖叫聲與摳抓聲，而黑人毫不在意外頭的同類，興奮地在赤裸的石牆邊奔跑，我則聽見牆內傳出前晚讓我心煩不已的老鼠躁動聲。

我心中升起一股劇烈恐懼，因為沒有正常理由能解釋當前的怪異現象。如果這些老鼠並非只有我和貓群才會察覺的瘋狂產物，就肯定真的在羅馬式牆壁中打洞亂竄，我還以為這些牆壁是由堅固的石灰磚塊砌成……或許，十七個世紀以來的流水，腐蝕出了蜿蜒的隧道，鼠群則將這些隧道挖得乾淨又寬闊……即使如此，陰森恐怖的感受依然沒有消退，如果這些是活生生的老鼠，為何諾里斯聽不到牠們噁心的騷動？他為何要我看黑人和聽外頭的貓叫，又為何會對嚇到貓兒們的原因，做出誇張且不確定的臆測？

等到我盡可能理性地把自己聽見的聲響告訴他時，我的雙耳便聽到最後一絲淡去的奔跑聲。聲響繼續往下移動，遠比地窖最深處還深邃，直到整座懸崖底部彷彿都擠滿了萬頭鑽動的鼠群。諾里斯不如我預料中那麼質疑，看起來反而是深感震撼。他向我示意，要我注意到門邊的貓已停止躁動，似乎放棄了老鼠。黑人則再度變得不安，並狂亂地抓著房間中央的大型石塊祭壇底部，諾里斯的長沙發，比我的更靠近那座石塊。

此時，我對未知現象的恐懼無比高漲。某種驚人狀況已然發生，我也發現，諾里斯上校這位比我更年輕也更壯、應該也更信奉唯物主義的男人，居然和我同感震驚，這或許是因為，他終生都十分熟稔當地傳說。當下我們別無他法，只能看著老黑貓漸趨冷淡地摳抓著祭壇基座，有時抬頭對我發出喵叫聲，希望我幫忙時，牠就會流露出這種態度。

諾里斯拿著提燈走近祭壇，檢查黑人摳抓的位置。他沉默地跪下，並刮掉連結龐大的前羅馬時代石磚與棋盤狀地面，那長達數世紀的地衣。他並未發現任何東西，不過當他準備放棄時，我注意到某個微小現象，雖然那東西只影射了我早已想像過的狀況，卻依然使我不禁顫抖起來。

我把這件事告訴他，兩人望向那幾乎無法察覺的現象，宛如得出了令人驚訝的確切發現。情況如下：放在祭壇附近的提燈火光微微顫動，明確受到先前沒有接觸到的氣流吹拂，這股氣流肯定來自諾里斯將地衣刮除後，地板與祭壇間露出的縫隙。

我們整夜都待在燈火明亮的書房，緊張地討論該如何進行下一步。這座受詛咒的老屋下方，居然有比已知最深的羅馬遺跡更深的地窖。三個世紀以來，好奇的古物學家們從未懷疑過這種地下空間的存在，但不需要得知任何不祥背景，我們就會對這項發現感到興奮。因此，驚喜感便產生了雙重意義。我們停下腳步，思索是否該捨棄搜索，帶著迷信般的謹慎態度，從此拋下修道院；或是鼓起我們的冒險慾，勇敢面對在未知深淵等待我們的恐怖事物。到了早上，我們就此妥協，決定前往倫敦召集一批適合處理這股謎團的考古學家與科學家。我得補充說明：離開地窖前，我們曾徒勞無功地企圖移動中央祭壇，因為我們認為該處是一扇大門，導向充滿無名邪惡的新深淵。究竟是哪種祕密能夠開啟大門，就得由比我們更睿智的人發掘了。

待在倫敦的那幾天，諾里斯上校和我向五位知名權威提出了自己的事證、臆測與傳說軼事，倘若在未來探索中發現任何家族祕密，我們也信任這些人會保持尊重。我們發現他們大多並未對此嗤之以鼻，反而產生了強烈興趣，也充滿誠摯的同情心。我不太需要說出所有人的姓名，但我可以說，其中包括了威廉．布靈頓爵士（Sir William Brinton），當年他在特洛德[13]進行的挖掘活動，曾使世界上大多數人感到興奮。搭火車前往安徹斯特時，我感到自己處在駭人真相的邊際，世界另一頭，許多美國人正因總統出乎意料的死亡，而籠罩在哀悼氛圍中。這種氛圍，也體現了我的感受。

我們於八月七日夜晚抵達艾克薩漢修道院，僕人們向我保證，並未發生任何異常現象。貓群相當平靜，連老黑人也一樣，屋裡的陷阱一個都沒有被觸發。我們計畫隔天開始探索，在等待期間，我將所有客人安置到佈置妥當的房間中。我回到高塔房間內就寢，黑人則睡在我腳上。睡意

13 譯注：Troad，土耳其比加半島（Biga Peninsula）的古名。

迅速到來，但恐怖的惡夢卻侵擾著我。夢中有場宛如特利馬喬[14]宴席的羅馬式大宴，有道恐怖餐點藏在被遮蔽的餐盤上。接著又出現了那段一再重複的可憎夢境：養豬人與他在發光洞窟中的骯髒牲畜。但當我甦醒時，已經是白天了，底下的房子也傳來正常聲響。無論是活生生的鼠群或牠們的鬼影，都沒有打擾我，黑人也平靜地熟睡。下樓時，我發現其他地方瀰漫著同樣的寧靜。學者中一位名叫索恩頓（Thornton）的男子專精於通靈，他對此狀況提出了愚蠢的觀點，認為我已經看到某些力量想讓我看到的景象。

一切準備就緒。早上十一點，我們一行七人就帶著強力探照燈和挖掘設備，走下地窖並栓上身後的門。黑人和我們在一起，因為調查人員們覺得不該輕忽牠的敏感，也急於要牠待著，以免怪異的鼠群現身。我們只稍微檢視了一下羅馬銘文與不明的祭壇設計，因為有三名學者早已見過這些東西，也清楚它們的特性。眾人把注意力聚焦在龐大的中央祭壇上，不到一小時，威廉·布靈頓爵士就利用某種不明平衡器，使祭壇往後傾斜。

要不是我們早有準備，裡頭出現的恐怖光景，就會使我們嚇得肝膽俱裂。通過鋪磚地板上近乎方形的開口後，有座殘破不堪的石階，嚴重的磨損，使它看起來只不過是地板中心的斜坡，上頭散落著一堆陰森的人類或半人類遺骨。狀態依然完整的骨骸，顯露出驚慌姿態，骨骼上滿布老鼠的嚙咬痕跡。頭骨則顯示出死者具有低智商與癡呆症，或許是某種原始的類人猿。

在散滿駭人遺骨的石階上，有座往下延伸的拱型通道，似乎是開鑿堅固的岩石而成，且從中飄出一股氣流。這股氣流並非密閉地窖中忽然噴出的臭氣，而是新鮮的涼風。我們沒有暫停太久，邊發抖邊開始在階梯上清出通行空間。當威廉爵士檢視雕琢出的牆壁時，發現了古怪的狀況：從鑽鑿方向看來，這座通道肯定是從地底向外鑿出。

現在我在用詞上得非常小心。在滿布咬痕的骨骸間走下幾座台階後，我們發現前方有光源。那並非神祕磷光，而是從上灑落的日光，來自俯瞰荒廢山谷的懸崖上，某處位置不明的裂隙。外界沒發現這種裂隙，其實並不令人感到意外，因為不只無人居住在山谷中，崖壁也極度高聳外凸，只有飛船駕駛員能仔細檢視岩壁。再跨越幾階後，我們就因眼前的光景而屏息靜氣，通靈調查員索恩頓還因此昏厥，倒在自己身後目瞪口呆的人們懷裡。諾里斯肥胖的臉孔變得蒼白又鬆弛，並語焉不詳地喊了一聲。我想自己當時應該倒抽了一口冷氣，不然就是發出了嘶嘶喘息，並遮住自己的雙眼。

我身後的人（也是一行人中唯一比我老的成員），則用我聽過最驚懼的語氣，嘶啞地說出常見的「老天呀！」。七名素養良好的人之中，只有布靈頓爵士維持冷靜，這點更加突顯出他的氣度，因為他是一行人的領袖，肯定也率先目睹了這副景象。

那是座龐大無比的發光洞窟，延伸到視野以外的範圍，也是個充滿無限謎團與恐怖疑雲的地

14　譯注：Trimalchio，羅馬詩人佩特羅尼烏斯（Petronius）的著作《愛情神話》（*Satyricon*）中的人物。

底世界。裡頭有房屋與其他建物的遺跡，在驚駭不已的瞬間，我瞥見一堆以怪異方式排列的古墓，一圈原始的巨石碑，一座建有低矮圓頂的羅馬式遺跡，一堆四處延伸的薩克遜古蹟，以及一棟早期的英格蘭式木造建築，但比起地面上的駭人奇景，這些都相形見絀。石階周圍的空間散落著人類骨骸，但也可能是和階梯上遺骨相同的類人骨骸。它們宛如瀰漫泡沫的海洋般蔓延出去，有些遺骨已經崩解，但有些整體或部分還稱得上是完整骨骸。後者的姿態總是表現出邪門的狂亂氣息，要不是企圖抵抗某種威脅，就是緊抓其他骨骸，企圖吞食對方。

人類學家崔斯克博士（Trask）停下腳步檢視頭骨時，發現一種退化性的混合現象，使他感到大惑不解。就進化程度而言，它們大多比皮爾當人還低等，但所有層面上都算是人類。大部份遺骨有較高程度的演化，少部分生物則是更高等又敏銳。所有骨頭都遭到嚙咬，大部分是老鼠造成，但半人物種也咬過部分遺骨。骨骸中混雜著許多細小的老鼠骨頭，肯定是古老傳說中那批老鼠大軍的死亡成員。

我想知道，經歷過那天的駭人探索後，我們之中是否有人能在維持理智的狀況下生活。就連霍夫曼[15]或於斯曼，都無法構思出更令人難以置信、和更狂熱的噁心作品，或是比我們七人闖入的發光洞窟更有怪誕哥德式風格的產物。我們接連得出一個又一個的發現，當下也試圖不要思索三百年、一千年、兩千年或一萬年前在此地發生的事。這裡是地獄的前廳，當崔斯克向索恩頓說，有些肯定是在過去二十多個世代以來，退化成為四足動物的骷髏時，可憐的索恩頓就再度昏死過去。

我們開始對建築遺跡做出揣測後，恐怖氛圍便逐漸升高。四足動物（有時也加上兩足動物）都飼養在石砌獸欄中，最後在飢餓引發的神志不清狀態、或是對老鼠的恐懼下，必然使得牠們衝破了藩籬。牠們數量眾多，明顯因食用粗劣的蔬菜而變得肥胖，在比羅馬還古老的巨石容器底部，還能找到殘留的蔬菜，它們已經變成某種有毒的青貯飼料。我現在明白，為何我的祖先們有如此龐大的花園——希望老天讓我忘卻這一切！我不再質疑飼養這批牲畜的目的了。

拿著探照燈站在羅馬遺跡中的威廉爵士，大聲翻譯出我所聽過最驚人的儀式。他也提到上古教團的飲食習慣，希栢利的祭司們發現了這種習俗，並將之混入他們的儀式之中。儘管諾里斯已習慣了戰爭中的壕溝，當他走出英式建築時，卻無法維持正常步伐。他以為那是間肉舖和廚房，但看到熟悉的英式工具在這種地方出現，還看到令人熟悉的英格蘭塗鴉時（有些可追朔到一六一○年），就使他無法承受。我不敢踏進那棟建築，靠著我祖先華特・迪・拉坡爾的匕首，才使那棟建築裡的邪惡行徑畫下休止符。

我敢踏進的建物，是那棟低矮的薩克遜式房屋，它的橡木大門已經塌陷，我則在裡頭找到一排可怕的牢房，十座牢房外都裝設了生鏽的柵欄。三座牢房中有高進化程度的骨骸，我還在其中

15 譯注：此處可能意指奧地利建築師約瑟夫・霍夫曼（Josef Hoffman）。

一具骨骸的食指骨上，發現一枚刻有我家族徽章的戒指。威廉爵士在羅馬禮拜堂底下，發現了擁有更古老牢房的地窖，但那些牢房空無一人。牢房下有另一座低矮的古墓，裡頭有擺放整齊的遺骨，有些骨骸上頭刻有相似的可怕銘文，使用語言包括拉丁文、希臘文與弗里吉亞文。

在此同時，崔斯克博士打開了其中一座史前古墓，並找到比起大猩猩而言，更類似人類的一些頭骨，上頭也有難以描述的獨特雕刻。我的貓神態自若地跨越這一切恐怖景象。我有次看到牠像怪物般蹲踞在一堆骸骨上，並對牠黃色眼珠後潛藏的祕密感到好奇。

多少了解這座發光區域（我重複出現的夢境已陰森地預示過此處）的駭人祕密後，我們轉向深夜般漆黑洞窟中的無盡深淵，崖壁上傳來的光芒完全無法穿透那股黑暗。我們永遠無法得知，在我們跨越的簡短距離以之外，還有哪種不可見的陰曹地府，因為大家認為這種祕密對人類無益。但眼前還有其他讓我們深深著迷的事物。我們還沒走遠，探照燈就照亮了鼠群曾在其中大快朵頤的無盡深坑，突如其來的食物短缺，也迫使飢餓的老鼠大軍率先攻擊飢餓的牲畜群，並從修道院中竄出，造成了農民從未遺忘的那場歷史上的大災難。

老天呀！那些漆黑的屍坑中，塞滿了遭到鋸斷和吃乾抹淨的骨頭，以及被挖開的頭骨！惡夢般的深淵裡滿是類人猿、凱爾特人、羅馬人與英格蘭人在無數晦暗世紀中遺留下的骨骸！有些坑洞已完全塞滿，也沒人能判斷出坑洞過去的深度。在我們探照燈的照耀下，其餘坑洞依然深不見底，使我們產生無可言喻的幻想。我想，那些在這恐怖冥府的黑暗中，不小心落入這些陷阱的不幸老鼠，發生了什麼事？

我的腳一度在某處懸崖邊緣打滑，那瞬間，我也感到一股撕心裂肺的恐懼。我一定沉思了很久，因為除了肥胖的諾里斯上校外，我看不到其他人。接著從墨黑色的無垠遠處外，傳來了一陣我彷彿認得的聲響，並看見我的老黑貓衝過我身邊，宛如有翼的埃及神明，直接跑進未知的無盡深淵。但我位在他身後不遠處，因為另一秒後，這點便無庸置疑。那就是那批由妖魔產下的老鼠，所發出的怪誕騷動聲，牠們總是在找尋新的恐怖事物，也決定要領著我進入地心中，那宛如咧嘴笑容般的洞穴，而瘋狂的無面神明奈亞拉索特普（Nyarlathotep），正隨著兩名型態不定的愚痴吹笛手製造的笛聲，在黑暗中盲目嚎叫。

我的探照燈沒電了，但我繼續奔跑。我聽到嗓音、慘叫與回聲，但那股不淨又陰森的騷動聲，卻緩緩蓋過了其他聲響。它慢慢地高漲，宛如僵硬又膨脹的屍體，緩慢地從一條油膩的河流中升起，河水則在無盡的縞瑪瑙橋墩下潺潺流動，流向漆黑的腐臭海洋。

有東西撞上我——某種柔軟肥胖的東西。那肯定是老鼠，黏膩滑溜的貪婪大軍，食用死者與生者維生……為何老鼠不能和吃下禁忌食物的迪．拉坡爾家成員一樣，吃掉迪．拉坡爾家成員呢？戰爭吞噬了我的兒子，他們全都該死……北方佬用火焰吃掉了卡爾法克斯，還燒掉了迪拉坡爾祖父和祕密……不，不，我告訴你，我不是發光洞窟中的邪惡養豬人！那個發霉的肥胖生物上，長得不是愛德華．諾里斯的臉！誰說我是迪．拉坡爾家的成員？他活了下來，但我兒子死了！諾里斯家的人能佔據迪．拉玻爾家成員的土地嗎？我告訴你，那是巫毒教……那條有斑點的蛇……去死吧，索恩頓，看你敢不敢因我家族幹的勾當而昏倒……血脈份上，你這垃圾，我來教你們如何切開……你要用這些知識讓我疲倦嗎？**大地女神！大地女神！阿提斯……Dia ad aghaidh's ad aodaun……agus bas dunach ort！Dhonas's dholas ort，agus lear-sal！……Ungl……ungl……rrlh……chchch……**

他們說，當他們三小時後在黑暗中找到我時，我說出了這些話。他們發現黑暗中的我，蹲踞在諾里斯上校被吃掉一半的肥胖軀體上，我的貓則撲上去撕扯我的喉嚨。他們已炸毀了艾克薩漢修道院，並把黑人從我身邊帶走，還將我關進漢威爾（Hanwell）的牢房，畏懼地低聲談起我的家族史與經驗。索恩頓待在隔壁房，但他們不讓我和他說話。他們也試圖把跟修道院有關的事盡量掩蓋下來。當我提起可憐的諾里斯時，他們便指控我犯下了滔天惡行，但他們得明白，我並沒有下手。他們得明白，那是老鼠幹的好事，那些蠢動老鼠的騷動聲，使我永遠無法入眠。邪惡的老鼠在這座房間的護壁後頭奔跑，要帶我墜入前所未知的龐大恐懼之中，他們永遠聽不見這些老鼠的聲音。老鼠，牆中的老鼠。

十一、穿越萬古

Out of the Aeons

手稿於麻薩諸塞州波士頓卡波特博物館（Cabot Museum）

已故館長理查・H・強森（Richard H. Johnson）的遺物中尋獲

第一章

所有波士頓人（或他處敏銳的讀者）都無法忘卻發生在卡波特博物館的怪事。那具可怕木乃伊所得到的報紙宣傳，以及隱約與它有關的古老恐怖傳言，一九三二年轟動一時的陰森興趣與教團活動，與該年十二月一日兩名入侵者的駭人命運，組成了一樁經典神祕事件，並成為世代相傳的民俗故事，也構成各種可怕臆測的核心。

大家似乎也都明白，在廣為流傳的恐怖事件高潮中，有某種重要又難以言喻的可怕元素遭到掩飾。那些令人不安的傳聞，暗示了兩具遺體之一的**狀況**，過於突兀地遭到駁斥與忽視。人們也對木乃伊從未被放上的特殊加工，儘管這種事通常會催生不少新聞價值，卻沒有人報導。木乃伊從未被放回展示櫃一事感到奇怪。在標本製作技術相當精良的當今，館方還宣稱木乃伊的腐化狀況使展覽無法舉行，似乎是個格外蹩腳的理由。

身為博物館館長，我有權揭露所有真相，但我在世時絕不會這樣做。世界上與宇宙中有些東西，大眾最好不要知情。我也不會違反我們所有人（博物館職員、醫生、記者與警察）在恐怖事件發生當下，共同做出的決定。不過同時，這種在科學與歷史上具有莫大重要性的事件，不應該全然缺乏記錄，因此為了謹慎的學者們，我準備了這份事件始末。我會把它放在不同文件中，在我死後供人解讀，讓我的遺囑執行人們決定它的命運。過去幾週出現的特定威脅與異常事件，使我相信自己與其他博物館員工的性命，都因來自好幾支分布廣泛的祕密教團的敵意而受到威脅，教團成員包括亞洲人、玻里尼西亞人與其餘國籍不一的神祕學信徒，有鑑於此，我的遺囑執行人可能不久後就要上工了。（遺囑執行人注記：強森博士於一九三三年四月二十二日忽然神祕地死於心臟衰竭。博物館的標本剝製師溫特沃斯．摩爾〔Wentworth Moore〕約在前一個月中旬失蹤。同年二月十八日，負責監督與本案相關解剖過程的威廉．米諾特博士〔William Minot〕從身後遭到刺殺，並於隔天去世。）

我猜，恐怖事件真正的開頭，發生於遠在我擔任館長之前的一八七九年：當時博物館透過東方貨運公司（Orient Shipping Company）取得那具難以解釋的陰森木乃伊。發現它的過程可怕又充滿威脅，因為它來自某個起源不明的古墓，年代也出奇地久遠，地點位於一小座忽然從太平洋海床浮上水面的陸塊。

一八七八年五月十一日，貨輪波江座號（Eridanus）由紐西蘭威靈頓出發，航向智利瓦爾帕萊索（Valparaiso），船長查爾斯．威瑟比（Charles Weatherbee）發現了一塊不存在於任何海圖上的新島嶼，那座島顯然是由火山作用形成。它引人注目地在海上突起，宛如頂端被削去的圓錐。由威瑟比船長帶頭的登陸小隊，在他們攀爬的崎嶇山坡上，發現了該地長期處於水中的證據，山頂也有新形成的毀壞跡象，彷彿遭受地震破壞。散落的礫石堆中，有以人工方式製作的龐大石塊，稍作檢視後，他們發現了在特定太平洋島嶼上也找得到的某種史前巨型石雕，這種物體造就了長久以來的考古謎團。

最後水手們進入了一處龐大的岩石墓穴，他們認為這可能是某座更大型建物的一部分，之前則位於地底深處，那具駭人的木乃伊便蜷曲在一處角落。由於牆上的某些雕刻，使眾人經歷了短暫的驚慌，之後水手們企圖將木乃伊搬到船上，不過他們一碰觸到木乃伊，便感到畏懼與作噁。遺體旁有一只以不明金屬製成的圓筒，彷彿先前曾被塞在木乃伊的衣物中，裡頭裝有一卷藍白色的薄膜，材料也同樣不明，上頭以難以辨識的灰色顏料寫了特異文字。龐大的岩石地面中央似乎有座活板門，但登陸小隊沒有夠強勁的設備能夠打開它。

當時新開幕的卡波特博物館，注意到少數描述此發現的報導，並立刻取得了木乃伊與圓筒。皮克曼館長（Pickman）親自前往瓦爾帕萊索，並找來一艘雙桅帆船，前去搜索尋獲木乃伊的古墓，卻無功而返。記錄上那座島的位置，只看得到一望無際的大海，當下搜尋者明白了，將島嶼忽然推上海面的地震動力，已再度將它拖回水底的黑暗之中，它曾在那裡沉寂了無數紀元。永遠沒人能解開那座文風不動的活板門之中的祕密。不過，木乃伊與圓筒則留在人間，到了一八七九年十一月初，博物館的木乃伊廳，公開展示了那具木乃伊。

卡波特考古博物館專精於不被列入藝術領域的未知古文明，它是座不甚知名的小機構，不過在科學圈的地位相當崇高。它位在波士頓的燈塔山（Beacon Hill）高級社區中心（在靠近喬伊街

〔Joy Street〕的佛農山街〔Mt. Vernon Street〕上），先前曾是一棟私人豪宅，後方則增建了額外空間。一直到最近的恐怖事件導致它臭名遠播前，當地質樸的居民曾對博物館備感驕傲。

木乃伊廳位於原本豪宅（由布爾芬奇[1]設計，興建於一八一九年）的西側二樓，歷史學家與人類學家們公認，這裡擁有美國國內最龐大的木乃伊館藏。能在這裡找到典型的埃及防腐範例，從最早期的薩卡拉[2]樣本到八世紀的科普特人[3]進行的防腐計畫都有；來自其他文化的木乃伊，包括最近在阿留申群島（Aleutian Islands）找到的印地安人木乃伊；以掩埋廢墟的火山灰中，那些痛苦的龐貝人軀體遺留的悲劇性凹洞，所做出的石膏塑像；來自全世界礦坑或其餘挖掘處的天然木乃伊，有些遺體在垂死掙扎中擺出怪誕姿勢，在恐怖的墓穴中流露出特異感。總而言之，這裡涵蓋了同類展覽中該出現的所有展品。一八七九年時，這裡的館藏自然不比當今豐富，不過當時依然稱得上數一數二。但那具來自偶現於世的深海島嶼上原始巨形古墓的駭人遺體，則總是展示廳內的主要賣點，也是最難以捉摸的謎團。

1　譯注：Charles Bulfinch，十八至十九世紀美國建築師，主要在故鄉波士頓與華盛頓特區工作。
2　譯注：Sakkarah，埃及的古代大型墓地。
3　譯注：Coptic，基督教化的古埃及人後裔。

這具木乃伊是個種族不明的中等身材男子，並維持著特殊的蜷伏姿態。爪子般的雙手半遮臉孔，下顎往前伸出，萎縮的五官流露出令人生畏的神情，少有旁觀者能不為所動。木乃伊閉著雙眼，眼皮緊緊包覆著明顯圓禿的眼球。有部分毛髮與鬍鬚依然殘留，整體則呈現某種黯淡灰色。遺體的質地一半皮革化，另一半則已石化，造就了使專家們大惑不解的謎團，他們則試圖確認遺體的防腐方式，有些部分已因時間與腐化而瓦解。以某種特殊材料製成的破布依然纏在遺體上，暗示過往擁有不明的設計。

沒人知道這具木乃伊為何如此驚悚可怖。首先，它散發出一種微妙又難以界定的古老特異氛圍，使旁人覺得自己彷彿站在無比漆黑的恐怖深淵旁，但原因主要出自那張滿布皺紋、下巴突出又半遮的臉龐上的表情。這種無限又深邃的非人恐懼感，不禁在觀看者心中觸發令人不安的神祕感，還有徒勞無功的臆測。

在經常造訪卡波特博物館、並具有鑑別力的少數訪客之間，這項來自被遺忘的太古世界中的遺物，很快就得到不祥的名聲，不過博物館向來遺世獨立，行事也相當低調，因此木乃伊沒有如「卡迪夫巨人」[4]一般引起軒然大波。上個世紀，譁眾取寵的低俗風氣還不像現在一樣，在學術界蔚為風行。各界學者自然盡力對這駭人物體進行分類，不過從未有任何斬獲。學者間流傳著各種理論，有些與消失的太平洋文明有關，復活節島上的雕像，和波納佩島[5]與南馬都爾[6]上的巨石建物，都可能是該文明的遺物，學術期刊也刊載了諸多內容相互矛盾的揣測，認為過去曾有座大陸，而目前僅存的陸塊頂端，則成為美拉尼西亞（Melanesia）與玻里尼西亞諸島。假說中消失文化（或是大陸）的時代差異，令人感到訝異又饒富興味，但在大溪地與其他島嶼的某些神話，卻出現了某種驚人的相關影射。

在此同時，奇特圓筒與筒中寫滿未知象形文字的神祕卷軸，則被謹慎地存放在博物館的圖書館中，並獲得應有的關注。沒人質疑它們與木乃伊之間的關聯，因此所有人都清楚，只要解開它們的謎團，就可能同時化解那具乾癟又恐怖的遺骸所帶來的疑雲。圓筒約四英吋長，直徑八分之七英吋，以某種散發古怪七彩色澤的金屬製成，完全不受化學分析影響，似乎也對所有試劑免疫。以同種材質製成的蓋子緊緊封住圓桶，蓋上則雕有某種圖樣，明顯具有裝飾與象徵意義，常見的設計中，似乎遵循著充滿矛盾又難以描述的特異幾何系統。

筒中裝載的卷軸同樣神祕：那是卷纖細的灰白色薄膜，原料則無法分析，包裹在一根材質與圓筒相同的細金屬棒周邊，展開後的長度約為兩英呎。字跡粗厚的象形文字，沿著窄線從卷軸中央順延而下，文字以某種無法分析的灰色染料書寫或漆上，完全不像語言學家與古文字學家所知

---

4 譯注：Cardiff Giant，一八六九年於美國出土的偽造木乃伊。

5 譯注：Ponape，位於密克羅尼西亞的小島。

6 譯注：Nan-Matol，密克羅尼西亞的古城。

的任何文字，且儘管相關領域中的每個專家都收到了樣本照片，卻依然無人能破譯。

的確，只有少數異常熟識神祕學和魔法的學者，能看出上頭某些象形文字，與出自兩三本晦澀古老神祕文本的原始符號之間的相似性。這些文本據說來自被遺忘的許珀耳玻瑞亞[7]的《伊波恩之書》（*Book of Eibon*）、傳言中比人類更古老的《納克特抄本》，與阿拉伯狂人阿布杜·阿爾哈茲瑞德筆下的恐怖禁書《死靈之書》。不過，這些相似之處全都充斥著爭議，也由於大多人對神祕學研究嗤之以鼻，並沒有人將象形文字的照片副本交給神祕學專家們。如果這麼早期就有人找對專家的話，日後事件的發展就會截然不同了，只要讓任何讀過馮·榮茲（von Junzt）的《無名教派》（*Nameless Cults*）的人看過一眼，對方就能提出正確的重要連結。不過這段時期，讀過那本不淨邪書的人還相當罕見，從杜賽道夫（Düsseldorf）原版（一八三九年）與布萊德維爾（Bridewell）譯本（一八四五年）遭到打壓，到金妖精出版社[8]於一九〇九年印製刪減重印版之間，該書的印刷本數量非常稀少。基本上，一直到催生恐怖事件高潮的聳動新聞報導出現前，沒有神祕學學者或鑽研遠古歷史中祕密學問的學者，曾注意過這份古怪卷軸。

第二章

於是，自從駭人的木乃伊在博物館展出開始，時間就這樣過了半世紀。在有教養的波士頓人之間，這具恐怖展品成了當地的知名物品，但僅只於此，且經歷十年徒勞無功的研究後，圓筒和卷軸已遭到遺忘。卡波特博物館的態度低調又保守，因此沒有記者或專欄作家為了取得轟動大眾的資料，而入侵這座平靜場所。

騷動始於一九三一年春季，由於購買了某件背景奇特的物品，使博物館大量出現在新聞版面上。那是在阿維羅瓦尼[9]幾近坍塌且惡名遠播的佛瑟福萊姆堡（Château Faussesflammes）底下的古墓之中，尋獲的古怪物品，與保存狀態良好得令人難以置信的遺體。《波士頓支柱報》（*Boston Pillar*）秉持著「一馬當先」的精神，派了一名周日專欄作家去報導該事件，並對博物館做出

---

7 譯注：Hyperborea，希臘神話中的極北國度。克拉克・阿什頓・史密斯（Clark Ashton Smith）筆下的克蘇魯神話分支作品《許珀耳玻瑞亞傳奇》（Hyperborean Cycle）以該地區做為主要舞台。

8 譯注：Golden Goblin Press，克蘇魯神話中常出現的出版社，首度出現於羅伯特・霍華德（Robert E. Howard）的短篇故事《黑石》（*The Black Stone*）。

9 譯注：Averoigne，克蘇魯神話中的虛構法國地區，史密斯經常描寫此地。

誇大的描述。這位名叫史都華・雷諾斯（Stuart Reynolds）的年輕人，認為無名木乃伊的新聞價值，遠遠超出近來自己主要工作中獲取的其他素材。由於知曉零星的神智學知識，也對卻爾奇華德中校[10]與路易斯・史潘思[11]等作家，對失落大陸與被遺忘的原始文明做出的推測相當感興趣，使得雷諾斯特別注意無名木乃伊這類遠古遺物。

這位記者在博物館中成了麻煩人物，因為他不斷提出駑鈍的問題，還持續要求移動展示櫃中的物品，以便讓他從不尋常的角度進行拍攝。在地下圖書館的房間中，他不停觀察古怪的金屬圓筒和薄膜卷軸，從各種角度拍攝它們，也拍下了所有怪異的象形文字。他甚至要求閱覽所有原始文化和沉默大陸相關書籍，並花了三小時坐著抄寫筆記，而他離開的原因，也只是由於要趕往劍橋[12]，一窺（前提是他得到許可）懷德納博物館[13]中的恐怖禁書《死靈之書》。

報導於四月五日刊載在星期天的《支柱報》上，裡頭塞滿了木乃伊、圓筒與寫有象形文字的捲軸的照片，並佐以《支柱報》為了心智不成熟的廣大讀者群，而特意採用的訕笑式幼稚文字風格。內文充滿謬誤、誇大與聳動文筆，而這點確實能激起無知大眾善變的興趣。結果，曾一度平靜的博物館，開始擠滿眼神空洞的喧鬧人潮，這種景象從未在館內莊嚴的走廊上出現過。

儘管那篇報導相當幼稚（照片本身則帶有莫大價值），卻依然有抱持學者心態的聰明訪客前來，而許多具有成熟素養的人，有時也會意外地讀到《支柱報》。我記得有位非常怪異的訪客於十一月前來：那是個戴著頭巾、蓄著長鬍的黝黑男子，他的嗓音聽起來吃力又異常，臉孔出奇地呆滯，笨拙的雙手戴著荒謬的白色手套，他留下了自己位於貧困西區的地址，並自稱「強德拉普特拉大師」[14]。這個人對神祕學有令人難以置信的淵博學識，而卷軸上的象形文字，與某個被遺忘的古老世界中某些符號與標記之間的關聯，則使他深切感動。他也對那古老世界，擁有大量直覺般的知識。

到了六月，木乃伊與卷軸的名氣已經傳到波士頓以外的地區，博物館也收到來自全世界的神祕主義者和學術人員的問題，以及對照片的需求。這對我們的職員而言，並不算好事，因為我們是間科學機構，對狂熱的夢想家毫無興趣，但我們依然禮貌地回應所有問題。這些學術問答其中一項結果，便是《神祕學評論》（*The Occult Review*）中，一份由知名的紐奧良神祕主義者艾蒂安—羅倫特．迪馬里尼[15]所寫的文章。他在文中斷言了彩色圓筒上某些怪異的幾何設計、以及薄膜卷軸上好幾個象形文字的完整意義，加上在遭到打壓的恐怖書籍《黑書》（*Black Book*）或馮．榮

---

10 譯注：Colonel Churchward，二十世紀初英國神祕學作家，主張太平洋上曾存在失落的姆大陸（Mu）。

11 譯注：Lewis Spence，蘇格蘭作家與神祕學學者。

12 譯注：此處指位於麻薩諸塞州的劍橋。

13 譯注：Widener Library，位於哈佛大學，為現今最古老的圖書館之一。

14 譯注：Swami Chandraputra，此為仍困在外星巫師澤考巴（Zkauba）身體中的夢行者藍道夫．卡特（Randolph Carter），參見《穿越銀鑰之門》。本故事背景的一九三二年，也與《穿越銀鑰之門》劇情的時間相符。

15 譯注：Etienne-Laurent de Marigny，藍道夫．卡特的好友，參見《穿越銀鑰之門》。

茲的《無名教派》中，重現的那些具有恐怖意義的表意文字（轉抄自原始巨石碑，或神祕學學者與信徒組成的祕密團體進行的祕密儀式）。

迪馬里尼回想起馮．榮茲於一八四〇年的可怕死狀，當時是對方在杜賽道夫出版了那本恐怖典籍的一年後，而迪馬里尼也提及了他令人毛骨悚然又有些可疑的資訊來源。更重要的是，他強調馮．榮茲將自己再製的恐怖表意文字，與這些故事做了連結。這些明確提到了一只圓筒與卷軸的故事，和博物館中的展品之間，有著顯著的關係，這點無人質疑。但它們是令人瞠目結舌的誇張物品，與被遺忘的太古世界中，漫長得讓人難以置信的時間與驚人異象有關。人們能輕易對此感到讚嘆，卻絕非相信這些事。

大眾肯定對這些展品感到讚嘆，因為媒體大量轉載了這項報導。附有插圖的文章四處出現，講述或影射《黑書》中的傳說，並大幅贅述木乃伊散發的恐怖氛圍，將圓筒上的設計，和卷軸上的象形文字，拿來和馮．榮茲重製的文字做比較，也肆無忌憚地做出狂野聳動、又毫無理性的理論與揣測。博物館的訪客人數增加了三倍，且收到了大量信件，儘管大部分內容空洞又冗長，卻證明了大眾廣泛對這件事抱持興趣。顯然，對充滿想像力的人們而言，從一九三一到一九三二年之間，木乃伊與它的起源，幾乎成了與經濟大蕭條同樣引發熱議的話題。對我來說，這股狂熱帶來的主要影響，使我讀了馮．榮茲恐怖著作的金妖精版本，細讀過程讓我感到暈眩又作嘔，但我慶幸自己並未看過未刪減版本中的極致邪惡。

第三章

《黑書》裡暗示的古老傳言，加上和神祕卷軸與圓筒上的設計與符號極度相似的圖像，確實令我感到入迷和稍許敬畏。穿越驚人的歲月天塹，遠比我們所知的所有文明、種族與地區更古老，傳說聚焦於朦朧奇異的世界之初中一座消失的國度與大陸……傳說將之稱為姆大陸，寫了原始那卡[16]語的古老石板記載，姆大陸於二十萬年前繁榮興盛，歐洲當時只住有混種生物，而失落的許珀耳玻瑞亞則只知曉無名宗教，崇拜漆黑且形態多變的札特瓜[17]。

傳說提及一座名為肯納（K'naa）的王國或省分，位於非常古老的地區，世上第一批人類，曾發現多年前居住在此的種族遺留下的恐怖遺跡。型態不明的未知生靈曾從星際間降臨，在被遺忘的新生世界居住了無數紀元。肯納是塊聖地，中央的雅帝斯戈山（Mount Yaddith-Gho）荒涼的玄武岩崖壁往上高升至天際，山頂則有座以巨石築成的龐大要塞，遠比人類更為古老，且為黑暗

16 譯注：Naacal，據傳一度存在世上的古文明。
17 譯注：Tsathoggua，史密斯筆下的舊日支配者。

星球幽果斯[18]的外星生物所建，早在地球生命出現前，它們就在地球殖民了。

幽果斯的生物在太古時期就已滅絕，但它們留下了某種永不消亡的恐怖生物——那是它們駭人的神明，或崇拜的惡魔：加坦諾索亞（Ghatanothoa）。無形的祂，永遠潛伏在雅帝斯戈山要塞底下的古墓中。沒有人類攀爬過雅帝斯戈山，或親眼目睹那座不淨要塞，只看過祂具有異常幾何外型的遙遠輪廓，坐落在天空之下。但大多人都認為加坦諾索亞依然待在當地，在巨石城牆底下持續翻滾挖掘。總有人相信必須向加坦諾索亞獻祭，不然祂就會爬出深淵躲藏處，並以駭人狀態蹣跚橫掃人類世界，就像祂曾一度橫跨幽果斯生物的原始世界一樣。

人們相傳，如果沒有獻上祭品，加坦諾索亞就會往白日飛升，笨拙地爬下雅帝斯戈山的玄武岩崖壁，消滅祂碰上的一切。沒有活物能目睹加坦諾索亞，或是完美的加坦諾索亞雕像，即使雕像再小，也會造成比死亡更恐怖的變化。所有幽果斯生物的傳奇一致指出，一旦看見該神明或祂的圖像，就會引發奇特的特殊癱瘓與石化反應，受害者的外皮會化為岩石與皮革，大腦則永遠存活，在漫長的歲月中維持文風不動的恐怖囚禁狀態，並令人發狂地感受著難以估計的漫長歲月，期間全然無法動彈，直到機會與時間讓石化外殼完全腐化，內容物因暴露在外而死。當然了，早在拖延數紀元的解脫到來前，大多數大腦就發瘋了。據說，沒有人類目睹過加坦諾索亞，不過現代的危機，和當年幽果斯生物所面對的一樣龐大。

肯納有支教團信奉加坦諾索亞，每年也向祂獻祭十二名年輕戰士和十二名年輕處女。這些犧牲者被放上靠近山腳的大理石神殿中熊熊燃燒的祭壇，因為沒人敢攀爬雅帝斯戈山的玄武岩崖壁，或靠近山頂上那座比人類還要古老的巨型要塞。加坦諾索亞的祭司們握有莫大權力，因為肯納與整座姆大陸的存亡都掌握在他們手上，只有他們能阻止加坦諾索亞從未知深淵中竄出，將一切化為岩石。

這位闇神在此地有一百名祭司，由大祭司伊瑪許墨（Imash-Mo）統領。納斯大宴時（Nath-feast），他走在薩邦王（King Thabon）前頭，而當國王跪在多利克聖壇（Dhoric）前時，大祭司則驕傲地站在一旁。每位祭司都擁有一座大理石屋舍、一箱黃金、兩百名奴隸與一百位妻妾，加上法律豁免權，並掌握肯納所有居民的生死，只有國王的祭司們除外。但儘管有這些防衛者，國內依然害怕加坦諾索亞會爬出深淵，滿懷惡意地下山，為人類帶來恐懼與石化的命運。晚期，祭司們甚至禁止人們猜測或想像邪神駭人的模樣。

到了紅月年（馮・榮茲估算，約為西元前十七萬三千一百四十八年），有個人類首度挺身對抗加坦諾索亞，與祂的無名威脅。這位大膽的異端者名叫提猶格（T'yog），他是莎布・尼古拉

18　譯注：Yuggoth，參見《暗夜低語者》。

絲[19]的大祭司，也是祭拜孕育上千子嗣的黑山羊[20]的銅鑄神殿守衛者。最後他覺得，能夠組織對人類友善的神明，讓祂們對抗懷有敵意的諸神，也相信莎布．尼古拉絲、納格與耶布[21]，甚至是蛇神伊格（Yig）都準備好與人類合作，共同抵禦加坦諾索亞的暴虐與企圖。

受到母神啟發後，提猶格用自身教團使用的僧侶體那卡文，寫下了一串奇異咒文，他相信這能讓持有者不受闇神的石化魔力影響。他認為透過這項保護，大膽人士就能攀爬可怕的玄武岩山崖，並成為首位踏入巨型要塞的人類，據說加坦諾索亞潛伏在此處地底。提猶格相信，當他面對那位神明，並有莎布．尼古拉絲與她兒子們的力量輔助下，自己或許能和祂達成協議，讓人類從此擺脫祂的陰森威脅。一旦人類因他的努力而獲得解脫，他就能取得無上榮耀。而加坦諾索亞祭司們的所有權力，也必然會轉移到他身上。他甚至還可能登基為王，或躍升到神明的地位。

於是提猶格將保護咒文寫在普薩貢（pthagon）薄膜上（根據馮．榮茲的說法，那是已絕種的亞基斯蜥（yakith-lizard）內層的皮膚），並將薄膜放入以拉格金屬（lagh）製成的圓筒中，那是遠古者[22]從幽果斯帶來的金屬，地球上的礦場中沒有這種礦物。這道藏在他長袍中的咒語，能幫他抵抗加坦諾索亞的威脅，如果恐怖邪神現身肆虐，它甚至能將遭到闇神石化的受害者恢復原狀。因此他打算登上眾人避之唯恐不及、也從未有人涉足的高山，入侵角度怪異的巨石堡壘，並在駭人魔神的巢穴中直接面對祂。他無法預測會發生什麼事，但成為人類救星的希望，強化了他的意志。

不過，他沒有考量到加坦諾索亞祭司們的妒意和利害關係。他們一聽說他的計畫，就害怕萬一魔神遭到推翻，自己就會失去聲望與特權，因此他們對提猶格的褻瀆之舉發出強烈譴責，聲稱沒有人能夠打敗加坦諾索亞，而任何企圖尋找祂的舉動，都只會刺激祂對人類做出可怕的攻擊，任何咒語或祭司都無法扭轉這種災難。他們希望用這種怨言，讓大眾反對提猶格，但人們渴望擺脫加坦諾索亞，也對提猶格的技術與熱情有信心，因此抗議行動毫無效用。就連通常扮演祭司傀儡的國王，也拒絕禁止提猶格大膽的旅程。

這時，加坦諾索亞的祭司們才悄悄做出他們不敢公然犯下的勾當。某天晚上，大祭司伊瑪許墨偷偷前往提猶格的寢室，從熟睡的對方身上取出金屬圓桶。他無聲地抽出法力強大的卷軸，用另一只極度相似的卷軸代替，但兩只卷軸的差異極大，它無法抵抗任何神明或惡魔。伊瑪許墨把圓筒塞回熟睡物主的斗篷中時，感到相當滿意，他深知提猶格不太可能再度檢視卷軸的內容。認

19 譯注：Shub-Niggurath，洛夫克拉夫特並未對此邪神有過多描述。奧古斯特・德雷斯（August Derleth）則將它描述為孕育千萬子嗣的生殖之神。

20 譯注：The Goat with a Thousand Young，莎布・尼古拉絲的別名。

21 譯注：Nug，Yeb，洛夫克拉夫特從未對這兩位神明多做解釋，只在神明系譜中註明祂們是猶格・索陀斯（Yog-Sothoth）與莎布・尼古拉絲的子嗣。納格生下克蘇魯（Cthulhu），耶布則生出札特瓜。

22 譯注：Elder Ones，在南極建立太古都市的外星生物，參見《瘋狂山脈》。

為自己受到真正卷軸保護的異端者，會前往高山，並直接面對邪神。不受任何咒術鉗制的加坦諾索亞，則會解決剩下的問題。

加坦諾索亞的祭司們也不需再大肆反對，就讓提猶格去送死吧。祭司們祕密珍藏著偷來的卷軸，那是真正的強力咒語，並由大祭司傳到下一任接班人，以便在某個黑暗的未來時刻，藉此抵禦魔神的意志。於是伊瑪許墨整晚安眠，真正的卷軸則存放在新圓筒中。

在天火日（馮．榮茲並未解釋這項名稱的意義）的黎明，接受了人們的祝禱與吟唱，和國王的祝福後，提猶格啟程前往令人生畏的高山，右手則拿著特拉斯木（tlath-wood）製成的手杖。他的長袍中存放了自己以為帶有真正咒文的圓筒，他並未察覺騙局。他也沒發現，伊瑪許墨與其他祭司對他平安成功的祝禱中，含有一絲諷刺。

那天早上，人們都駐足觀看提猶格渺小的身影，努力爬上荒涼的玄武岩山坡，該地迄今為止尚未有人涉足。當他在通往高山背部的危險山脊後消失時，許多人依然繼續觀看了好一段時間。當晚有幾名敏感的做夢者，覺得自己聽到令人憎惡的山峰上，傳來微弱的震動聲，不過大多人對此一笑置之。隔天大批人群繼續觀看高山並禱告，也想知道提猶格何時會回來。隔天如此，後天亦然。他們抱持希望並等待了好幾週，接著開始哭泣。再也沒有人看過原本能拯救人類脫離恐懼的提猶格。

後來，人們對提猶格的企圖感到戰慄，也試著不去想他的不敬行為引來了哪種懲處。加坦諾索亞的祭司們，對憎惡神明意志、或挑戰神明接受供品一事的人露出微笑。多年後，人們得知了伊瑪許墨的詭計，但這點並沒有改變大眾認為應該遠離加坦諾索亞的想法，再也沒人敢挑戰祂。歲月就此流逝，王者不斷交替，大祭司也交棒給接班人，諸國興衰反覆，陸地從海洋升起，又再度沉入海中。數千年後，肯納一蹶不振，直到某個風雷交加的可怕夜晚，隨著轟隆巨響與如山高的巨浪，整塊姆大陸便永遠沉進海中。

但古老的祕密流傳到了數紀元後。面如死灰的難民聚集在遙遠地區，他們躲過了海魔的滔天怒火與怪異的天空，當時的天空，完全吸收了從為消失諸神與邪魔所設的祭壇飄出的煙霧。儘管沒人知曉恐怖加坦諾索亞居住的聖峰與巨型要塞，究竟沉入了哪座無底深淵，卻依然有人悄聲說出祂的名號，並向祂進行無名獻祭，以免祂浮上深達數里格的海域，在人間橫行，散播恐懼與石化現象。

散布各地的祭司們，組成了黑暗的祕密教團。他們成為祕密結社的原因，是由於新地區的人民相信其他神明與邪魔，也認為古老的外來神祇是邪惡之物。教團內發生了許多凶險事蹟，成員們也珍藏了不少古怪物品。據說有一派行蹤隱密的祭司，依然持有伊瑪許墨從熟睡的提猶格身上偷來的卷軸，也就是真正能對抗加坦諾索亞的咒文。不過沒有任何倖存者能夠辨識或理解那神祕的音節，也沒人能猜出失落的肯納、恐怖的雅帝斯戈山與潛伏魔神的巨型要塞，究竟位於世界何方。

儘管隱密又可憎的加坦諾索亞教團主要流行於太平洋地區，這裡曾是姆大陸的原址，但謠傳該教團也曾出現在厄運纏身的亞特蘭提斯，與恐怖的冷之高原。馮・榮茲認為，教團曾在傳說中的地底王國金陽（K'n-yan）出現過，也提出明確證據，指出它滲透了埃及、迦勒底、波斯、中國、被遺忘的非洲閃族帝國，與新世界的墨西哥和祕魯。他強烈暗示道，該教團與歐洲的女巫行動有強大連結，教宗也為了阻止此行動，而發布了不少詔書，但起不了作用。不過，西方世界並不適合它成長。因瞥見醜惡儀式與無名獻祭，而感到義憤填膺的大眾，徹底摧毀了它的諸多分支。最後教團遭到獵殺，也成了更為低調的組織，但它的核心從未被完全撲滅。它總是會倖存，主要是在遠東地區與太平洋群島上，教義則與玻里尼西亞的艾利奧埃宗教[23]的祕教知識合而為一。

馮・榮茲微妙且令人不安地暗示，自己曾實際接觸過教團，因此當我在報紙上讀到他的死法傳聞時，不禁打起了冷顫。他提到，某種關於魔神外型的特定想法正開始盛行，但從未有人見過那生物（除非算上大膽的提猶格，而他從未歸來）。他也將這種推測行為，拿來和古代姆大陸嚴禁任何人想像邪神外表的習慣相比較。這種使信徒們敬畏又驚奇的低聲傳言，散發出某種特殊恐懼，這些瀰漫陰森好奇心的傳言，與死前（假設那確實是死亡）的提猶格，在駭人山脈上的史前建物中面對的事物本質有關，而山脈現已沉入海底。我則對這位德國學者在這件事上隱晦陰森的說法，生起一股古怪的不安情緒。

至於能用於對抗加坦諾索亞的遭竊咒文卷軸目前的下落，以及卷軸最終可能的用途，馮・

榮茲的推測也同樣令人憂心。儘管我認為這整件事純屬傳說，卻想像著恐怖神明在現代出現，以及全人類忽然變成一群異常雕像，每尊石像中都包裹著一顆活生生的大腦，注定在無數未來紀元中，無精打采又無助地保有自己的意識。那位杜賽道夫老學者用陰森的方式暗示，而不明說真相，我也能理解為何在諸多國家，他可憎的著作被視為危險又不淨的褻瀆書籍，而遭到打壓。

我作噁地顫抖，但這本書散發出邪惡的吸引力，使我不得不將它完整讀完，才捨得放下書本。書中據稱出自姆大陸的設計與表意文字的重製圖像，與古怪圓筒上的記號，和卷軸上的文字之間，具有令人訝異的相似之處。全書敘述中的細節則充滿模糊惱人的暗示，十分近似與醜陋木乃伊有關的事物。圓筒與卷軸……太平洋背景……老威瑟比船長不斷堅稱，發現木乃伊的巨型古墓，曾位於一座龐大建築物底下……不知怎麼的，我有些慶幸有人打開那座活板門前，火山島就下沉了。

23 譯注：Areoi，社會群島中的祕密宗教體系。

第四章

我在《黑書》中讀到的內容，為一九三二年春季開始發生在我身上的新聞內容，與近來發生的事件，提供了恰如其分的準備。我難以回想究竟是從何時開始，警方對來自東方與他處的古怪宗教團體的掃蕩行動越趨頻繁。但到了五六月，我察覺到全世界古怪又行跡低調的祕教組織，原本舉止平淡且鮮少引人注目，卻都掀起出人意料的異常騷動。

諸多祕密祭司所進行的儀式與演說引發了大眾關注，而內容中某些音節與不斷出現的相似性質，則引來媒體聳動的描述，若非如此，我不太可能會將這些報導，與馮．榮茲的暗示，或博物館中木乃伊與圓筒招來的大眾狂熱連結起來。因此，我不禁擔憂地注意到某個經常出現的名稱：它以不同形式出現，還似乎成了所有教團的信仰核心，信徒也明顯對它抱持著敬意與恐懼。人們引述的名稱形式包括加坦塔、坦諾塔、坦薩、加坦與克坦塔——不需要諸多和我通信過的神祕主義者的意見，我就能看出，這些不同名稱和馮．榮茲提到的恐怖名稱加坦諾索亞之間，具有陰森且飽含暗示的關聯。

還有其他令人不安的狀況。報導一再提及某種與「真正的卷軸」有關的影射，隱晦卻令人敬畏。那東西似乎擁有莫大意義，據說它目前由某位「納戈布」（Nagob）持有，但不清楚對方是什麼人或生物。同樣的，傳言中一再提及某個名字，聽起來像是托格、提悠克、猶格或索布，而我感到越趨緊張的內心，則不由自主地將這些名稱，連結到《黑書》中不幸異端者提猶格的名字。這名字通常會與神祕語句連結，像「肯定是他」、「他曾目睹它的臉孔」、「儘管他無法視物與感受，卻知曉一切」、「他帶著回憶穿越萬古」、「真正的卷軸會釋放他」、「納戈布擁有真正的卷軸」和「他知道該去哪找它」。

世上無疑發生了某種非常奇怪的事，我連絡過的神祕主義者們，和文筆聳動的週日報刊，開始將新發生的異常騷動與姆大陸的傳說，和駭人木乃伊最近的消息做連結，我並不對這些事感到訝異。在第一波媒體熱潮中廣為流傳的諸多文章，持續將木乃伊、圓筒與卷軸，連上《黑書》裡的故事，而文章中對整件事天馬行空的瘋狂推論，可能激起了我們複雜世界中諸多祕密組織裡，數百名異國信徒心中潛在的狂熱信仰。報紙也沒有停止火上加油，因為與教團騷動相關的故事，已經比先前一連串軼事更加誇張了。

隨著夏日到來，博物館人員們注意到來訪群眾中，有種奇特的新特點。經歷了首波熱潮後的緩和期，群眾再度因第二波熱潮，而被吸引到博物館。訪客中越來越常出現古怪的外國人：黝黑的亞洲人，蓄著長髮、種族難辨的人士，與似乎不適應歐洲衣物的蓄鬍棕皮膚男子。他們總會詢問木乃伊廳的位置，之後則有人看到他們盯著醜陋的太平洋標本看，並陷入著迷的狂喜。這批古怪的外國人，潛藏著某種平靜又陰險的氛圍，所有守衛似乎都感受到這點，我自己也相當不安。

我不禁想到這類異國人士間盛行的教團騷動，以及那些騷動，與恐怖木乃伊和圓筒卷軸相關神話之間的聯繫。

我經常想將木乃伊撤離展區，特別是當某位工作人員告訴我說，他有好幾次瞥見陌生人在木乃伊前做出怪異的敬拜動作，也在參觀群眾數量減少時，聽見低聲吟唱聲，彷彿是獻給木乃伊的祝禱或儀式。其中一名警衛因獨立玻璃櫃中靜止不動的恐怖展品，而產生了怪異又緊張的幻覺。他聲稱自己每天都會從骨瘦嶙峋的扭曲利爪，和乾癟皮革臉龐嚇得發狂的神情中，看出某種模糊又微妙，且極度渺小的變化。他無法擺脫令自己心驚膽跳的想法，覺得那雙駭人的圓凸眼球，隨時會突然睜開。

當時是九月初，好奇的群眾人數已經減少，木乃伊廳有時也空無一人，因此有人企圖將木乃伊展示櫃的玻璃割下，以便偷走展品。竊賊是個玻里尼西亞人，有名警衛及時逮住他，並在對方造成任何毀損前，先行壓制住他。調查發現，他是個夏威夷人，因參與某些地下宗教團體的活動而聲名狼藉，也有大量和異常且毫無人性的儀式與獻祭有關的前科。他房間中找到的某些文件，令人感到相當困惑與不安，其中包括許多畫滿象形文字的紙張，樣式非常類似博物館的卷軸，與馮．榮茲那《黑書》中的符號，但對此他不願多談。

這件事發生不到一週，就發生了另一件企圖偷走木乃伊的案件，這次犯人破壞了展示櫃的鎖，最後導致了第二次逮捕事件。犯人是個錫蘭人，與惡劣教團活動有關的前科和夏威夷人一樣又臭又長，也同樣不願對警方開口。讓這樁案件更加詭譎的是，有名警衛之前曾注意到這個人好幾次，也聽過他向木乃伊發出某種古怪的吟唱，內容不斷重複一個字眼：「提猶格」。有鑑於此，我將木乃伊廳中的警衛人數增加了一倍，並命令他們，絕對不要讓現已惡名昭彰的木乃伊離開自己的視線，連一下子也不行。

可以想見的是，媒體大肆報導了這兩樁事件，再度提起了傳說中的原始姆大陸，並果斷聲稱醜陋的木乃伊正是大膽的異端者提猶格，遭到他入侵的史前要塞中某種東西石化，並在我們地球的動盪歷史中，毫髮無傷地度過了十七萬五千年的歲月。古怪的信徒們代表傳自母大陸的教團，他們崇拜木乃伊，或許也在找尋透過咒語或法術喚醒它的方式，報紙用最聳動的方式一再強調這點。

撰稿人描寫了古老傳說不斷堅持的一點：加坦諾索亞石化受害者的腦部依然保有意識，不受詛咒影響。這點催生出最不切實際的瘋狂揣測，文中對「真正的卷軸」的影射，也引來了關注。根據最廣為流傳的理論，提猶格用於對抗加坦諾索亞、但遭到竊取的護符位於某處，而教團成員則為了自身某些目的，試圖帶它來接觸提猶格。這次的媒體吹捧，引來了第三波訪客群，他們漸漸擠滿博物館，盯著陰森的木乃伊瞧，它已然成為整場怪誕事件的核心。

這波訪客出現時（其中不少人反覆前來），關於木乃伊微妙變化的傳言首度散播開來。我想，儘管幾個月前，緊張的警衛曾提出令人不安的想法，博物館的工作人員們都太習慣持續看到古怪物品的形體，因此沒有仔細注意細節。總而言之，訪客的興奮低語，終於讓警衛們察覺到明顯進行中的變化。媒體幾乎立刻得知風聲，喧鬧的後果也可想而知。

我自然對此事投以最仔細的觀察，到了十月中，我認定木乃伊正在經歷明顯的瓦解過程。由於空氣中某種化學或物理影響，半石化又半皮革化的皮膚纖維似乎逐漸鬆弛，導致四肢角度，與因恐懼而扭曲的臉部表情中某些細節，出現了特殊變化。經歷了半世紀的完美保存後，這狀況讓人相當擔憂，我也要求了博物館的標本剝製師摩爾博士好幾次，要他謹慎處理這項陰森展品。他說木乃伊整體都在鬆弛與軟化，並對遺體噴了兩三次收斂劑，但他不敢嘗試太極端的作法，以免木乃伊忽然崩解並加速腐敗。

這一切，為目瞪口呆的群眾帶來了奇特的效果。迄今為止，媒體造成的每場新風潮，都會帶來新一波瞪大眼睛並低語的訪客。但現在，儘管報紙持續滔滔不絕地講述木乃伊的改變，大眾似乎已獲得某種明確的恐懼感，程度甚至超越病態的好奇心。人們彷彿感到一股邪惡氛圍籠罩住博物館，來客數由高峰跌入明顯少於正常值的低谷。減少的人潮凸顯出怪異的外國訪客群，他們依然擠滿館內，數目似乎也沒有減少。

十一月十八日，一名擁有印地安血統的祕魯人在木乃伊前，產生了怪異的歇斯底里症狀，又像是癲癇發作，事後他在醫院病床上尖叫道：「它試著張眼！提猶格試著張眼看我！」此時我打算將木乃伊從展覽中撤除，不過當我和心態極度保守的董事會成員們開會時，這個意見遭到了否決。但我看得出來，博物館逐漸在樸素又寧靜的社區中，得到不祥的名聲。我在這場事件後下達指示，不准任何人在那恐怖的太平洋古物前待得太久。

十一月二十四日，博物館於五點關門後，其中一名警衛注意到，木乃伊的雙眼張開了細小的開口。這現象非常微小，兩隻眼睛都只睜開了細如彎月的縫隙，露出一丁點角膜，但依然引起了極大興趣。被緊急找來的摩爾博士，正準備用放大鏡研究暴露出來的眼球部位時，他處理木乃伊的動作導致皮革化的眼瞼再度緊閉。所有企圖將眼睛打開的輕柔嘗試都失敗了，標本剝製師也不敢採取激烈手段。他打電話通知我這件事時，儘管這個事件看似單純，我卻感到一股逐漸高漲的恐懼。有那麼一刻，我體會到大眾的感受：某種來自神祕過往時空的無形邪物，正陰沉並充滿威脅地籠罩博物館。

兩晚後，一名陰鬱的菲律賓人試圖在閉館時間潛入博物館。他遭到逮捕並被送到警局，但他連名字都不願坦承，於是被當作可疑人物而遭到拘留。在此同時，木乃伊周邊的嚴格管控，似乎遏止了大批古怪的外國人前來騷擾。至少，在強制執行「禁止逗留」的規範後，異國訪客的數量明顯減少。

恐怖事件的高潮，發生在十二月一日星期四凌晨。約莫一點時，有人聽到博物館中傳出驚駭不已的駭人尖叫，鄰居們打了一連串語氣慌亂的電話報警，使得同時間一隊員警和好幾名博物館人員立刻趕到現場，包括我自己。有些員警包圍了建築，其他人則與博物館人員謹慎地入館。我們在主廊中發現夜班警衛遭人勒死，他的脖子上依然纏了一條東印度麻繩。我們也意識到，儘管館方設下各種防範措施，某個或某些陰險的入侵者依然潛入了館內。不過，一股墓穴般的死寂吞沒了一切，我們也幾乎不敢上樓到事發的建築側翼，心裡清楚問題核心必然位於此處。當我們打開中央走廊上的開關，點亮整棟建築的燈光後，就感到心裡踏實了點，並終於猶豫地爬上彎曲的階梯，穿過高聳的拱門，踏入木乃伊廳。

第五章

從這時開始，關於這個陰森案件的報導都遭到管制，因為我們都認為，讓大眾知道後續報導中影射的凡世狀況，不會帶來任何好下場。我剛提過，我們在上樓前點亮了整棟建築的燈光。當我們走在照耀在閃爍玻璃櫃，與其中可怖展品的光芒下時，目睹了某種無聲的恐怖景象，令人困惑的細節佐證了完全超乎我們理解能力的狀況。那裡有兩名侵入者（我們事後斷定，他們肯定在閉館前就躲在館內），但他們永遠不會因謀殺夜班警衛而遭到處決。他們已經受到懲處了。

其中一人是緬甸人，另一人則是斐濟島民。警方認識這兩人，因為他們參與過駭人又噁心的教團活動。他們已經死了，當我們更深入地檢查他們時，越覺得兩人的死狀恐怖且無可名狀。就連最老練的警察，都沒見過這兩人臉上毫無人性的慌亂恐懼神情，但兩具遺體的狀態卻有著莫大的差異。

緬甸人倒在靠近無名木乃伊展示箱的位置，上頭有塊玻璃已經被仔細挖掉。他右手握著以藍色薄膜製成的卷軸，我立刻發現上頭滿是灰色的象形文字——幾乎和樓下圖書館中古怪圓筒裡的卷軸如出一轍，不過在事後的研究中，發現了兩者微妙的差異。遺體上沒有暴力傷痕，但有鑑於扭曲臉孔上絕望又痛苦的表情，我們只能判定這人死於極度恐懼。

最讓我們震驚的，則是倒在一旁的斐濟人。其中一名警員率先碰觸他的遺體，而他發出的害怕尖叫，為這個社區恐怖夜增添了另一個驚嚇點。我們早該從那一度黝黑且因恐懼而扭曲的臉孔、與骨瘦嶙峋的雙手（其中一隻手還抓著手電筒）死氣沉沉的灰暗色澤發現，出了某種差錯。但對那名員警猶豫的觸碰動作所揭露的真相，我們每個人都毫無準備。我現在想起這件事，仍會感到一陣恐懼與噁心。簡而言之，不到一小時前，這名男子曾是個準備進行不明惡行的健壯美拉尼西亞人，現在卻成了灰白色的僵硬屍骸，全身出現半石化與半皮革化的僵硬現象。從各種層面看來，都與遭破壞的玻璃櫃中，那具渡過無盡歲月的蜷曲邪物完全相同。

但這並非最糟的狀況。駭人木乃伊的狀態超越了其他恐怖狀況，在我們轉向地板上的屍體前，它就攫住了我們驚駭不已的目光。它的改變不再模糊又微妙，因為它的姿勢出現了劇烈變化。它的身體下垂軟化，僵硬感出奇地消失，骨瘦嶙峋的銳爪彎了下去，直到它們甚至無法稍微遮住木乃伊皮革化的驚狂臉孔。而且……上帝救救我們！**它可怖的圓凸雙眼完全睜開，似乎直接瞪著兩名因恐懼或更糟的狀況而死的侵入者**。

那詭異的死魚眼，留下了令人難以抹滅的醜惡印象，我們檢查侵入者的遺體時，那眼神也無時無刻繚繞著我們。它對我們的精神造成古怪效果，不知怎麼地，我們感到身上浮現一股怪異的僵硬感，並阻礙了我們簡單的動作，等到我們傳閱寫有象形文字的卷軸時，僵硬感便立刻消失。我的目光經常不由自主地轉向玻璃櫃中那雙圓睜的恐怖雙眼，等我檢查完屍體，回去觀察木乃伊眼球時，隱約覺得保存良好的烏黑瞳孔的光滑表面上，似乎有某種特異之處。我越仔細審視，就越感到入迷。儘管自己的四肢產生怪異的僵硬感，最後我依然下樓到辦公室，拿了把高倍率的多重放大鏡來。我用這支放大鏡，對死魚般的瞳孔進行縝密又謹慎的觀測，其他人則期待地圍在我身旁。

對於主張在死亡或昏迷時，場景或物品會如同相片般，映照在眼球內的視網膜上這種理論，我總是抱持質疑。但當我一望向透鏡彼端，就在這具來自太古時期的無名遺骸，那玻璃般的圓凸眼球上，發現某種異於室內倒影的景象。在那片古老的視網膜表面，確實有塊輪廓模糊的景象，我也確信那是這雙眼睛生前最後目睹的事物，距今已過了數不清的歲月。景象似乎正緩緩淡去，我則調整放大鏡，企圖將另一片透鏡擺到正確位置。但就算這景象極度渺小，卻必然精確又分明，由於兩人到來時施行的某種邪惡咒語或行為，它就在兩名嚇死的侵入者面前顯現。透過額外透鏡，我能觀察到許多先前看不見的細節，而隨著我滔滔不絕地講述自己目睹的狀況時，周圍訝異的群眾則不斷試圖跟上我述說的內容。

一九三二年，一個位在波士頓市區的男人，正在這裡觀看屬於未知特異世界的光景，這個世界在亙古之前，就已灰飛煙滅，從正常回憶中消逝。有座龐大的房間，那是座以龐大岩石雕成的廳室，我則似乎從廳室一角觀察。牆上的雕飾極度醜陋，即使在這不完美的畫面中，它們赤裸的不淨感與野蠻獸性，都讓我感到作噁。我無法相信這些圖像的雕刻者是人類，也不認為當它們塑造出恐怖形象時，曾見過人類，這些恐怖圖像則彷彿正不懷好意地注視觀察者。廳室中間有座龐大的石砌活版門，門板往上掀開，讓底下某種東西冒了出來。當這雙眼睛首度在驚懼的侵入者面前睜開時，那東西應該清晰可見。不過在我的透鏡下，它只成了一團可怕的模糊陰影。

於是，當我用上額外放大鏡時，我的注意力只聚焦在右眼上。過了一陣子，我就熱切希望自己的研究在當下立刻結束。然而，當時我滿懷探索真相的熱情，於是我將高倍數透鏡移到木乃伊的左眼，希望找到視網膜上較沒有淡去的畫面。我的雙手因刺激而顫抖，還因為某種不明影響而變得異常僵硬，只能緩緩讓放大鏡聚焦，但一會後，我發現另一隻眼睛中的影像較為明顯。在那晦暗又病態的一瞬，我看見失落世界中，那座古老得超脫回憶的巨型古墓。從龐大活板門裡湧出了那令人無法忍受的東西……接著我暈倒在地上，還發出一聲語焉不詳的慘叫，但我對此並不覺得丟臉。

等我甦醒時，恐怖木乃伊的雙眼中已經沒有清晰影像了。基夫警官（Keefe）用我的放大鏡觀看，因為我不敢再面對那個異常物體。我也感謝所有宇宙力量，沒讓我早點注視那雙眼睛。我鼓起所有毅力，還加上眾人的懇求，才敢吐露自己在那醜惡的真實一瞬間瞥見的東西。一直到我們撤回樓下的辦公室，遠離那不可能存在的邪物前，我都不敢開口。因為我開始對木乃伊與它玻璃般的圓凸雙眼，產生駭人且天馬行空的想法：它擁有某種可怕意識，能目睹面前發生的一切，也徒勞無功地試圖跨越時間的鴻溝，以傳達某種驚悚訊息。那象徵了瘋狂——但最後我認為，說出自己微微看見的東西，可能會比較好。

畢竟，那並非長篇大論。從我視野中那龐大古墓裡敞開的活板門中，黏膩地滑出的東西，是頭超乎想像的龐然巨獸，我也不質疑它原本的能力，能光靠視線就進行殺戮。即使是現在，我也無法任意用言語形容它。我或許能形容它龐大無比——佈滿觸手——具有長鼻——章魚般的眼珠——形態半不固定——可塑性極高——半身長滿鱗片，另一半則滿是皺紋——噁！但我所說的一切，都無法確實描繪出那噁心不淨、又毫無人性的星際恐怖，以及那出自黑暗混沌與無盡永夜的禁忌生物，所帶來的憎惡感，與難以言喻的邪惡氣息。當我寫下這些文字時，相關的心理畫面使我往後仰坐，感到暈眩又作噁。對在辦公室裡圍繞自己的人群講述那景象時，我得努力使自己重拾的意識維持清醒。

我的聽眾們也大感驚駭。一刻鐘內，沒有任何人大聲說話，也有人敬畏又膽怯地提起《黑書》中的恐怖知識，以及近日報紙上描寫的教團騷動，和博物館中的不祥事件。加坦諾索亞……即使是祂最小的影像，都能造成石化作用——提猶格——假卷軸——他從未歸來——真正的卷軸能完整或部分解除石化作用——祂活下來了嗎？駭人的教團——偷聽到的話語——「肯定是他」——「他曾目睹它的臉孔」——「儘管他無法視物與感受，卻知曉一切」——「他帶著回憶穿越萬古」——「真正的卷軸會釋放他」——「納戈布擁有真正的卷軸」——「他知道該去哪找它」。黎明療癒般的灰色天空，才使我們恢復理智。理智使我們停止討論我瞥見的事物——不該解釋或想起那東西。

我們只對媒體釋出部分報告，之後則與報社合作，以便打壓其他消息。比方說，驗屍過程顯示，遭到石化的斐濟人，腦部與其餘內臟都還維持新鮮且尚未石化，但被石化的表層血肉密封其中。至今，醫生們仍保守且訝異地對此怪異現象爭論不斷，但我們並不希望掀起另一波熱潮。我們太清楚八卦小報會如何宣傳這項細節，且仍記得報紙如何描述加坦諾索亞的石化受害者們保存良好的腦部、與意識依然清醒的狀態。

就目前狀況而言，媒體指出握著寫了象形文字卷軸的人（他明顯透過展示櫃上的洞口，將卷軸伸向木乃伊）並未遭到石化，**沒拿**卷軸的人則慘遭厄運。報社要求我們進行特定實驗，將卷軸用在斐濟人半石化又半皮革化的身體，以及木乃伊本身時，我們便義憤填膺地拒絕助長這種迷信想法。當然了，木乃伊已從展區中撤除，轉換到博物館實驗室中，等待在恰當的醫學權威面前，進行確切的科學檢驗。有鑑於此，我們對一切守口如瓶。即使如此，十二月五日凌晨兩點二十五分，又有人企圖闖入館內。及時響起的防盜警報破壞了對方的計畫，但罪犯（或罪犯們）已經逃之夭夭。

我感到相當慶幸的是，大眾完全不曉得後來的發展，我也懇切希望之後沒有任何後續事件了。風聲遲早會走漏出去，如果我出了事，我也不曉得自己的遺囑執行人會怎麼處理這份手稿。但至少當真相水落石出時，大眾已經不會覺得這件事宛如昨日了。再說，當真相出爐時，也沒人會相信，這就是大眾的奇怪習性。八卦小報作出暗示時，他們就完全接受；但有人揭露異常的莫大真相時，人們就會把真相當作謊言，並一笑置之。為了大眾理智著想，這樣或許是最好的結果。

我提過，館方規劃要對恐怖木乃伊進行科學檢驗。檢驗在十二月八日舉行，正好是一連串可怕事件的一週後，由傑出的威廉・米諾特博士進行，並與身為博物館標本剝製師的理學博士溫特沃斯・摩爾共同合作。米諾特博士上週曾見證過遭遇怪異石化狀態的斐濟人驗屍過程，在場的還有博物館董事會成員勞倫斯・卡波特（Lawrence Cabot）與達德利・薩爾頓史托爾（Dudley Saltonstall）先生，博物館工作人員梅森博士（Mason）、威爾斯博士（Wells）與卡佛博士（Carver），兩名媒體代表，以及我自己。醜惡樣本的狀況在這週並沒有明顯改變，不過肌肉纖維某些鬆弛情況，有時會使玻璃珠般圓睜的雙眼微微移動。所有工作人員都害怕注視木乃伊，大家無法忍受它無聲又宛如有意識般的注視動作。我也費了很大的勁，才逼著自己參與檢驗。

米諾特博士在下午一點後不久抵達，並在幾分鐘內開始檢查木乃伊。木乃伊的手部下方發生了可觀的崩解狀況，加上我們把木乃伊從十月一日便逐漸開始的鬆弛現象告訴過他，因此他認為，必須在樣本繼續毀損前，先進行徹底解剖。由於實驗室設備中備有必要工具，他便立刻著手進行，並大聲驚嘆木乃伊化的灰色物質古怪的纖維特性。

但當他劃下深邃的第一刀時，卻發出更大聲的驚呼，因為切口處緩緩流出一道濃稠的深紅色液體。儘管駭人木乃伊生前時代與現代之間，間隔了無垠的歲月，但沒人會搞錯那股液體的本質。俐落的幾刀後，各種器官就露了出來，維持著驚人的非石化狀態，除了石化表皮造成的變形或傷害外，所有內臟都完好無缺。這種狀況與被嚇死的斐濟人遺體狀態過於相似，使技術精良的醫生訝異地倒抽一口冷氣。那雙詭譎的圓凸雙眼，顯露出不尋常的完美程度，也難以斷定這種狀態與石化現象的關聯。

顱骨在下午三點半被剖開，十分鐘後，震驚的我們共同立下保密誓言，只有受到嚴格管理的文件不受限制，如同這份手稿。就算是那兩名記者，也樂於保持緘默，**因為打開的顱骨中，露出了顫動著的活生生大腦。**

十二、《巫宅夢》

The Dreams in the Witch House

華特・吉爾曼（Walter Gilman）不曉得，究竟是夢境帶來高燒，還是高燒引發了夢境。古老城鎮，與發霉的不淨閣樓山形牆所帶來的陰沉恐怖感，在萬物後方盤踞，而當他沒在閣樓中的粗糙鐵床上翻來覆去時，則進行書寫與研究，並鑽研著數據與方程式。他的雙耳變得相當敏感，幾乎達到令他無法忍受的異常程度。很早之前，他就關掉了廉價的壁爐時鐘，因為滴答鐘響對他而言宛如隆隆砲聲。在夜晚，外頭漆黑城市中微弱的動靜、老鼠在蟲蛀隔牆中的奔跑聲，與擁有數百年歷史的老屋中隱匿木板發出的嘎吱聲，都使他覺得像是地獄的刺耳巨響。黑暗中總是充滿無從解釋的聲響，但他有時會畏懼地顫抖，深怕他聽到的噪音會消退，讓他聽到更微弱的聲音，他覺得聲音來源可能就躲在自己身後。

他住在一成不變且充滿傳說的阿卡漢城，城中許多擁有復斜式屋頂的房屋，閣樓頂端大多已搖晃塌陷。古老的普羅維登斯（Providence）年代，女巫們曾在黑暗中的閣樓躲避國王的人馬。那座城裡也沒有任何地點，比他居住的閣樓房間，有更駭人的過往。老凱茲雅・梅森（Keziah Mason）曾躲在這棟屋子此房間中，從來沒人能解釋她是如何從撒冷監獄（Salem Jail）逃脫。事情發生在一六九二年：獄卒發了瘋，還喋喋不休地提到，有某個長了白牙的毛茸茸小型生物，竄出凱茲雅的牢房。就連科頓・馬瑟[1]，也無法解釋牆上用某種紅色黏液畫出的曲線與稜角。

或許吉爾曼不應該研究得這麼努力。非歐微積分（Non-Euclidean calculus）與量子力學就足以使人絞盡腦汁，如果有人將這些學識與民俗學混為一談，並試圖追蹤藏匿在哥德式傳說中的陰森暗示、與壁爐邊的誇張傳言背後，那些和多維空間有關的奇異背景時，就難以擺脫心理壓力。吉爾曼來自哈佛希爾（Haverhill），等他到阿卡漢念大學時，就開始將數學研究與跟古老魔法有關的奇異傳說連結在一塊。古老城鎮中的某種氛圍，微妙地影響了他的想像力。米斯卡托尼克大學的教授們要求他放鬆點，甚至好幾次主動減少他的課程。再者，他們阻止他閱覽與禁忌祕密有關的可疑古書，這些書被鎖在學校圖書館的保險庫。但這些預防措施都太遲了，吉爾曼已經從阿布杜・阿爾哈茲瑞德《死靈之書》、《伊波恩之書》恐怖的殘篇斷簡，與馮・榮茲遭到打壓的《無名教派》中，找到了駭人的蛛絲馬跡，並將自己用來計算空間特性、與已知和未知次元之間連結所用的抽象方程式，和這些線索做出關聯。

他知道自己的房間位於古老的巫宅，這確實也是他選擇此地的原因。艾賽克斯郡（Essex County）有許多關於凱茲雅・梅森審判的紀錄，以及她在壓力下對聽審法庭作出的自白，使吉爾曼感到相當驚奇。她告訴霍桑法官（Judge Hathorne），可以使用特定的線條與曲線，指出能穿過空間障壁、抵達其他空間的方位，也指出特定的午夜聚會經常使用這種線條與曲線，地點則在草丘遠處的白石暗谷，還有河上的無人島。她也提到了闇人（Black Man）、她的誓言與自己新的祕密名號納哈布（Nahab）。接著她在自己的牢房牆壁上畫下那些記號，並就此消失。

1 譯注：Cotton Mather，十七至十八世紀美國新英格蘭牧師，曾積極支持獵巫行動，並採信幽靈證據。

吉爾曼相信關於凱茲雅的怪誕事蹟，而當他得知兩百三十五年後，她的住所依然矗立在原址時，便感到一股古怪的興奮。他在阿卡漢聽聞了低調的傳言，據說凱茲雅依然糾纏著古宅和狹窄的街道；某些在那棟房屋和其他建築物中睡覺的人，身上出現了人類齒痕；靠近五朔節前夕（May Eve）與萬聖節時，有人聽到孩子的哭聲；那些令人生畏的節日之後，古宅閣樓總會飄出臭味；黎明前的黑暗時刻，某個長了尖牙的毛茸茸小生物，會在腐朽的建築和鎮上徘徊，並用鼻子好奇地磨蹭人們。得知這些事後，他決定不計代價，都得住在這棟房子裡。他輕易地租下了屋裡的房間，那棟房屋不受歡迎，也很難租出去，早已成了廉價租屋處。吉爾曼不曉得自己能在屋裡找到什麼，但他曉得自己想待在這棟房屋，這裡的某種狀況，曾忽然使一位十七世紀的平庸老婦人深度理解了複雜的數學，理解程度或許超出了普朗克[2]、海森堡[3]、愛因斯坦與德西特[4]現代的研究成果。

他仔細研究木板與灰泥牆面，想在每個壁紙剝落的可視部分找尋神祕圖樣，並在一週內租到了東閣樓房間，據說凱茲雅曾在那施展咒術。那房間一開始就無人居住，因為沒人敢長住於此，不過波蘭房東對於出租這間房依然十分謹慎。但直到發燒前，吉爾曼身上都沒發生任何事。凱茲雅的鬼影並未穿過陰暗的大廳與房間，沒有毛茸茸的小生物鑽進黯淡的閣樓房間磨蹭他，在他持續不斷的搜索下，也沒有發現女巫咒語的紀錄。有時他會走過陰影中錯綜複雜的巷弄，裡頭飄滿霉味，路上也沒鋪設磚瓦，屋齡不明的古老棕色房屋東倒西歪地矗立著，狹小的窗口則挑釁似地盯著我瞧。他知道此地曾一度發生怪事，也有種微弱的氛圍顯示，從表面看，恐怖過往可能沒有完全消失，至少在最陰暗狹窄、複雜扭曲的巷弄中是如此。他也曾划船到河上那座惡名昭彰的島嶼兩次，並畫下素描，紀錄長滿青苔的成排灰色立石，所呈現的特殊角度。這些立石的起源，既模糊又古老。

吉爾曼的房間面積相當龐大，卻呈現怪異的不規則形狀。北牆明顯從外往內側傾斜，低矮的天花板則往同樣的方向緩緩下垂。除了一個明顯的老鼠洞，和其餘被堵上的洞口痕跡外，沒有任何通道（或先前通道的痕跡）能導向存在於房屋北側的斜牆，和垂直外牆之間的空間，不過從外頭就能看到，過去曾有扇窗戶被木板封死。天花板上的頂樓肯定有傾斜的地板，也同樣沒有入口。當吉爾曼爬上梯子，進入閣樓上長滿蜘蛛網的頂樓空間時，他發現一處過往孔隙的痕跡，沉重又老舊的木板緊緊封住該處，還被殖民時期木工經常使用的堅固木釘釘死。不過，無論他努力說服了多久，冷淡的房東始終不讓他調查這兩處密閉空間。

隨著時間過去，他對不規則的牆面與房間天花板越來越入迷，並開始從古怪稜角中，辨識出

2　譯注：Max Planck，德國物理學家，量子力學創始人之一。
3　譯注：Werner Heisenberg，德國物理學家，量子力學創始人之一。
4　譯注：Willem de Sitter，荷蘭數學家、物理學家與天文學家。

某種數學上的意義，似乎為這些圖像的意義提供了些許線索。他思忖道，老凱茲雅可能有絕佳理由，才住在具有特殊角度的房間裡，她不是自稱透過特定稜角，穿越了我們所知的空間屏障嗎？他的興趣逐漸遠離斜面外的未知虛空，因為那些表面的存在目的，似乎與他身處的世界有關。

高燒與夢境於二月初開始出現。這段期間，吉爾曼房間中的奇特角度，明顯對他產生了近乎催眠般的怪異效果，等到嚴冬漸深，他發覺自己越來越常盯著下斜天花板與內斜牆壁交會的牆角。大約在這個時期，由於自己無法專注在正式學業上，他感到相當焦慮，對期中考的擔憂也變得強烈無比。但他過度敏感的聽力也依然煩人，生活成了持續不斷且幾乎令他無法忍受的魔音喧囂，還有其他從不停歇的駭人聲響（或許是來自凡世外的領域），也在可聞度邊緣蠢動。以明確的噪音而言，老隔牆中的鼠群是最糟的聲音來源。牠們的搔抓聲有時並不鬼鬼祟祟，反而像是特意發出。當聲音從北面斜牆傳出時，便混雜了某種乾燥的嘎嘎聲，且當傾斜天花板上封閉了數世紀的頂樓飄出聲響時，吉爾曼總會繃緊神經，彷彿認為某種守候已久的恐怖怪物，會跳下來吞噬他。

夢境全然超越了理智的範圍，吉爾曼覺得，這些夢必然是自己同時研究數學與民俗學的後果。他花了太多時間思考從方程式中得知的朦朧領域，那些空間肯定位於我們所知道的三維空間之外，而受到某種無從猜起的影響所指引的老凱茲雅，則確實發現了導向那些領域的大門。發黃的鄉里紀錄中，包含了她和控訴者們的證詞，這些紀錄強烈暗示了超越人類體驗的事物，而與她的使魔（那隻四處亂竄的小毛怪）相關的敘述中，儘管細節令人難以置信，卻充滿駭人的逼真感。

那生物不比普通老鼠大多少，鎮民則給牠起了老派的名字：「布朗．詹金」（Brown Jenkin）。牠似乎是個獨特的集體妄想產物，因為在一六九二年，起碼有十一個人曾宣稱看過牠。近代也有目擊傳言，其中有不少令人困惑又不安的共同點。目擊證人說牠身上有長毛，體態與老鼠相仿，但牠長有利齒與鬍鬚的臉龐，則是張邪門的人類臉孔，腳掌也像是人類小手。牠負責在老凱茲雅與魔鬼之間傳遞訊息，並食用女巫的血液維生，還會像吸血鬼般吸吮。牠的嗓音像是某種噁心的竊笑聲，會說各種語言。吉爾曼夢裡諸多異常怪物之中，比起這隻矮小的不淨雜種，沒有其他東西更令人感到慌張與作噁。牠掠過吉爾曼夢境中的形象，也比他清醒時從古老紀錄與現代謠言中推論出的型態，更可憎上千倍。

吉爾曼在夢中時，大多會墜入無垠深淵，裡頭充滿難以形容的彩色光線與混亂聲響。他甚至無法解釋深淵的物質和引力特性，也說不上自己與深淵之間的關聯。他無法行走或攀爬，飛行或游泳，爬行或扭動，但總是體驗到一種半自主、又半不自主的行動模式。他無法妥善判斷自己的狀況，因為當他望向自身手腳與軀幹時，總會受到某種怪異的混淆視角所阻礙，但他覺得自己的生理結構與機能，經歷了驚人的轉化過程，並以扭曲的方式遭到投射。不過，那形象依然與他的正常身材比例與身體特質，維繫著某種怪誕的關聯。

深淵並非空無一物，其中擠滿了顏色古怪的物體，上頭滿是難以言喻的稜角。有些物體看似有機體，其他則是無機組織。某些有機物體似乎喚醒了他腦海深處的模糊記憶，但他無法明確猜出，那些東西究竟輕蔑地仿效或暗示了哪種事物。之後的夢中，他開始根據有機體的外型，將它們區分為不同類別，每個類別都像是截然不同的物種，擁有獨特的行為模式和基本動機。他覺得，這些類別比起其他類別的成員，在行為上稍微較有邏輯，也比較有意義。

所有物體（無論是有機體或無機體）都完全超脫了言語描述或理解的範疇。吉爾曼有時會把無機物質比喻為角柱、迷宮、立方體或平面的群聚體，以及雄偉建物。他認為有機物像是型態各異的氣泡、章魚、蜈蚣和活生生的印度教神像，與如蛇般扭動的複雜藤蔓式花紋。他看見的一切，都散發出令人生畏的威脅感與恐怖感，每當其中一個有機物的動作，顯示對方注意到他時，他就會感到一股強烈的陰森恐懼，通常也會因此嚇醒。他不曉得那些有機物如何移動，也不清楚自己的移動方式。後來他觀察到了另一項謎團：某些物體經常忽然憑空出現，或用同樣的速度瞬間消失。滲透深淵的尖銳巨響，已完全無法被解析為音調、音質或旋律，但一切有機和無機物體隱約產生的可見改變，似乎與巨響同時產生。吉爾曼心中不斷有股恐懼，覺得必定會出現的隱晦波動中，巨響可能會高漲到某種令人無法忍受的強度。

但他並不是在這些異域渦流中見到布朗．詹金。那隻嚇人的小怪物只出現在更淺也更鮮明的夢境中，他在墮入最深沉的睡夢前，就遭到這類淺夢侵襲。他躺在黑暗中，努力保持清醒時，一股微弱柔和的光線似乎在古老的房間內閃爍，並在合併的稜角平面上，突顯出一股紫羅蘭色迷霧，那些平面則不懷好意地緊扣他的注意力。怪物會從角落的老鼠洞竄出，啪啪作響地跑過下陷的寬闊鋪木地板並衝向他，長有長鬚的人類小臉，流露出邪惡的期待，但幸運的是，這段夢境總在那東西能靠近磨蹭他前，就消失殆盡。牠擁有又長又尖的恐怖犬齒，吉爾曼每天都試圖堵起鼠洞，但無論他用上哪種堵塞物，隔牆內真正的住民每晚都會把它咬壞。有次他請房東在上頭釘了塊錫片，隔天老鼠就在上頭咬了個洞，並透過缺口，把一塊古怪的骨頭碎片推入或拖進房內。

吉爾曼沒有把自己的發燒症狀告訴醫生，他很清楚如果醫生命令他去大學醫務室，他就無法通過考試，現在每分每秒都得用來念書。因此，他讓微積分D與進階普通心理學課程被當掉了，不過在學期末前還有機會追回分數。

三月時，他較淺的初步夢境中出現了全新元素。布朗．詹金的陰森形體開始伴隨著一個模糊身影出現，那身影則越來越像個駝背老女人。這項新元素讓他感到前所未有的不安，但最後他認為，那身影類似自己曾兩度在廢棄碼頭附近的漆黑巷弄中碰上的老婦。在那幾次狀況，那名老婦邪門又諷刺、似乎動機不明的眼神，使他幾乎打起冷顫。特別是在第一次，當時有隻過大的老鼠衝進鄰近巷弄的陰暗入口，使他不理性地想起布朗．詹金。現在他回想起來，當時的緊張恐懼已反映在自己混亂的夢中。他無法否認老屋帶來了不良影響，但早先的陰森興趣依舊迫使自己留在該處。他認為，高燒是引發夜間怪夢唯一的肇因，等高燒消退，他就能從駭人幻象中解脫了。不過，那些景象充滿引人入勝的鮮明與信服力，且無論他何時甦醒，都總會抱有模糊的感覺，認為自己經歷過比回憶還多的事。他相當不安地確信，在無法回想起的夢境中，自己曾與布朗・詹金以及老婦人交談，他們也催促他一同前往某處，去見擁有更強大力量的第三個對象。

到了三月底，他開始在數學上取得進展，不過其他科則逐漸使他煩心。他開始用直覺式技巧來解開黎曼方程式（Riemannian equations），也用自己對四維空間與其他難倒全班同學的問題所做出的理解，使阿普漢教授（Upham）大為震驚。某天下午，發生了一場對於太空中怪誕曲律的討論，眾人還談到理論上該如何從我們在宇宙中的位置，靠近或接觸各類區域，遠至最遙遠的恆星或銀河系深處——或甚至抵達愛因斯坦時空連續體外可能存在的宇宙單位。吉爾曼對這個主題的處理方式，贏得了所有人的欽羨，即使他有些假說促使總是豐沛的八卦傳言大幅增長，不過這些謠言都與他緊張又孤僻的怪異習性有關。讓學生們搖頭不解的是，他的理論認為，只要具備超越人類理解的數學知識，就能從地球直接進入其他位於無垠宇宙特定端點的星體。

他說，這種步驟需要兩個階段：首先，必須具備能離開我們已知的三維空間的通道；第二，則是從另一點回到三維空間的通道，該處可能位於無法計算的遠處。在許多情況下，都能在不犧牲生命的狀況下，達成這種旅程。其他來自三維空間的生物，或許能在四維空間中生存；要在第二階段中生存，則取決於它選擇從三維空間的哪個特異地點，重新回到三維空間。有些星球的居民或許能在特定星球上生活，甚至是屬於其他銀河系的星球，或是前往位於其他時空連續體中的相似空間；不過，儘管這些星體與太空區域在數學意義上相連，卻自然有大量完全不適合生物居住的星球。

某個維度空間的居民，也有可能成功進入許多未知的神祕領域，或無限增長的維度之中（無論居民們是否位於已知的時空連續體內），反之亦然。這只是用於推測的想法，不過可以確定的是，當生物從任何維度空間前往高等空間時，在過程經歷的突變，不會破壞我們認知中的生物完整性。吉爾曼難以解釋最後一樁理論，但他此時模稜兩可的態度，則因他對其他論點清晰的說法而相形見絀。阿普漢教授特別喜歡他對高等數學與某些魔法學識之間關聯的解釋，那些學識傳承自難以言喻的古老時代（無論是人類時代或人類前時期），當時的居民對宇宙與其法則，比我們有更深入的了解。

約莫在四月一日時，由於高燒並未消退，使吉爾曼感到憂心不已。租屋處的其他房客曾提起他的夢遊狀況，這也使他感到不安。他似乎經常離開自己的床鋪，而樓下房間的人說，在夜裡特定的時間，吉爾曼的地板會傳出嘎吱聲。這人也說自己晚上聽過穿鞋的腳發出的踏步聲，但吉爾曼確信對方肯定說錯了這點，因為鞋子和其他衣物早上都還放在原處。人們在這座陰森老屋中，會產生各種幻聽，即使在光天化日下，就連吉爾曼自己不也肯定有老鼠摳抓聲外的聲響，從傾斜的牆壁與天花板後頭的黑暗虛空中飄出嗎？他那敏感程度已達病態的耳朵，開始聽到頭頂封閉已久的頂樓傳出微弱的腳步聲，有時這種幻覺逼真得令人感到發狂。

不過，他清楚自己確實成了夢遊者。有兩次是在夜裡，他的房間空無一人，不過他的衣物通通擺在原位。法蘭克．艾爾伍（Frank Elwood）向他確認了這點，他的這位同學因為貧困，被迫住在這種骯髒又不受歡迎的房屋中。艾爾伍曾在深夜念書，並為了解開微分方程式前來求助於吉爾曼，卻發現對方不在。敲門後沒有得到回應的他，便打開了沒上鎖的門，此舉相當放肆，但他急需幫助，也認為對方不會在意被小力搖醒。然而，這兩次吉爾曼都不在。艾爾伍告訴他這件事後，他對打著赤腳、還只穿著睡衣的自己究竟跑到哪去感到相當好奇。如果夢遊狀況繼續發生，他決定要調查此事，也打算在地板上灑麵粉，以便觀察自己的腳印導向何處。房門是唯一可能的出口，狹窄的窗口外沒有落腳處。

隨著四月過去，吉爾曼因發燒而變得敏銳的聽力，受到一位名叫喬．馬祖爾維茲（Joe Mazurewicz）的迷信織布機維修工刺耳的禱告聲干擾，對方住在一樓的房間。馬祖爾維茲講述過又臭又長的故事，內容與老凱茲雅的鬼魂，以及那隻長有利牙、四處磨蹭的毛茸茸小生物有關，他也曾說那些東西糾纏自己的狀況有時十分嚴重，只有他的銀製十字架能為他帶來寬慰。那只十字架是聖史坦尼斯勞斯教堂（St. Stanislaus Church）的伊萬尼基神父（Father Iwanicki）為了讓他自保而給他的。他現在祈禱的原因，便是由於女巫巫魔會（Witch's Sabbath）正在逼近。五朔節前夕正是沃爾普吉斯之夜[5]，此時地獄中最邪惡的勢力會在世上肆虐，撒旦手下所有奴隸也會聚集起來，進行無名儀式和行動。這在阿卡漢總是非常惡劣的時期，不過米斯卡托尼克大道

（Miskatonic Avenue）、高街（High Street）與沙頓史拓街（Saltonstall Street）上的上流居民都假裝對此一無所知。當時會發生壞事，也會有一兩個小孩失蹤。喬清楚這些事，因為他住在老鄉間的祖母，曾從她自己的祖母那聽來這些故事。這種時期，最好乖乖拿著念珠禱告。三個月來，凱茲雅和布朗・詹金都沒有靠近喬的房間，也沒有接近保羅・裘因斯基（Paul Choynski）或其他人的房間。它們這麼拖延可不是好事，肯定在打什麼主意。

吉爾曼在當月十六日去診所，也訝異地發現他的體溫並不如自己所擔憂得高。醫生謹慎地質問他，並建議他去看神經科專家。事後回想，他很慶幸自己沒有找會問更多問題的大學校醫。先前曾削減他活動的老華德倫（Waldron），必然會要他休息，這點完全免談，因為他在方程式上的研究，已經快要得到重大成果了。他肯定接近了已知宇宙與四維空間之間的界線，誰知道他還能多深入呢？

但他在想到這些念頭時，也對自己怪異信心的來源感到好奇。這種危險的急迫感，全都來自他在紙張上逐日發現的方程式嗎？上頭封閉頂樓中傳來的那輕柔低調、又彷彿出自幻想的腳步聲，令他感到不安。現在，還出現了一股逐漸高漲的感覺，讓他覺得有人不斷說服他，去作出某種他辦不到的可怕行為。那夢遊症呢？有時他在夜裡上哪去了？還有即使在光天化日的清醒生

5 譯注：Walpurgis Night，紀念聖人聖沃爾普加的日子。

活，也三不五時從喧囂中流瀉而出的微弱聲響呢？它的節奏不符合世上所有聲音，或許只類似一兩首禁忌的巫魔會頌歌節奏，有時他則害怕地感覺到，夢中異域深淵裡隱晦的尖叫或巨吼，與那聲音有相似的特質。

在此同時，夢境內容逐漸變得凶險。初期淺夢中，邪惡老婦現在散發出妖異的鮮明感，吉爾曼也清楚她就是貧民窟中嚇到他的人。她的駝背、長鼻與乾癟下巴是錯不了的特徵，破爛的棕色衣物則與他的記憶如出一轍。她臉上的神情充斥著醜陋的惡意與喜悅，當他甦醒時，則記得一股嘶啞的嗓音遊說並脅迫過他。他必須與闇人見面，並和他們一同前往位於終極混沌中心的阿撒托斯（Azathoth）王座，她只說了這些。由於他的獨立研究已經到了這種程度，必須用自己的鮮血在阿撒托斯之書上簽名，並取個新的祕密名字。令吉爾曼不敢和她、布朗・詹金與另一個對象前往混沌王座（該處飄散著令人喪失心智的細微笛聲）的原因，是由於他曾在《死靈之書》中看過「阿撒托斯」這個名字，也清楚這象徵著某種恐怖得難以言喻的原始邪惡。

老婦總是憑空出現在下斜面連結內斜面的角落。她似乎會在較靠近天花板、而非地板的位置實體化，每晚夢境改變前，她都會靠得更近，輪廓也更加鮮明。布朗・詹金也總會再逼近一點，牠黃白色的獠牙在怪誕的紫羅蘭色磷光下，令人驚恐地閃爍著。牠尖銳噁心的竊笑聲越來越深入吉爾曼的腦海，早上他也能想起，怪物曾說出「阿撒托斯」與「奈亞拉索特普」這些字眼。

在更深沉的夢境中，一切也變得更加鮮明，吉爾曼則覺得周遭的發光深淵位於四維空間。那些動作看似毫無意義與缺乏動機的有機體，可能是我們地球包括人類在內的生物投影。他完全不敢想像，其他東西在自己的維度空間或星球是什麼模樣。有兩個較有規律的移動物體：一個散發螢光、以拉長的球形氣泡集結成的大型聚合體，另一個則是體積小了許多的多面體，上頭充滿未知的色彩，與變化迅速的表面稜角。這兩個物體似乎注意到他，當他在巨大的角柱、迷宮、方塊與平面的叢集和類建築物之間改變位置時，它們便跟隨著他，或飄浮在他前頭。在此同時，隱晦的尖鳴與巨響則變得越來越大聲，彷彿逼近某種強度令人難以忍受的恐怖高潮。

四月十九至二十日晚間，事情有了全新發展。吉爾曼半不由自主地在發光深淵中移動，氣泡聚合體與小多面體在前方飄浮，此時他注意到某些鄰近的巨型角柱叢集體，這些物體邊緣的角度特別規律。下一秒，他就脫離深淵，顫抖地站在一座崎嶇丘陵上，周圍擴散的強烈綠光則籠罩住他。他打著赤腳，還穿著睡衣，試圖行走時，發現自己難以抬起雙腳。一股螺旋蒸汽隱藏了其他事物，只露出身旁的傾斜地形，一想到隨時可能從蒸氣中傳出的聲響，他就感到畏縮。

接著他看見兩個身影努力爬向他：是老婦與毛茸茸的小怪物。老婦費勁地站起身，並用特殊姿勢交叉手臂，布朗．詹金則用一隻恐怖的前掌指向某個特定方向，這個動作對牠來說，顯然相當困難。受到某種並非出於自身的衝動，吉爾曼將自己向前拖，沿著老婦雙臂的角度，與小怪物腳掌所指示的方向前進，而他才拖行了三步，就回到了發光深淵。幾何式形體在他身邊翻騰，他則暈眩地往下永無止盡地墜落。最後，他在自己的床上醒來，人還待在怪誕古宅中建有瘋狂稜角的房間裡。

當天早上他做什麼都提不起勁，也沒有去上課。某種不明誘因將他的目光拉向看似無關緊要的方向，不自禁地盯著地板上某個空無一物的位置看。隨著這天緩緩過去，他心不在焉的雙眼逐漸改變聚焦方向，到了中午，他才征服了盯著空曠處瞧的衝動。大約下午兩點時，他出外吃午餐，穿過市區狹窄的巷弄時，他發現自己總會轉向東南方。他花了一番努力，才停在位於教堂街（Church Street）的咖啡廳前，用餐過後，他感到那股未知拉力變得更強了。

他遲早得去找神經科專家，或許這種狀況與他的夢遊症有關，但在此同時，他至少得試著自行脫離這病態的詛咒。他肯定依然能遠離那股拉力，因此他抱持著莫大毅力，逆著拉力走，並特意拖著自己往北向駐軍街（Garrison Street）去。等到他抵達米斯卡托尼克河上的橋墩時，早已滿身冷汗。他緊抓鐵欄杆，望向上游那座惡名昭彰的島嶼，古老立石群的規律輪廓，在午後陽光中陰沉地矗立。

接著他嚇了一跳。那座荒島上明顯有個活生生的人影，看了第二眼後，他發現那絕對是以陰森模樣竄入他夢境的古怪老婦人。她身旁的高草也在擺動，彷彿有別的生物正貼近地面爬行。老婦人開始轉向他時，他便立刻逃離橋墩，躲進城鎮那宛如迷宮的水濱巷弄。儘管島嶼距離遙遠，他卻感到一股無人能敵的邪惡力量，從那身穿褐衣的駝背老人滿懷輕蔑的眼神中流瀉而出。

東南邊的拉力依舊沒有消失，吉爾曼也得透過莫大毅力，才能逼自己走進老屋，踏上搖搖晃晃的階梯。他沉默又茫然地坐著好幾個小時，目光則逐漸往西方飄。約莫六點時，他敏銳的雙耳聽見樓下傳來喬・馬祖爾維茲哀鳴般的禱告聲。在焦慮下，他抓起帽子，走上籠罩在金色夕陽光線下的街道，讓來自南方的拉力驅使自己。一小時後天黑時，他已經抵達絞刑手溪（**Hangman's Brook**）彼端的空曠原野，前方春季的群星閃閃發光。行走的衝動逐漸化為以神祕方式躍入太空的衝動。忽然間，他發現了拉力的源頭。

來源位於天空。繁星中的某個明確位置控制並呼喚著他，地點顯然位於長蛇座[6]與南船座[7]之間，他也很清楚，自己在天亮後不久一清醒，就不斷被拉向該處。早上它還位於腳下，現在則約莫偏向南方，並緩緩轉向西方。這股新力量有什麼意義？他發瘋了嗎？這會持續多久？吉爾曼再度拿出毅力，轉身強迫自己回到陰森古宅。

馬祖爾維茲在門口等他，看起來擔憂又猶豫地悄悄提起了一些迷信言論。問題是巫光（**witch-light**）。前晚喬曾出外慶祝，那天是麻薩諸塞州的愛國日[8]，他午夜後才回家。當他從外頭抬頭看房屋時，剛開始以為吉爾曼的窗口一片漆黑，但接著他便看到房內亮起紫羅蘭色微光。他想向這位

6　譯注：Hydra，現代八十八星座中最大的一個。
7　譯注：Argo Navis，南天星座之一，於十八世紀被拆分為四個獨立星座。
8　譯注：Patriot's Day，麻薩諸塞州每年四月第三個星期一慶祝的獨立戰爭紀念日。

年輕人警告那道光的事，因為所有阿卡漢人都曉得那是凱茲雅的巫光，會在布朗．詹金與老女巫的鬼魂周遭出現。他先前沒提過這件事，但現在他得開口了，因為這代表凱茲雅與她的長牙使魔正在糾纏年輕人。他和保羅．裘因斯基與房東敦布羅斯基（Dombrowski）都曾認為，自己看見光線從年輕人房間上方封閉頂樓的縫隙透出，但他們都同意不要談論此事。不過，如果這位年輕人能搬到別的房間，並從像伊萬尼基神父這種好神父那裡取得一只十字架的話，情況就會好轉了。

隨著對方喋喋不休地繼續說話，吉爾曼感到有一股無名的驚慌攫住了自己的喉嚨。他知道喬前晚回家時，肯定喝得半醉，但閣樓窗口傳出的紫羅蘭色光芒，卻具有駭人的重要性。老婦人與小毛怪在那些鮮明淺夢中出現時，身邊總會伴隨著這種搖曳的光線。淺夢總是在他墮入未知深淵前發生，一想到有清醒的第二人能看到夢中的光芒，就使這件事超脫了理智的範圍。但這個人是從哪得到這種古怪念頭的？吉爾曼自己會在睡夢中講話並在屋裡亂走嗎？不，喬說，吉爾曼沒這樣做，但他得調查這件事。或許法蘭克．艾爾伍能告訴吉爾曼一些事，不過他並不樂意發問。

高燒——誇張夢境——夢遊症——幻聽——天空中某位置的拉力——現在還疑似有瘋狂的夢囈！他得停止念書，去看神經科專家，並親自處理這問題。他爬上二樓時，停在艾爾伍的房門前，卻發現那位年輕人出去了。他不情願地繼續走上自己的閣樓房間，並在黑暗中坐下。他的目光依然被往南拉，但他也發現自己正專心傾聽上頭封閉頂樓中的某種聲響，也模糊地想像著一股邪惡紫羅蘭色光線，正從低斜天花板上的微小裂縫中透出。

那天晚上吉爾曼入睡時，紫羅蘭色光線便以更高的強度照在他身上，老女巫與小毛怪則靠得比之前更近，一面用非人尖鳴與邪門手勢嘲諷他。他很慶幸能沉入發出模糊巨響的發光深淵，不過散發螢光的氣泡聚合體，和萬花筒般的小型多面體不斷追逐他，過程充滿威脅且令他心煩。接著出現了一陣劇變：以某種外型滑溜的物質組成的龐大聚合平面，在他上下浮現。這種改變以一道令人眩目的閃光結束，其中還伴隨著一股不明的異域強光，黃色、胭脂紅與靛藍色光芒，以瘋狂且複雜的方式混合在一起。

他半躺在一座設有奇異圍欄的高台上，高台位於一片無邊無際的異域巨林頂端，這裡有驚人高峰、穩固紮實的平面、圓頂、光塔，與擺在尖頂上的水平圓盤，和無數型態更誇張的物體，有些由石頭構成，有些則是金屬製成。這一切，在彩色天空那幾乎要沸騰起泡的強光下，明亮地閃爍。他往上看，發現有三個龐大的火焰圓盤，每座圓盤都有不同的色澤，也位於不同的高度，在低矮山脈上空懸浮，山脈構成的彎曲地平線，則綿延到無垠的遠方。在他身後，還有一連串更高聳的平台，往上升到他無法看見的高度。底下的城市，蔓延到他的視野盡頭，他也希望不會有聲音從中出現。

他輕鬆地從鋪道上起身，地面以難以辨認質地的拋光石塊構成，上頭還帶有紋理。磚瓦則被切割成角度怪異的形狀，看起來遵循著某種他無法理解的異域對稱法則，且不像表面上看起來那般缺乏對稱性。欄杆高度及胸，做工精緻又巧妙；每隔一小段間距，就擺放了設計醜陋但工法獨特的小雕像。它們和欄杆一樣，似乎由某種閃亮金屬製成，但無法從色彩斑駁的強光中，判斷它們實際的顏色，也難以推測它們的本質。雕像是某種桶狀物體的象徵，其纖細的手臂以水平姿勢，從中央環節伸出，型態宛如輪幅；桶狀物體的頭部與基座上，則有突出的垂直瘤狀或球莖狀結構。共有五條手臂，以各個瘤為中心延伸而出，三角造形手臂又長又扁，往前端逐漸變細，看起來像是海星的手臂，幾乎呈水平，但以彎曲的方式微微偏離中央軀幹。底部瘤狀物的基座焊接在長欄上，連接處十分細緻，因此許多雕像都已斷裂消失。雕像約有四英吋半高，尖刺般的手臂，則使它們的最大直徑達到二英吋半。

站起身時，吉爾曼赤裸的雙腳感受到磚瓦的炙熱。他孑然一身，而他做的第一件事，便是走到欄杆旁，頭暈目眩地望向兩千多英呎下的無垠巨城。傾聽時，他感覺有股微弱且充滿節奏的笛聲，從底下的狹窄街道傳來，其中涵蓋了廣泛的音域，他也希望自己能觀察到此處的居民。過了一陣子後，這片景象使他感到暈眩，要不是他本能地抓住璀璨的欄杆，可能會摔到鋪道上。他的右手落在其中一個突起的雕像上，那份觸感似乎讓他稍微穩定下來。然而，這對細緻的異域金屬來說太粗暴了，因此他手中尖刺般的雕像便斷了開來。依然有些暈眩的他，繼續抓著雕像，另一隻手則抓住光滑欄杆上的空曠處。

但此時他過度敏感的耳朵，聽到身後傳來聲音，便回頭察看平坦高台另一端。有五個身影正動作輕柔地接近他，但並不偷偷摸摸，其中兩個是邪惡老婦和長牙小毛怪。另外三個則使他嚇得失去意識，因為它們是高達八英呎的生物，體態和欄杆上尖刺般的雕像一模一樣，下半身海星般的手臂如蜘蛛般扭動，以便移動身體[9]。

吉爾曼從床上驚醒，冷汗已使他渾身濕透，臉跟手腳還傳來刺痛感。他一腳踩上地板，急躁慌亂地梳洗穿衣，彷彿得盡快逃到屋外。他不曉得自己想去哪，但覺得需要再度犧牲上課時間。來自天空中長蛇座與南船座之間的古怪拉力已經減弱，但有另一股更強大的力量取而代之。現在他覺得自己得往北走——永恆的北方。他害怕跨越那座能看到米斯卡托尼克河上荒島的橋墩，於是他前往皮博迪大道（Peabody Avenue）上的橋。他一直跌倒，因為空蕩藍天中某個至高點，已束縛了他的雙眼與雙耳。

過了大約一小時，他取得了對自己更強的掌控權，並發現自己已遠離了城市。他周圍滿是荒蕪空蕩的鹽沼，前方狹窄的道路則通往印斯茅斯（Innsmouth）——阿卡漢的居民態度古怪地不願造訪那座半荒廢的古老城鎮。儘管北方的拉力並未減弱，他同時得抵抗另一股拉力，最後他發現自己幾乎能讓這兩道拉力互相制約，使自己達到平衡。他緩緩走回城裡，在冷飲小店買了些咖啡，並強迫自己走進公共圖書館，漫無目的地閱覽休閒雜誌。有次他遇到幾個朋友，對方提到他身上有古怪的曬傷，但他沒有把自己的行程告訴他們。三點時，他在一家餐廳吃了點午餐，同時

9　譯注：這些生物為遠古者，參見《瘋狂山脈》。

注意到拉力減弱或分散了。之後他便在一家廉價戲院打發時間，一遍又一遍地觀看空虛的表演，完全沒有注意內容。

晚間九點，他往家的方向走，並步入古宅。喬·馬祖爾維茲正喋喋不休地叨唸愚蠢的禱詞，吉爾曼快步走回閣樓房間，途中並未檢查艾爾伍是否在家。他打開光線微弱的電燈時大吃一驚，隨即發現桌上有某個不該出現的東西，看了第二眼後，事實便無庸置疑。那東西平放在桌上，因為它無法直立，在惡夢中，他曾從奇特欄杆上，折斷這座尖刺般的異域雕像。上頭沒有遺漏任何細節，節節隆起的筒狀中心，往外呈輻射狀延展的纖細手臂，每隻手臂末端的瘤狀物，以及從瘤狀物上長出、扁平又稍往外彎的海星式手臂——全都一模一樣。在電燈光線下，雕像似乎呈現某種泛著虹彩的灰色，其中還有綠色紋理。而在恐懼與訝異中，吉爾曼依然看得出其中一顆瘤狀物的末端，有著不平整的斷裂痕跡，對應到它先前在夢中柵欄上的連接處。

要不是他處於昏沉的麻木狀態，可能早就尖叫出聲，夢境與現實的融合令人難以承受。依舊暈眩的他，抓起了尖刺般的物體，下樓走到敦布羅斯基的房間。迷信織布機維修工的刺耳禱告聲，依然在發霉的走廊中迴盪，但吉爾曼並不在意。房東在家，也親切地招呼他。不，他之前沒看過那東西，也對此一無所知，但他妻子說自己中午修理房間時，曾發現一個古怪的錫製品，可能就是這個雕像。敦布羅斯基叫了她，她則蹣跚地走過來。對，就是這個東西，她在這位年輕人的床下發現此雕像，就位在牆邊。她覺得那東西看起來很奇怪，但那年輕人房裡還有很多怪東西：書本、古董、圖畫與紙上的記號。她自然完全不了解雕像的底細。

於是吉爾曼再度心如亂麻地爬上樓梯，認為自己要不是還在作夢，不然就是夢遊症已嚴重惡化，使他跑到不明地點搶了什麼東西。他是從哪弄來這個怪東西的？他不記得在阿卡漢任何一間博物館看過這個東西，但它肯定有個來源，他在睡夢中拿走雕像時，那景象肯定造就了怪夢中與柵欄高台有關的光景。隔天他得進行一些非常謹慎的調查，或許還得看神經科專家。

在此同時，他試圖記錄自己的夢遊症。當他上樓並穿越閣樓走廊時，把一些向房東借來的麵粉撒在地上，這點他已經告知房東。途中他停在艾爾伍房門前，但發現裡頭一片漆黑。他走進自己的房間，將尖刺狀的雕像擺在桌上，沒換衣服，就身心俱疲地躺下。他覺得能從傾斜天花板上頭的封閉頂樓中，聽到微弱的搔抓聲與腳步聲，但他的思緒太過紊亂，無法注意這點。北方那股神祕拉力再度增強，不過目前它似乎來自天空較低的位置。

在夢裡眩目的紫羅蘭光芒中，老婦人與長牙小毛怪再度現身，身形比先前都來得鮮明。這次他們趕上了他，他也感覺到老婦乾癟的爪子抓向他。他被拖下床，並被拋入空曠的空間，那一瞬間，他聽見一股帶有節奏的巨響，也看到模糊深淵中的無形發光物在他身邊翻滾。但那瞬間非常短暫，因為他立刻身處一個無窗又簡陋的小空間內，粗糙的橫樑與木板，往上延伸到正好位於他頭頂的尖頂，腳下則有奇特的傾斜地板。地板上有個平放的低矮書架，上頭擺滿古老程度與解體狀況不同的書本，房間中央則有張桌子和長椅，兩者明顯都固定在地板上。架上擺了形狀與材料不明的小物體，在明亮的紫羅蘭色光芒中，吉爾曼彷彿看見某個物品，和使他大惑不解的尖刺狀雕像一模一樣。地板左邊忽然塌陷，露出一塊三角形的黑色深淵，傳出細微的嘶啞騷動聲後，長有黃色獠牙和人類臉孔的醜陋小毛怪，隨即爬了出來。

咧開邪惡笑容的老太婆依然緊抓著他，桌邊另一側則站著一個他從未見過的人影：那是名高瘦男子，膚色一片漆黑，卻沒有一絲黑人的五官特色。他完全沒有頭髮或鬍鬚，身上唯一的衣物，是一件型態不明的長袍，由某種厚重的黑色布料製成。桌子和長椅擋住了他的雙腳，但對方肯定有穿鞋，因為他改變姿勢時，都會傳來敲擊聲。男人沒有說話，微小又端正的五官並未流露任何神情。他只是指向桌上一本翻開的龐大書籍，老婦則將一根巨大的灰色羽毛筆塞入吉爾曼的右手。緊湊得令人發狂的恐怖氛圍籠罩住一切，而當毛絨生物沿著做夢者的衣服爬上肩膀，接著爬到他的左臂，並在袖口下方的手腕處用力咬他時，驚駭氛圍便攀上高峰。血從傷口噴出的同時，吉爾曼昏了過去。

他在二十二日早上醒來，左腕傳來一陣痛楚，並看到他的袖口上沾滿了棕色的乾涸血漬。他的記憶非常混亂，但和不明空間中的黝黑男人有關的光景，卻特別鮮明地在他腦海中浮現。老鼠肯定趁他睡著時咬了他，導致那場駭人夢境出現高潮。打開門後，他發現走廊地板上的麵粉完好無缺，只有住在閣樓另一端的莽漢留下的巨大腳印，所以他這次沒有夢遊，但一定得找點方式處理那些老鼠，他會跟房東提到老鼠的問題。他再度試圖堵住斜牆上的洞，並把一根尺寸看似正確的蠟燭塞入洞中。他的雙耳迴盪著可怕的嗡鳴，彷彿某種夢中聽到的可怕噪音所殘留的餘響。

洗澡更衣時，他試圖回想：經歷過閃爍紫羅蘭色光芒的空間後，自己又夢見了什麼，但他腦海中完全無法回憶起任何明確印象。那場景本身必定與頭頂的封閉頂樓有關，頂樓也開始對他的想像力產生劇烈干擾，但事後的印象總是模糊不清。其中暗示了朦朧的發光深淵，以及遠方更為廣闊漆黑的虛空，虛空中沒有任何明確暗示。他被總是尾隨自己的氣泡聚合體與小多面體帶到該處，但在這座瀰漫終極黑暗的遙遠深淵，它們和他都化為絲絲煙霧。有別的東西先抵達前方，那是一大團煙霧，三不五時會濃縮為無名型態。他認為他們並非沿直線走，而是沿著異域曲線和某種太虛渦流中的螺旋行進，那些渦流所遵循的物理與數學法則，與已知的宇宙截然不同。最後似乎出現了躍動著的龐大陰影、某種帶著模糊音感的怪誕震動，與某種無形長笛吹出的單調飄渺笛音——僅此而已。吉爾曼認為自己從《死靈之書》中讀到的內容，編織出了最後一段夢境。那段篇幅與毫無心智的神明阿撒托斯有關，祂在混沌中心的黑暗王座上，統治所有時空。

洗去血漬時，他發現手腕上的傷口非常微小，也對兩個小穿刺傷感到困惑。他想起自己躺的床單上並沒有血，有鑑於他皮膚與袖口大量的血漬，這點非常奇怪。難道他在房內夢遊，老鼠則趁他坐上某張椅子、或維持某種不合理的姿勢時咬他？他在每個牆角找尋棕色血滴或污漬，但什麼都沒發現。他認為，自己最好在房內與門外都撒上麵粉，不過，他已經不需要自己夢遊的證據了，他清楚自己確實有夢遊，現在也得阻止這件事，他得找法蘭克．艾爾伍幫忙。今天早上，太空中的奇異拉力似乎減退了，不過另一股更費解的感受則取代了它們。那是種隱約斷續的衝動，使他想逃離當下狀況，但並沒有想去的特定方向。拿起桌上的尖刺狀雕像時，他覺得先前北方那股拉力變得稍強了點，但即使如此，令人訝異的新衝動依然比它更為高漲。

他下樓把尖刺狀雕像帶到艾爾伍的房間，並努力忍受織布機維修工從一樓傳來的刺耳聲音。幸好艾爾伍在家，似乎正在忙碌中，出門吃早餐和去大學前，還有一小段時間能談話，因此吉爾曼迅速說出自己近來的夢境與畏懼，他的東道主充滿同情心，也同意得想辦法處理。他對訪客憔悴又虛弱的外型感到震驚，也注意到對方身上古怪的曬傷，其他人在過去一週內也提過此事。

不過，他也說不上太多。他沒有看過吉爾曼夢遊的狀況，也不曉得古怪的塑像有什麼底細，但他曾聽過住在吉爾曼樓下的法裔加拿大人，在某天晚上和馬祖爾維茲談話。他們談到自己有多害怕即將到來的沃爾普吉斯之夜，時間就在幾天後，對於樓上那位厄運纏身的可憐年輕人，他們也投以憐憫之詞。住在吉爾曼房間樓下的人，名叫迪斯羅切爾斯（Desrochers），他提到夜間時的穿鞋與赤腳踏步聲，還有某晚當他滿心恐懼地窺探吉爾曼的鑰匙孔時，所看見的紫羅蘭色光芒。他告訴馬祖爾維茲，從門邊縫隙瞥見那股光線後，他就不敢再偷看了。門內也傳來低聲交談，當他開始描述內容時，聲量則低到難以辨識。

艾爾伍無法想像，是什麼讓這些迷信人士瞎說起來，但認為一方面由於吉爾曼深夜的夢遊與夢囈，另一方面則是因傳統上令人生畏的五朔節前夕即將到來，使他們的想像力受到刺激。吉爾曼確實會說夢話，而由於迪斯羅切爾斯顯然曾從鑰匙孔偷聽，因此與夢中紫羅蘭色光線有關的荒誕念頭就傳了開來。這些單純人士一聽說古怪事件，就立刻想像自己親眼目睹了一切。至於處理方式，吉爾曼最好搬到艾爾伍樓下的房間，並避免獨自入睡，如果艾爾伍還醒著，就會在他開始夢囈或夢遊時叫醒對方，他也得盡快去看神經科專家。同時，他們得帶尖刺狀雕像去找不同的博物館和某些教授，一面辨識雕像的來由，並謊稱在公共垃圾桶裡找到雕像。再來，敦布羅斯基得毒死牆裡那些老鼠。

由於艾爾伍的陪伴使吉爾曼鼓起勇氣，他那天便去上課。他仍然感受到怪異衝動，但成功地將之忽略。空閒時，他讓好幾個教授看了古怪雕像，所有人都抱持濃厚的興趣，不過沒有人能對它的本質或起源做出解答。那天晚上，他睡在長椅上（艾爾伍要房東將這張長椅搬到二樓房間內），並在數週內首次全然不受怪夢侵擾。但他依然沒有退燒，織布機維修工的刺耳禱告也仍令他感到不安。

接下來幾天，吉爾曼享受著完全沒有病態夢境的完美生活。艾爾伍說，他在睡夢中並未發生任何開口說話或起身的情況，同時，房東也到處擺放了老鼠藥。唯一令人憂心之處，是迷信外國人之間的傳言，他們的想像力已受到高度刺激。馬祖爾維茲老是想要他去弄個十字架來，最後也強迫他收下一只十字架，馬祖爾維茲說，那個十字架曾受到善良的伊萬尼基神父祝福。迪斯羅切爾斯也有話要說，事實上，他堅稱吉爾曼離開樓上房間的第一晚與第二晚，空蕩的房間中曾傳出謹慎的腳步聲。保羅・裘因斯基覺得自己在夜裡聽到走廊與樓梯傳來聲響，也宣稱有人輕輕地試圖打開他的房門，敦布羅斯基太太則發誓說，她在萬聖節後首度看見布朗・詹金。但這些天真的說法沒有什麼意義，吉爾曼也將廉價的金屬十字架掛在艾爾伍的衣櫃手把上。

三天以來，吉爾曼與艾爾伍都在當地博物館中調查，企圖辨識出古怪的尖刺狀雕像來由，但最終一無所獲。不過，所有機構都對雕像抱持濃厚興趣，因為雕像的怪異性質，對好奇的科學界人士帶來了莫大挑戰。他們折斷了其中一隻呈輻射狀向外伸的手臂，並把它送去進行化學分析。艾勒瑞教授（Ellery）在奇異的合金中發現了鉑、鐵與碲，但至少有其他三種明顯含有高原子量的元素，全都無法透過化學進行分類，它們不只不對應到任何已知元素，甚至不符合元素週期表為可能出現的元素預留的空位。時至今日，依然尚未有人解開這樁謎團，不過雕像則陳列在米斯卡托尼克大學的博物館中。

四月二十七日早上，一個全新的老鼠洞在吉爾曼借住的房間中出現，但白天時敦布羅斯基就將洞口用錫片堵住。毒藥沒起太大效果，牆中的搔抓聲和奔跑聲完全沒有消失。

艾爾伍那晚外出很久，吉爾曼也熬夜等他。他不想獨自在房裡入睡，特別是當他覺得自己在晚間星光下，瞥見那名醜陋老婦時，她的身影已駭人地移轉到他的夢中。他想知道她是誰，以及在她身旁骯髒庭院入口處的垃圾堆，喀啦作響地翻攪錫罐的東西，究竟是什麼。老婦似乎注意到他，並以邪惡眼神望向他——不過那可能只是他的想像。

隔天早上，兩個年輕人都感到非常疲勞，也清楚入夜時自己會睡得很沉。晚上，他們昏昏沉沉地討論著使吉爾曼極度入迷、甚至對他有害的數學研究，並推測古老魔法和民俗故事間煞有其事的連結。他們談到老凱茲雅．梅森，艾爾伍也認為，吉爾曼覺得她可能在無意中發現古怪的重要資訊這點，具有良好的科學根據。這些女巫所屬的祕密教團，經常會守護來自人們遺忘的遠古中的驚人祕密，並由長老流傳至下一代。凱茲雅也確實可能掌握了穿越次元大門的技術，傳說強調，物質屏障無法阻擋女巫的行動，但又有誰能解釋，與騎著掃把飛越黑夜的女巫有關的故事中，藏匿了哪種祕密？

現代學生是否能光靠數學研究就取得相似的力量，仍然是未解之謎。吉爾曼補充說，成功的結果可能會引發難以想像的危險情況，因為有誰能預測，在無法以正常方式進入的相連次元中，會充斥哪種狀況？另一方面，其中也充滿了龐大又獨特的可能性。在特定空間帶中，時間並不存在，且藉由進入並停留在這類空間帶，或能將人的生命與青春永駐。除了再回到自己的次元或相似空間時的少許變化外，便永遠不會受到有機新陳代謝或退化影響。比方說，旅行者可以進入缺乏時間的次元，並以和之前相同的年輕狀態，在地球歷史中某段遙遠年代出現。

沒人能確切推測出，是否有人成功辦到此事。古老的傳說模稜兩可，且過往歷史中，各種跨越禁忌鴻溝的企圖，似乎都因嘗試者與來自外域的生物與信使，達成了古怪而恐怖的同盟關係，而變得更加複雜。故事中，有位擁有神祕恐怖力量的古老使者或信差：女巫教團將祂稱為「闇人」，《死靈之書》則稱之為「奈亞拉索特普」。其他令人困惑的問題，則是更低階的信差或媒介：傳說將這些半動物與怪異混種生物，描述為女巫的使魔。當吉爾曼和艾爾伍因太過疲倦而無法討論，並準備就寢時，他們聽見醉醺醺的喬．馬祖爾維茲走進屋內，並因他刺耳禱告中的強烈焦慮而打起冷顫。

當晚吉爾曼再度看見了紫羅蘭色光芒。夢中，他聽到牆壁隔板中傳來搔抓聲與咬嚙聲，也覺得有人笨拙地撥弄門閂。接著他發現，老婦和小毛怪向他走來，並踏過鋪設地毯的地板。老婦的臉孔散發非人的喜悅，滿口黃牙的小怪物則發出輕蔑的竊笑，並指向在房間另一端的長椅上熟睡的艾爾伍身影。恐懼癱瘓了他，使他無法尖叫出聲。和之前一樣，醜惡老婦抓住吉爾曼的雙肩，把他拖下床，並拋進空蕩的空間。無垠的尖鳴深淵再度從他身邊一閃而逝，但下一秒他便發覺，自己身處一道漆黑又泥濘的不明巷弄之中，裡頭飄散著腐臭氣味，古老房屋腐朽的牆壁在四周矗立。

他在另一個有尖頂空間的夢中看過的長袍黝黑男人就在前方，一小段距離外的老婦人則氣勢凌人地揮手，並露出嚴厲神情。布朗．詹金帶著某種親暱的頑皮態度，磨蹭著黝黑男人的腳踝，深邃的泥地則大致隱藏了對方的腳踝。右邊有道敞開的漆黑門口，黝黑男人沉默地指向該處。咧嘴笑著的老婦走進門內，一面抓著吉爾曼的睡衣袖口，把他拖進門。裡頭的階梯臭味撲鼻，還發出陰森的嘎吱聲，樓梯上的老婦人似乎發出了微弱的紫羅蘭色光芒。最後則有道通向平台的門，老婦摸索著門閂並將門推開，示意要吉爾曼等待，便消失在黑暗的門口。

年輕人過度敏感的耳朵聽到了一股醜惡的悶叫，老婦隨即跑出房間，抱著一個毫無動靜的小身軀出來，並將這東西塞給做夢者，彷彿命令他拿著。看到這個形體，以及它臉上的表情時，控制他的魔咒就此解除。暈眩的他依然叫不出聲，但他魯莽地衝下臭氣薰天的樓梯，跑到外頭的泥地，卻被守候在外的黝黑男人抓到並掐住。他漸漸失去意識，同時聽到長了獠牙的似鼠怪物發出的微弱尖鳴。

二十九日早上，吉爾曼在劇烈恐懼中甦醒。他一睜開雙眼，就知道出現了嚴重差錯，因為他回到裝設了傾斜牆壁與天花板的舊閣樓房間內，躺在雜亂的床上。他的喉嚨感到難以解釋的痛楚，奮力坐起身時，他驚懼地發現，自己的雙腳和睡衣下擺都沾滿棕色乾泥。當下他的回憶令人絕望地模糊，但他清楚自己至少曾夢遊過。艾爾伍睡得太熟，沒有聽到聲響並阻止他。地板上有雜亂的泥巴腳印，但奇怪的是，腳印並未延伸到門邊。吉爾曼越仔細觀看腳印，它們看起來便越顯怪異，除了他能認出的自身腳印外，還有更小的足跡，幾乎像是圓形痕跡——就像大椅子或桌子的支腳可能產生的痕跡，不過大多痕跡都被切成兩半。還有些奇怪的老鼠腳印從一處新洞中伸出，再蔓延回去。吉爾曼跌撞地走到門邊，發現外頭沒有泥腳印時，心中便充滿了訝異與瘋狂的恐懼。隨著他回想起越多惡夢中的情節，就感到越害怕，而當他聽到兩層樓下傳來喬·馬祖爾維茲悲傷的吟誦聲時，便覺得更加焦慮。

他下樓到艾爾伍的房間，叫醒還在睡覺的房客，隨即講述自己如何發現自身處境，但艾爾伍無法理解確切情況。吉爾曼去了哪裡，又如何回到房間，但走廊卻沒留下任何腳印？宛如家具製造出的泥濘印記，又怎麼和他的腳印一同混雜在閣樓房間中？他猜不出這些問題的答案。還有他喉頭上的瘀青印記，看起來彷彿他試圖掐死自己。他把雙手放到瘀青上，卻發現指痕完全不符。他們在交談時，迪斯羅切爾斯便過來說，他在深夜聽到樓上傳來巨大的撞擊聲。不，午夜後沒有人走上樓梯，不過在午夜前，他曾聽到閣樓傳出微弱的腳步聲，還有人謹慎地下樓，他並不喜歡這點。他補充說，對阿卡漢而言，這是一年中非常惡劣的時期，年輕人最好戴上喬・馬祖爾維茲給他的十字架。即使白天也不安全，因為黎明後，屋裡曾傳出怪聲——特別是一股戛然而止的微弱嬰兒哭嚎聲。

那天早上，吉爾曼呆板地上課，但完全無法專注在學習上，某種強烈憂慮和預期感揪住了他的心，他似乎也在等待某種帶來毀滅的打擊。中午時，他在大學休閒中心吃午餐，並在等待甜點時，從鄰座拿起一份報紙閱讀。但他從未吃下那份甜點，因為報紙首頁的一篇報導使他全身癱軟，眼神也變得慌亂，他只好結帳並蹣跚地回到艾爾伍的房間。

昨晚在奧爾尼巷（Orne’s Gangway）發生了一樁奇特的綁架案：有位名叫安娜絲塔西亞・沃勒治科（Anastasia Wolejko）的愚蠢洗衣工，她兩歲的孩子消失得無影無蹤。似乎有好一陣子，這位母親都害怕這件事會發生，但她畏懼的理由過於怪誕，因此沒人認真看待她的說法。她說從三月初開始，自己就經常看到布朗．詹金在附近出沒，也因牠的歹毒表情與竊笑聲得知，小拉蒂司拉斯（Ladislas）肯定被選為了沃爾普吉斯之夜恐怖巫魔會中的祭品。她要求鄰居瑪莉．切札尼克（Mary Czanek）睡在房裡並試著保護孩子，但瑪莉不敢。她無法告知警方，因為他們不會相信這種事，自從她有記憶以來，每年都有孩子以那種方式失蹤。她朋友彼特．史托瓦基（Pete Stowacki）也不願意幫忙，因為他想把那孩子趕走。

但讓吉爾曼冷汗直流的，是篇關於一對狂歡者的報導：他們在午夜之後路過巷口，他們承認自己喝醉了，但也雙雙發誓曾看到三個打扮瘋狂的人，鬼鬼祟祟地走進漆黑的小徑。他們說，其中有個穿長袍的高大黑人、一個衣服破爛不堪的矮小老婦人，和一個穿睡衣的年輕白人。老婦人拖著年輕人，黑人腳邊則有隻溫順的老鼠，在泥地上磨蹭翻滾。

吉爾曼呆坐了整個下午，同時艾爾伍也讀了報紙，並從中做出駭人的臆測，他一回到家，就發現呆坐的吉爾曼。這次兩人都肯定，某種嚴重狀況正在他們周圍發生。惡夢中的幻象，與物質世界中的現實之間，逐漸產生了某種難以想像的恐怖關聯，也只有靠著強烈的警覺心，才能避免更恐怖的事發生。吉爾曼遲早得去看醫生，但不是現在，因為所有報紙都刊登了這樁綁架事件。

真正的狀況依然曖昧不明，有一陣子，吉爾曼在和艾爾伍討論，最誇張的理論為何。吉爾曼是否在無意識的狀況下，對空間與不同次元的研究取得了成功？他是否確實離開了我們的空間，抵達了超越想像的地點？那些充滿邪門怪事的夜晚，他究竟上哪去了？隆隆作響的發光深淵——

綠色丘陵——沸騰的高台——群星間的拉力——最極致的黑暗渦流——黝黑男子——泥濘巷弄與階梯——老巫婆與長牙毛怪——氣泡聚合體和小多面體——古怪的曬傷——手腕傷口——無從解釋的雕像——沾滿泥巴的雙腳——喉嚨上的指痕——迷信外國人口中的故事與恐懼——這一切代表了什麼？這種事究竟含有多少理智的成分？

他倆當晚夜不成寐，隔天仍然感到昏昏欲睡，便翹了課。當天是四月三十日，黃昏降臨時，讓所有外國人與迷信老人們生畏的恐怖巫魔會時節就要到來。馬祖爾維茲在六點返家，說工廠裡的人們悄悄相傳，說草丘後的漆黑深谷中，會舉辦沃爾普吉斯慶典，地點位於一塊古老的白石所在處。詭異的是，那裡沒有任何植物生長。有些人甚至把此事告訴警方，並建議對方去那裡找尋失蹤的沃勒治科家孩子，但他們不相信會有人處理此事。喬堅持要可憐的年輕人戴上繫在鎳鍊上的十字架，吉爾曼便戴上它，並將十字架擺到襯衫下，好讓對方滿意。

那天深夜，兩名睡意濃厚的年輕人坐在椅子上，樓下織布機修理工的禱告聲使他們變得平靜。吉爾曼邊聽邊打盹，異常敏銳的聽力，似乎察覺到某種微妙的可怕低語聲，於古宅中的聲響外浮現。他回想起《死靈之書》與《黑書》中的不祥內容，並發覺自己隨著某種可憎無比的節奏擺盪，據說這種節奏屬於巫魔會最黑暗的儀式，來源則超出我們可理解的時空。

他隨即明白自己聽的是什麼：那是遙遠黑暗山谷中的慶祝者們發出的駭人吟誦聲。他怎麼會這麼了解那些人所預期的事？他是怎麼曉得在獻上黑雞與黑山羊後，納哈布和她的追隨者何時該呈上盛滿的碗？他發現艾爾伍已經睡著了，便試圖叫醒他，不過，有某種東西使他的喉嚨發不出聲。他無法控制自己，難道他簽了黝黑男人的書嗎？

接著，他異常敏銳的聽力，捕捉到風傳來的遙遠聲響，音符飄過了數英哩長的丘陵、原野與山谷，但他依然認出了那種聲音。火焰已然升起，舞者們想必也紛紛起舞，他要如何阻止自己參加？是什麼纏住了自己？數學——民俗傳說——古宅——老凱茲雅——布朗．詹金……現在他則發現，靠近自己長椅的牆邊，有個全新的老鼠洞。在遙遠的吟唱聲與喬．馬祖爾維茲較近的禱告聲之外，出現了另一股聲響：從隔牆中傳出的，是某種鬼鬼祟祟卻又堅定的摳抓聲。他希望電燈不要熄滅。隨後他在老鼠洞中，看到長了獠牙與鬍鬚的小臉，他終於明白，那張可憎的小臉，和老凱茲雅有著驚人的相似度，此時也聽到門邊傳來微弱的摸索聲。

尖鳴的發光深淵在他面前閃爍，他則感到自己無助地困在彩色氣泡聚合體的無形魔爪中。萬花筒般的小多面體在前方疾馳，而在翻騰不已的虛空中，有股模糊的音韻模式，正不斷高漲加速，似乎預示著某種難以形容與承受的高潮。他似乎明白會出現什麼，那是沃爾普吉斯旋律的驚天巨響，所有原始的終極時空翻騰，將濃縮在其中的宇宙音色，這種翻騰則處於諸多物質世界之後，有時會以規律的振動方式暴衝而出，微弱地穿越每層存在維度，並使各世界的某些可怖時期得到醜陋意義。

但這一切稍縱即逝。他再度身處被紫羅蘭色光芒照亮的擁擠尖頂空間，裡頭依然有傾斜的地板、裝滿古書的低矮書架、長椅與桌子、古怪物品與房內一側的三角形裂隙。有個白色小身影躺在桌上：那是個全身赤裸且失去意識的男嬰。眼神不懷好意的恐怖老婦站在桌子另一側，右手拿著一支握把怪異的閃爍尖刀，左手則捧了一只比例古怪的蒼白金屬碗，上頭覆滿奇特的紋路設計，還裝有纖細的側邊把手。她正嘶啞地吟誦出某種儀式，吉爾曼無法理解她口中的語言，但那像是從《死靈之書》中謹慎引用的內容。

隨著場景逐漸變得清晰，他看見老婦向前傾身，將空碗移向桌子另一端。在無法控制自身情緒的情況下，他將手向前伸往遠處，雙手接下碗，並注意到它相對的輕盈感。在此同時，布朗．詹金噁心的身軀，從他左方的三角形漆黑裂口邊緣往上爬出。老婦示意他用特定角度拿著碗，她則盡可能地把醜惡大刀往白色小受害者身上舉高。長了獠牙的毛怪開始以竊笑聲延續著不明儀式，女巫則嘶啞地做出陰森回應。吉爾曼感到一陣強烈驚懼，貫穿了自己心理與情緒上的麻痺，輕盈的金屬碗也在他手中搖晃起來。一瞬之後，刀子向下戳的動作便徹底瓦解魔咒。他拋下碗，使碗發出敲鐘般宏亮的撞擊聲，並慌亂地伸出雙手阻止惡行。

他猛地從桌邊的傾斜地板上站起，並從老婦魔爪中奪走刀子，並將它鏗鏘作響地丟入狹窄的三角形裂口。不過在下一秒，情勢就立即逆轉。那雙殺氣騰騰的魔爪，緊緊扣住了他的喉嚨，對方滿布皺紋的臉孔則因狂怒而扭曲。他感覺到廉價十字架扎入自己的脖子，身陷危機的他想知道，十字架的出現是否會影響邪惡生物。她的力量徹底超越人類，但當她持續掐住吉爾曼時，他便虛弱地把手伸入上衣，拿出金屬護身符，一面扯斷鍊子，將它完全取下。一看到十字架，女巫便似乎陷入慌亂，力道也放鬆下來，時間足以使吉爾曼完全擺脫對方掌控。他將鋼鐵般的利爪從脖子上扯下，要不是那雙爪子重拾力氣並再度扣緊的話，吉爾曼就會將老婦拋下深淵邊緣。這次他決心反擊，便伸出雙手掐住對方的喉嚨，在女巫發現前，他就將十字架的鍊子纏在她脖子上，並立刻收緊鍊子，讓她無法呼吸。在老婦最後的掙扎中，吉爾曼感到有東西咬了自己的腳踝，並發現布朗·詹金來幫女巫了。他惡狠狠地一踢，把小怪物踢下深淵，還聽見牠在底下遠方傳來的哀鳴。

他不曉得自己是否殺死了老婦，但他把老婦的軀體留在對方倒下的位置。接著，當他轉身時，他在桌上看到一幅幾乎撕裂了自己最後一絲理性的光景。女巫忙著勒住他時，肌肉強健、四肢又如魔鬼般靈敏的布朗·詹金正忙於下手，使吉爾曼的努力化為烏有。他阻止刀子刺入受害者的胸口，但毛絨怪物的黃牙卻取代了刀子——先前掉在地上的碗，現在則豎立在毫無生氣的小遺體旁，裡頭裝滿了東西。

在他的夢境幻覺中，吉爾曼聽到巫魔會帶有陰森異域節奏的吟唱聲，從遙遠的位置飄來，也清楚黝黑男人肯定在那裡。混亂的記憶與他的數學知識混在一起，他也相信自己的潛意識握有他所需的**角度**，能首度在沒有輔助的狀況下，引領他獨自回到正常世界。他確定自己處於房間樓上塵封已久的頂樓，但他相當質疑自己能從傾斜的地板，或封死多年的出口脫逃。再說，如果逃出夢中的頂樓，不會只讓他踏入夢中的房屋嗎？那不僅僅是他所找尋的真實場所的異常投影嗎？他對夢與現實間的關聯感到無比困惑。

穿越模糊深淵的通道令人感到畏懼，因為沃爾普吉斯的節奏在裡頭振動，最後他會聽到那至今仍模糊不清的宇宙顫動，也十分害怕那種聲響。即使是現在，他也能察覺一股低沉的陰森抖動，且十分熟悉那種節奏。在巫魔會時期，它總會不斷高漲，並穿越各個世界，以便召集信徒參與無名儀式。巫魔會中有一半的吟唱，都與這股薄弱振動有關，也沒有任何凡人的雙耳能承受這股完整規模的節奏。吉爾曼也想知道，他究竟能不能仰賴自身直覺，來將他送回正確的空間？他要如何確定自己不會降落在遙遠星球上、那座受綠光籠罩的山坡；或是坐落於觸手怪物城市高處的棋盤式高台，那座巨城位於銀河系遠方某處；也可能墜入終極混沌虛空中的黑暗渦流，那裡由毫無心智的惡魔之王阿撒托斯所統治。

就在他下墜前，紫羅蘭色光芒忽然消失，讓他處於一片漆黑之中，那肯定代表老女巫凱茲雅（納哈布）的死亡。除了巫魔會遙遠的吟唱聲，與布朗．詹金在底下深淵發出的慌亂哀鳴外，他覺得噪音中還混雜了從未知深淵傳來的另一股更狂野的尖鳴。喬．馬祖爾維茲——對抗伏行混沌[10]的禱詞，現在化為意義難辨的歡欣尖叫——諷刺的現實衝擊了熱病夢境中的渦流——Iä！莎布．尼古拉絲！孕育上千子嗣的黑山羊……

早在黎明前，人們就在角度怪異的老舊閣樓地板上發現了吉爾曼，因為駭人叫聲立刻招來了迪斯羅切爾斯、裘因斯基、敦布羅斯基與馬祖爾維茲，甚至驚醒了在椅子上熟睡的艾爾伍。吉爾曼還活著，雙眼圓睜，但似乎沒有意識。他喉嚨上有殺氣騰騰的指痕，左腳踝上則有道嚴重的老鼠咬痕，衣服皺成一團，喬的十字架也不見了。艾爾伍發起抖來，不敢揣測他朋友的夢遊症狀究竟產生了哪種新變化。馬祖爾維茲似乎感到有些暈眩，因為他說自己的禱告曾換來了一個「跡象」，而當斜牆遠方傳來老鼠的尖叫與哀鳴時，他便著急地在自己身上劃了十字。

作夢者被安置在艾爾伍房間的長椅上後，他們就找來了麥爾考斯基醫生（Malkowski），他是一位在當地執業的醫師，不會散播令病人難堪的故事。他替吉爾曼做了兩次皮下注射，讓對方放鬆到接近自然睡眠的狀態。病人有時在白天會恢復意識，並悄聲向艾爾伍胡亂提及自己最新的夢境。這是個痛苦的過程，一開始便引發了某種全新的不安。

近來雙耳變得異常敏感的吉爾曼，現在則徹底聾了。麥爾考斯基醫生再度被緊急找來，他告訴艾爾伍說，吉爾曼的兩片耳膜都已破裂，彷彿聽到了某種超越人類認知或忍受度的巨響。誠實的醫生完全無法判斷，這種聲音究竟是如何在過去幾小時出現，卻並未驚醒所有米斯卡托尼克谷（Miskatonic Valley）的人。

艾爾伍將自己的對話內容寫在紙上，兩人維持著相當簡易的溝通，兩人都不曉得該如何解釋

10 譯注：Crawling Chaos，奈亞拉索特普的別稱。

這樁混亂事件，也認為最好盡量不想這件事，不過，雙方也都同意，他們該盡快離開這座受到詛咒的古宅。晚報中提到，警方在黎明前於草丘遠方的深谷中，破獲了一群古怪的狂歡者，並敘述長久以來，關於當地那座白石的各種迷信傳聞。警方沒逮到任何人，但在四處亂竄的逃犯中，有人瞥見一名高大黑人。另一篇專欄則說，沒人找到失蹤的孩子拉蒂司拉斯・沃勒治科的蛛絲馬跡。

恐怖事件的高潮在當晚發生。艾爾伍永遠無法忘懷此事，由於事後的精神崩潰，使他在學期剩下的時間被迫遠離大學。他整晚都聽到隔牆中傳來老鼠的聲響，但他不予理會，接著，在他和吉爾曼就寢很長一段時間後，喧鬧的尖鳴便開始響起。艾爾伍跳起身來，打開電燈並衝到他朋友的長椅旁。椅子上的人發出非人叫聲，彷彿正遭受某種無法言喻的凌虐。他在被單下扭動，一塊大血漬也逐漸在毛毯上浮現。

艾爾伍幾乎不敢碰他，但對方的尖叫與扭動逐漸消退。此時敦布羅斯基、裘因斯基、迪斯羅切爾斯、馬祖爾維茲與頂樓住戶都已擠到門口，房東則要他太太打電話給麥爾考斯基醫生。當一個宛如老鼠的龐大形體忽然從鮮血淋漓的床單下跳出來，並跨越地板，跑進附近新挖開的洞口時，大家都發出尖叫。等到醫生抵達並拉下駭人的床單時，吉爾曼已經死了。

推測吉爾曼的死因是件殘忍的事。他的屍體內被挖開了一條通道——有東西吞食了他的心臟。對放置老鼠藥失敗一事感到慌亂的敦布羅斯基，把租金完全拋到腦後，並在一週內，將所有老房客遷移到位於核桃街（Walnut Street）上一棟骯髒但較不古老的建築。有一陣子，最難處理的便是讓喬・馬祖爾維茲安靜下來，那位陰沉的織布機維修工再也不願意戒酒，也總是哀怨地低聲說著陰森的恐怖故事。

在駭人的最後一夜，喬似乎曾駐足觀看從吉爾曼的長椅延伸到鄰近洞穴的血紅老鼠足跡。足跡在地毯上很不明顯，但在地毯邊緣與護壁板之間，有塊外露的地板。馬祖爾維茲在上頭找到了某種可怖跡象，或者該說他自以為發現了跡象。儘管地上有無可否認的怪異腳印，卻沒有其他人同意他的說法。地板上的腳印完全不像一般老鼠的足跡，但就連裘因斯基和迪斯羅切爾斯都不願承認，腳印看起來像四支人類小手所留下的印記。

這棟房子再也沒有租出去過。一等敦布羅斯基離開它，荒廢氛圍便終於籠罩古宅。人們紛紛閃避它，不只是由於古宅的惡名，新的腐臭氣味也是原因之一。或許前房東的老鼠藥終究發揮了效用，因為在他離開後不久，古宅就成了社區麻煩。衛生官員們追蹤氣味到東閣樓房間上方與旁邊的封閉空間，也認為裡頭的老鼠死屍肯定多不勝數。不過，他們覺得劈開塵封已久的隔間進行消毒，實在太浪費時間了，臭味很快就會消散，當地人也並不挑剔。的確，當地有些曖昧不明的故事時常描述說，在五朔節前夕和萬聖節後，巫宅中總會飄出無法解釋的惡臭。對此鄰居們早就習以為常，但臭味依然使人們更加不願靠近古宅。到了最後，建築檢查人員便將這棟房屋列為無法居住的地點。

吉爾曼的夢境，與隨後發生的事件從未得到解釋。艾爾伍對此事的想法有時恐怖得令人發狂，隔年秋天他回到學校，並在下一年六月畢業。他發現城裡的靈異謠言已淡去了不少，儘管有些傳聞敘述，荒廢老屋尚未遭到拆除前，屋裡曾傳出陰森的竊笑聲，但自從吉爾曼死後，就沒有人目睹過老凱茲雅或布朗·詹金了。幸好當隔年的某些事件，使當地人迅速謠傳起古老的恐怖故事時，艾爾伍並不在阿卡漢。事後他自然聽說了那件事，並因此遭受無法言喻的心理折磨，也對此做出驚訝的猜測，但比起實際靠近事發地點和好幾樁目擊事件，這個狀況算是好多了。

一九三一年三月，一股強風吹垮了空蕩巫宅的屋頂與大煙囪，於是一大堆崩塌的磚塊、烏黑又長滿青苔的鵝卵石、腐朽的木板與木樑，往下砸進了頂樓，並打穿底下的地板。整座閣樓堆滿了從上頭落下的瓦礫，但在整棟破舊建築遭到夷平前，都沒人去處理那團亂。接下來的十二月，當不情願又憂慮的工人們將吉爾曼的房間清空時，發生了最終事件。

從傾斜天花板上垮下的瓦礫堆中，有幾個東西害工人們暫停工作，並報了警。事後警方找來法醫，也從大學請來好幾位教授。裡頭有遭到壓碎的骨頭，但依然能觀察出是人骨。骨頭的年份接近現代，這點使人們大惑不解，因為骨頭唯一可能的存放處相當古老，也就是上頭裝有傾斜地板的低矮頂樓，但理論上不可能有人進出封死的頂樓。驗屍官帶來的醫生判定，有些骨頭屬於一名小孩，而其他混在腐朽棕色碎布之中的骨骸，則屬於某個體格矮小又駝背的老年女性。仔細過濾瓦礫後，則在廢墟中發現許多渺小鼠骨，還有曾遭更細小的牙齒啃咬的古老鼠骨。這些咬痕引發了許多爭議與省思。

警方尋獲的其他物品，包括諸多毀壞的書本與紙張，還有更老舊的書本與紙張完全瓦解後，所留下的黃色粉塵。所有物品似乎都與最先進的駭人黑魔法有關，無一例外；某些明顯出自近代的物品，則與現代人骨一樣成了無解的謎題。還有另一樁更大的謎團：大量紙張上潦草的古老字跡，完全出自同一人之手，然而紙張狀況與浮水印則顯示，它們至少有一百五十年到兩百年的歷史。但對有些人而言，最巨大的謎團，則是散落在廢墟中的諸多神祕物品，所有東西都明顯遭到不同程度的損傷，但沒人能猜出這些物品的形狀、材質、工法類型與製作目的。其中一個東西讓好幾位米斯卡托尼克大學教授十分興奮，那是個損害程度嚴重的怪異物品，明顯類似吉爾曼捐給大學博物館的古怪雕像，不過這物品體積龐大，以某種奇特藍石所雕成，而非金屬製品，還裝有角度特異的底座，底座上則有無法解讀的象形文字。

考古學家與人類學家仍試圖解釋，雕刻在一只毀損碗上的古怪設計，以輕盈金屬製成的碗，內側沾有不祥的棕色汙漬。外國人與容易受騙的老婦人們，都大肆談論混在瓦礫中的現代鎳製十字架，與斷掉的鏈子，喬．馬祖爾維茲顫抖地指出，那正是多年前他送給可憐吉爾曼的十字架。有些人相信，是鼠群將這只十字架拖上封死的閣樓，其他人則認為，它肯定一直掉在吉爾曼舊房間的地板角落某處。其他人（包括喬自己）都提出了過於誇張的理論，正常人並不予置信。

當吉爾曼房間中的傾斜牆壁遭到拆除時，有人發現比起房間本身，隔牆與房屋北牆間曾一度封死的三角形空間，儘管體積較小，卻含有較少的結構瓦礫，不過裡頭有一層陰森的古老物體，使拆除工人嚇得動彈不得。簡而言之，瓦礫堆下的地板是確確實實的納骨堂，上頭擺滿了幼兒的骨頭：有些年份接近現代，但其他則無比古老，並層層疊疊地堆積起來，而來自最古老年代的骨骼都已瓦解了。在這片深邃的骨骸堆上，放了把體積龐大的刀子，年代明顯相當久遠，設計怪誕華麗，且充滿異域風格。

瓦礫中有個東西，塞在一塊掉落的木板、與毀損煙囪中的成堆水泥磚塊之間。比起在這棟受詛咒的鬼屋中發現的其他物品，這東西注定會在阿卡漢引發更多疑雲、曖昧的恐懼感，與公開的迷信言論。

這個物體是隻生病大老鼠的骨骸，有部分遭到壓毀。在米斯卡托尼克大學的比較解剖學系成員之間，它的異常體態至今依然會引發爭論，同時學者們卻對此保持特異的緘默。與這具骨骸有關的細節鮮少流傳到外界，但發現它的工人們則以驚駭的語氣，悄聲談起上頭的棕色長毛。

根據傳言，微小獸掌的骨頭具有抓握力的特質，比起老鼠，這種特色更常在某種矮小猴子身上出現。長有凶狠黃牙的小頭骨，則是它最古怪的構造，從某些角度看來，像是嚴重退化的迷你人類頭骨。當工人們發現這具不淨遺骨時，便嚇得劃了十字，之後則去史坦尼斯勞斯教堂，滿懷謝意地點燃蠟燭。因為他們覺得，自己再也不會聽見那股尖銳陰森的竊笑聲了。

十三、《超越時間之影》

The Shadow Out of Time

第一章

經歷了二十二年的惡夢與恐懼後，也只因對某種回憶的神祕來源所抱持的絕望信念，才使我獲得拯救。但對於我認為自己在一九三五年七月十七日至十八日晚間，於西澳洲找到的東西，我卻不願證實此事。我有理由希望，自己的經驗完全是幻覺，或至少有部分是，也確實有很多原因能佐證這點。然而，其中的真實感過於醜陋，使我有時感到絕望。

如果這件事確實發生過，那麼人類就得準備好接受關於宇宙的新概念，以及自己在翻騰的時間漩渦中的地位，光提起這點，就令人驚駭得無法動彈。人類也得謹慎防備某種潛伏在暗處的特定危機，儘管它永遠不會吞沒全人類，卻可能為某些冒險精神旺盛的人，帶來難以猜測的恐怖處境。

有鑑於後者，我才極力要求人們，放棄前往我的冒險隊先前調查過的不明原始石城中挖掘碎片。

假設我保有理智，也十分清醒，那我在當晚的經歷，先前便從未在任何人身上發生過。再者，那也駭人地證明了我亟欲解讀為神話與夢境的一切。幸好，這些事並沒有證據，因為在驚恐之下，我遺失了某個奇異物品。如果那個東西確實存在，還被從陰森深淵中取出的話，就會成為無可辯駁的證據。

面對恐怖時，我孑然一身，直到現在，我都沒有把這件事告訴任何人。我無法阻止其他人往同樣的方向挖掘，但目前為止，運氣和變化萬千的砂礫，尚未使他們發現真相。現在我得做出一些確切聲明，不只是要讓自己維持心理平衡，也是為了警告其他可能會嚴肅看待這一切的人。

這些書頁的內容，寫於載我回家的船隻艙房內。對仔細閱讀報紙和科學期刊的讀者而言，其中許多前期資料會令他們感到相當熟悉。我會將這些紀錄交給我的兒子：米斯卡托尼克大學的溫蓋特．皮斯理教授（Wingate Peaslee）。多年前我深受古怪失憶症所苦時，他是唯一留在我身邊的家族成員，也是最了解我故事內情的人。對於我所敘述的那個宿命之夜的內容，他是世上最不可能嘲諷我的人。

啟航前，我並未親口告訴他這些事，我認為他最好透過文字來閱讀真相。閒暇時反覆閱讀這些內容，能讓他更理解事件全貌，比我困惑的話語還有效得多。

他可以依自己的判斷，自由處理這份紀錄，加上恰當注解，並在任何能帶來良好效果的場合公開它。為了不熟悉我早期狀況的讀者，我為真相寫下了前言，詳細概述了事件背景。

我的名字是納撒尼爾．溫蓋特．皮斯理（Nathaniel Wingate Peaslee），如果記得二、三十年前的報紙新聞，或六、七年前心理學期刊刊登的信件與文章的人，就會清楚我的身分。一九〇八年至一三年的報紙中，寫滿了有關我古怪失憶症的細節，其中有許多篇幅，都描寫了從古至今潛伏在古老麻薩諸塞州小鎮的恐怖、瘋狂與巫術傳統，那裡正是我的住處。但我想澄清，在我的家族史和早年生活中，沒有任何癲狂或不祥的狀況，有鑑於由**外來**源頭忽然落在我身上的陰影，這點十分重要。

數世紀來的陰鬱，使破爛且瀰漫著謠言的阿卡漢，特別容易受到這類陰影侵襲，不過比起我事後研究的其他案例，這個部分也充滿了疑點。重點在於，我本身的族系與背景都相當正常，當時發生的事，源頭來自**其他地方**，即使到了現在，我都不敢以淺白語句做出斷言。

我是強納森（Jonathan）與漢娜（Hannah）（娘家姓溫蓋特）．皮斯理的兒子，兩人都來自品行良好的哈佛希爾古老家族。我在哈佛希爾出生長大，地點位於靠近戈登丘（Golden Hill）波德曼街（Boardman Street）上的老住家。直到一八九五年，我到米斯卡托尼克大學擔任政治經濟系講師時，才前往阿卡漢。

十三年來，我的人生一帆風順且幸福。一八九六年，我娶了來自哈佛希爾的愛麗絲．基札（Alice Keezar），我的三名子女羅伯特（Robert）、溫蓋特與漢娜，分別於一八九八年、一九〇〇年和一九〇三年出生。我在一八九八年成為副教授，並於一九〇二年成為教授。我從未對神祕學或異常心理學產生一丁點興趣。

古怪的失憶症於一九〇八年五月十四日星期四發作。情況相當突然，不過事後我才明白，病發數小時前出現的某些短暫又朦朧的幻象，肯定是發病前的徵兆。那些混亂的幻象使我相當不安，因為以前從沒發生過這種事。我頭痛欲裂，還有種陌生的特異感覺：似乎有某人試圖控制我的思緒。

病情於早上十點發作，當時我正在為大三學生和幾個大二學生上政治經濟學第六節，內容是歷史與當代經濟學趨勢。我的視野中開始出現奇怪的形體，也感覺自己身處不同於教室的怪異房間。

我的思緒與話語偏離了上課主題，學生也發現事情不對勁。接著我失去意識，癱倒在椅子上並陷入昏迷，也沒人能喚醒我。我的正常意識也花了五年四個月又十三天，才再度重見正常世界的天日。

我自然是從他人口中才得知後續發展。儘管我被送回位於克萊恩街二十七號的住家，並得到最佳的醫療看護，但在十六個半小時內，我完全沒有意識。

五月十五日凌晨三點，我睜開雙眼並開口說話，但我的表情與言語狀況嚇壞了家人。我明顯不記得自己的身分與過往，不過因為某種理由，我似乎企圖隱藏自己缺乏記憶這件事。我用古怪的眼神盯著周遭人群，臉部肌肉則以陌生的方式扭動。

連我的說話方式也變得彆扭又怪異。我笨拙地嘗試使用發聲器官，用語也有種異樣的做作感，彷彿我曾努力透過書本學習英語，發音粗鄙又怪異，用詞似乎包含了奇異的古代用語，以及令人全然無法理解的表達方式。

二十年後，醫生中最年輕的成員依然深深記得其中一個出自後者的用語，甚至對此感到害怕。因為在晚期，那種用語居然開始流行起來，先從英格蘭開始，接著在美國出現。儘管那用語複雜又充滿無可質疑的新穎，卻完整複製了一九〇八年那名怪異阿卡漢病人口中每個神祕字眼。

我迅速恢復了體力，但卻古怪地要求重新學習使用手腳與其他身體器官。由於這點和失憶症常見的其他障礙，有段時間我遭受了嚴格的醫療管制。

當我發現自己掩飾失意的企圖失敗後，便公開承認此事，並急於取得所有相關資訊。對醫生們而言，一等我發現失憶症被視為正常狀況，就立刻失去對原有性格的興趣。

他們發現，我主要致力於研究歷史、科學、藝術、語言與民俗學中的某些重點。有些知識相當深奧，有些則幼稚得簡單。非常怪異的是，許多這類知識依然不存在於我的意識之中。

在此同時，他們發現我對許多不明領域的知識，具有無從解釋的熟識，而且與其表現出這種能力，我似乎寧可將它隱藏起來。我會在不經意間，隨意提到已知歷史外遙遠時代中的特定事件，且當我發現他人因這種話題大感震驚時，便隨口說那只是玩笑。我也會用古怪的方式提到未來，有兩三次還嚇壞了別人。

這些不尋常的短暫行為迅速消失，不過有些觀察者認為，這是由於我自身的低調謹慎，而非怪誕知識逐漸消散。我確實異常渴望學習當代的語言、風俗與觀點，彷彿自己是個來自遙遠異國的好學旅客。

一得到允許，我便經常待在大學圖書館，不久後，我也開始安排怪異的旅程，並前往美國與歐洲大學參與特殊課程。接下來幾年，此事引發了諸多議論。

我並不缺乏學術聯絡人，因為我的案例在當代心理學家之間小有名氣。我在課堂上被當作典型的第二人格，不過我似乎會透過某些怪異的症狀、或仔細掩飾的古怪輕蔑跡象，三不五時使講師感到困惑。

然而，我鮮少交到真正的朋友。我神色與言行中的某種特質，似乎在我遇過的每個人身上，都激起了模糊的恐懼與厭惡，彷彿我是個從不屬於一切正常健康事物的存在。許多人堅持認為，那像是某種**遙不可及**的無垠深淵，散發出晦暗不明的恐怖感。

我自己的家人也不例外。從我以怪異方式甦醒那刻開始，我妻子便對我投以極度恐懼與憎惡，也發誓說，我是某種佔據了她丈夫身體的怪物。她在一九一〇年取得合法的離婚許可，就算我在一九一三年恢復了正常，她也不願意見我。我的長子與么女也有同感，此後我再也沒見過他們。

只有我的次子溫蓋特，似乎能征服我的變化所引發的恐懼與排斥。他確實覺得我是個陌生人，但只有八歲大的他，堅信真正的我會回來。當我復原後，他便前來找我，法院也將他的監護權轉移給我。接下來數年，他幫助我進行我所投入的研究：時至今日，三十五歲的他，已在米斯卡托尼克大學擔任心理學教授。

但我並不對當年的駭人光景感到驚訝。一九〇八年五月十五日甦醒的那個人，無論在心智、嗓音與臉部表情上，都與納撒尼爾．溫蓋特．皮斯理截然不同。

我不會嘗試敘述自己從一九〇八年到一九一三年之間的生活，因為讀者們能從舊報紙與科學期刊中的檔案，找到所有必要資料。我自己大抵上也是這麼做。

當時我得到了資金，並緩緩又精明地將這筆錢花費在旅行以及在不同研究中心中鑽研上。不過，我的旅程相當獨特，我曾花了相當長的時間，造訪荒涼偏遠的地帶。

一九〇九年，我在喜馬拉雅山脈待了一個月；一九一一年，當我乘著駱駝進入阿拉伯沙漠的未知地帶時，引起了許多注意。我從未得知在那些旅程中發生的事。

一九一二年夏季，我租了艘船並航向位於斯匹次卑爾根群島[1]北方的北極，之後則面露失望的神色。

那年下旬，我花了數週獨自待在西維吉尼亞州龐大的石灰岩洞窟群中，進行空前絕後的探索。那些黑暗迷宮複雜無比，沒人能重新找出我當時採用的路線。

當我在不同大學逗留時，人們注意到我異常迅速地混入研究環境，彷彿我的第二人格具有遠遠超過我的高度智商。我也發現，我的閱讀速度和獨立研究進度快得驚人，只要在迅速翻頁時瞥過一眼，我就能掌握每本書的細節。我在一瞬間詮釋複雜數據的技巧，也確實傑出。

有時似乎出現了一些邪門報導，敘述我能影響他人的思想與行為，不過我似乎刻意地極少使用這種能力。

其他醜惡報導則提及我熟識神祕學團體領袖與某些學者，這些學者疑似與某無名團體有關，該團體則由可憎古老世界中的祭司組成。儘管這些謠言當時從未受到證實，卻肯定是因我閱讀過的某些書籍所激發，畢竟沒人能在保密情況下，借閱圖書館的罕見書籍。

寫在書頁邊緣的筆記提供了確切證據，說明我曾仔細研讀過德雷特伯爵[2]、路德維格・普林（**Ludvig Prinn**）的《蠕蟲的奧祕》（*De Vermis Mysteriis*）、馮・榮茲的《無名教派》、令人困惑的《伊波恩之書》中的斷簡殘篇，與阿拉伯狂人阿布杜・阿爾哈茲瑞德恐怖的《死靈之書》。而且，在我經歷怪異變化時，地下教團活動也的確曾掀起一波全新的邪惡風潮。

一九一三年夏季，我開始顯示出倦怠，興趣也逐漸低落，還對諸多同僚提到，自己可能很快就會發生某種改變。我提到先前生活的回憶將會復原，不過大多聽眾都認為我在說謊，因為我說出的回憶相當普通，也可能是從我過往的私人文件中所得知的。

約莫八月中旬，我回到阿卡漢，並重新住進位於克萊恩街上封閉已久的住處。我在這裡安裝

---

1 譯注：Spitzbergen，挪威最北端的群島，現名斯瓦巴（Svalbard）。

2 譯注：Comte d'Erlette，此名稱來自洛夫克拉夫特的好友，與克蘇魯神話共同作者奧古斯特・德雷斯（August Derleth）的《屍食教典儀》（*Cultes des Goules*）。

了一台奇特的機器，是以來自歐洲和美國的不同科學儀器製造商提供的各種零件所打造，還小心地將它藏起來，以免任何聰明人對它進行分析。

見過這部機器的人包括一名工人、一名僕人與新管家，說那是混合了金屬棒、滾輪與鏡子的古怪裝置，不過它只有兩英呎高，一英呎寬，厚度也是一英呎。中央的鏡子呈圓凸狀，我所能找到的零件製造商，也證實了這件事。

九月二十六日星期五，我解散了管家與女僕，要她們隔天中午再回來。屋裡的燈光一直亮到深夜，接著有名瘦削黝黑的外國男子搭汽車過來。

最後一次有人看到燈光，是凌晨一點。凌晨兩點十五分，有名警察在黑暗中觀察到那座房屋，但陌生人的車依然停在路肩。凌晨四點，那台車已經不見了。

清晨六點，有個語氣猶豫的外國人打電話給威爾森醫生（Wilson），要他來我家，幫助我脫離某種特殊的昏厥狀況。這通長途電話事後追蹤到波士頓北站的公共電話亭，但沒人發現任何瘦削的外國人。

醫生抵達我家時，他發現我在客廳失去意識，人倒在安樂椅上，面前還擺了張桌子，打亮的桌面上有些刮痕，顯示曾有沉重物體放在上頭。奇怪的機器已經不見了，事後也沒人聽說過它的消息，黝黑的瘦削外國人肯定帶走了機器。

圖書館壁爐中有大量灰燼，明顯燒掉了所有自從我的失憶症發病後寫下的所有文件。威爾森醫生發現我的呼吸節奏非常怪異，但皮下注射後，呼吸就變得較為規律。

九月二十七日早上十一點十五分，我劇烈地顫動，至今宛如面具般的臉孔，開始顯露出明確的神情，威爾森醫生說，那並非我第二人格的表情，反而相當類似我的正常人格。大約十一點三十分，我咕噥著說出某種奇特音節，聽起來完全不像人類語言，我似乎也掙扎著在對抗某種東西。隨後的下午，在管家與女僕回家的同時，我便開始低聲說出英語。

「……關於那時期的正統經濟學家，傑文斯[3]代表了傾向科學相關性的主流派。他企圖將繁榮與蕭條之間的商業循環，連結到太陽黑子的活動周期，或許這高峰……」

納撒尼爾．溫蓋特．皮斯理回來了。對我的靈魂而言，時間依然停留在一九〇八年的星期四早晨，上經濟學課的學生們依然抬頭盯著講台上的老舊書桌。

3 譯注：William Stanley Jevons，十九世紀英國經濟學家。

第二章

我恢復正常生活的過程痛苦又難熬。損失的五年歲月，造就了超乎想像的問題，在我的案例中，還有數不清的狀況得調適。

當我聽說自己自一九〇八年開始的行為後，就感到震驚與不安，但我盡可能嘗試著理性地審視整件事。最後，重獲我次子溫蓋特的監護權後，我便和他在克萊恩街安頓下來，並企圖重掌教鞭，大學也好心地再度提供了過去的教授職位。

我於一九一四年二月開始工作，過程持續了一年。到了那時，我才明白這種經驗對自己造成了多大的負面影響。儘管我非常理智（希望如此），原有的人格也沒有損傷，但我失去了過往的精神心力。模糊的夢境與古怪想法持續糾纏著我，而當第一次世界大戰的爆發，使我將注意力轉向歷史時，我發現自己以極度怪異的方式考量時代與事件。

我對**時間**的概念，以及區分連續性和共時性的能力，似乎出現了微妙的失序狀況，使我產生了妄想般的念頭，認為自己住在一個時代中，並為了獲取過去與未來的知識，將心志投入無垠的時間之中。

戰爭給了我奇怪的印象，讓我想起某些遙遠的後果。我彷彿清楚戰爭的結局，也能在持有未來資訊的狀況下，**回朔**這件事。這些似是而非的記憶帶來劇痛，我也感到有某種人造心理障蔽阻礙了這些回憶。

當我猶豫地對別人暗示自己的印象時，往往會得到各種不同的回應。有些人不適地盯著我，但數學學者提到了相對論中的新發展（當時只有學術圈在討論這件事），這些理論日後也聲名大噪，他們說，阿爾伯特．愛因斯坦正迅速地將時間簡化為一種維度。

但夢境與不安感持續對我施壓，於是我只得在一九一五年放棄正常工作。回憶逐漸令人感到煩躁，也使我持續感到，自己的失憶症形成了某種不淨的交換狀況，也認為第二人格確實是來自未知領域的入侵勢力，而我自身的人格則遭到置換。

因此我做出了模糊且畏懼的猜測，想知道當另一個心智控制我身體時，真正的自我究竟在哪。當我從人們、報紙與雜誌上得知更多細節時，身體先前佔有者的奇特知識和古怪行為，令我越來越不安。

使他人大惑不解的怪異感，似乎與我潛意識深淵中某種邪惡知識，產生了可怕關聯。我開始熱切地找尋所有蛛絲馬跡，想挖掘出對方在那黑暗歲月中做過的研究與旅行細節。

並非所有的麻煩都如此充斥著半抽象性質，我做了些夢，而這些夢似乎逐漸變得鮮明又寫實。由於知道大多人會如何解釋這類夢境，我便鮮少對任何人提起這些事，只告訴我兒子或某些受我信任的心理學家，但最後我對其他案例展開了科學研究，以便觀察這種幻覺在失憶症患者間，究竟是不是典型症狀。

我的研究結果受到心理學家、歷史學家、人類學家與經驗廣泛的心理治療專家協助，還有一篇涵蓋了所有分裂人格紀錄的研究，內容從充滿惡魔附身傳說的古代，到擁有詳實醫療紀錄的現代。剛開始，雖然使我安心，但看到最後結果反而讓我感到更加不安。

我很快就發現，在大量真實失憶症病例中，自己的夢境確實獨一無二，不過，多年來有一小撮紀錄使我困惑又訝異，因為它們與我的經驗如出一轍。有些記錄出自古老民俗故事，其他則是醫療紀錄中的過往病例，另有一兩篇記錄，是在埋藏在正史中的曖昧軼事。

因此，儘管我的特殊病況相當罕見，自從人類記載歷史開始，相似案例便一直在漫長的間隔後出現。有些世紀可能發生了一、兩件，甚至三件案例，其他時代則毫無狀況——至少沒有記錄流傳至今。

情況總是相同：某個心思縝密的人身上產生了怪異的第二種生活，並在或長或短的時期內，成為全然特異的存在。首先出現的是，對象會在聲音與身體上產生笨拙感，接著則會大量取得科學、歷史、藝術與人類學知識。他們會急切地蒐集資料，同時還具有異常的吸收力，接著他們的正常意識會突然恢復，此後則斷斷續續地受到模糊夢境侵擾，顯示有某種醜惡記憶遭到掩飾。

那些惡夢與我的夢境無比相似，即使是最渺小的細節也十分類似，因此，我毫不質疑它們重要的典型特質。有一、兩件案例帶有微弱且不淨的熟悉感，彷彿我先前曾透過某種宇宙通路聽過它們的內容，而這種通路又陰森可怕地令人不敢多想。有三件案例都提到一台不明機器，和我第二次變化前家中那台機器一樣。

進行調查時，另一件令我擔心的事，則是某些頻繁發生的案例：有些並非明顯罹患失憶症的人，也會短暫瞥見典型的惡夢。

這些人大多心智平庸。有些人的原始程度，使我難以想像他們能成為承載異常學術能力和超常心理學習力的載具。一瞬間內，他們會獲得特異力量；接著便立刻消退，隨後則會產生關於非人恐怖光景的回憶，但模糊的回憶也會迅速淡去。

過去半世紀以來，至少有三件這類案件發生，其中一件僅僅發生在十五年前。難道有某種東西從自然界某處神祕深淵中竄出，並盲目地在時間中摸索嗎？這些隱晦的病例，是某種超脫理智的對象執行的邪惡實驗嗎？

這些是我虛弱時做出的胡亂推測，也是我在研究中發現的傳說所激發出的幻想。我相當肯定，儘管與近代失憶症病例有關的受害者與醫生不清楚這件事，但某些頻繁出現的古老案例，確實令人震驚地提過我這類失憶症狀。

我依然不敢提及那些越趨惱人的夢境與回憶，它們似乎滿溢著瘋狂，有時我也認為自己即將發瘋。世上是否有某種會影響失憶病患的特殊幻覺？可想而知的是，當潛意識試圖用假記憶填補混亂的空白時，便可能催生出怪誕幻象。

儘管我覺得某個民俗理論較為可信，但許多曾幫助我找尋相同病例的精神科醫師們，則確實相信這點，他們也對我有時發現的一致相似性同感訝異。

他們沒有把這種病況稱為真正的瘋狂，反而將之歸類為精神官能症。當我試圖分析症狀，而非消極地企圖忽視或遺忘它時，他們便全心贊同，如果根據最佳的心理學準則，這是正確的決定。我特別重視這些醫師的建議，因為當我受到另一個人格宰制時，他們曾研究過我。

一開始讓我心煩的並非影像，反而是我先前提過的抽象事物，我也對自己產生了某種難以解釋的深刻恐懼。我對看到自己的形體，感覺到一股怪異畏懼，雙眼彷彿將自己視為某種極度特異且無比可怖的物體。

當我往下看，注視熟悉的人類軀體，身上還穿著樸素的藍色或灰色衣物時，我總是出奇地覺得放鬆，不過為了讓自己放心，我得先征服莫大恐懼。我盡可能避開鏡子，也總是讓理髮師幫我刮鬍子。

過了很久之後，我才將這些失望情緒，與逐漸浮現的短暫幻象做連結。開頭的關聯，與我記憶中某種怪異的感覺有關，彷彿其中有道來自外界的人工屏障。

我認為自己產生的短暫幻象，必然有可怕的深層意義，和我自身也有恐怖關聯，但有某種強大的影響力，阻止我明瞭那種意義與關聯。接著出現了與**時間**有關的異常感，隨後我則焦急地將支離破碎的夢境片段，以正確的時間與空間順序編排。

片段本身一開始並不可怕，只是相當奇特。我彷彿身處一座巨大的穹頂房間之中，高聳的石造交叉穹窿，在頭頂的黑影中消失。無論這光景出自何時何地，但建築者和羅馬人一樣熟悉拱形結構的建築原理，也大量使用這種構造。

房內有雄偉圓窗與架高的拱門，還有和正常房間一樣高的臺座和桌子。牆邊漆黑的高大木架上，擺滿巨大的書本，書背上則寫了奇怪的象形文字。

外露的石材構造上，有奇特的雕刻，所有圖像都是彎曲的數學符號，上頭還刻了和巨書上相同的文字。漆黑的花崗岩石砌建築，是由某種龐然巨石建成，頂端圓凸的石磚，與底部凹陷的石磚，則天衣無縫地貼合在一起。

室內沒有椅子，但龐大臺座的頂端散落著書本、紙張，與看似書寫工具的東西：造型古怪、並以紫色金屬製成的罐子，以及尖端沾有墨水的圓棍，和臺座一樣高的我，有時似乎能從高處觀察。有些臺座上放了發亮的巨型水晶球，當作檯燈使用，還有以不同軟管和金屬圓棍組成的不明機器。

窗口裝設了玻璃，上面還裝了格子狀的堅固欄杆。儘管我不敢靠近並往窗外看，也依然能從自己的位置，看見宛如蕨類的特異植物搖曳的頂端。地板由龐大的八角形石板構成，室內沒有任何地毯或掛氈。

之後的幻覺裡，我在雄偉的石砌走廊中移動，並在同座巨大石砌結構中的傾斜平面上下飄移。四處都沒有階梯，也沒有任何少於三十英呎寬的通道。我飄浮經過的某些建物，肯定以數千英呎的高度，在天空中矗立。

底下有許多層漆黑地窖，還有從未開啟的活板門，用金屬環帶從上往下封住，隱約暗示著其中潛藏著特殊危機。

我似乎是個犯人，恐怖氛圍也陰沉地籠罩著我所見的一切。我覺得，要不是我受到某種慈悲的愚昧守護，牆上狀似輕蔑的彎曲象形文字，可能就會用它們的訊息毀滅我的靈魂。

我後來的夢境，包含了從大圓窗與雄偉的平坦屋頂上望出去的景象，加上奇特的花園、寬闊荒涼的區域，和高聳的石製扇型矮牆，女兒牆正是傾斜平面最頂端的部位。

龐大建築群幾乎蔓延了無數里格，而每座建物都坐落於自己的花園之中，並建於有兩百英呎寬的鋪面道路兩旁。它們的外型有極大差異，但只有少數建物的面積小於五百平方英呎，或是高度低於一千英呎。許多建物看似無邊無際，因為它們的正面肯定長達數千英呎，有些建物則有如高山般往上升，高度直入灰暗朦朧的天空。

它們似乎主要由岩石或水泥構成，大多建物也都具有古怪的彎曲石砌結構，囚禁我的建築中便能見到這種構造，屋頂扁平，並有花園覆蓋，也經常有扇形矮牆。有時花園中會有高台與更高的平台，以及更寬敞空蕩的空間。大路上隱約有某種動靜，但在早期夢境中，我無法判斷出這種印象的細節。

我在某些位置看到龐大的黑色圓柱形高塔，那些塔比其他建物還高，這類高塔的性質似乎相當獨特，上頭還有漫長的歲月痕跡與破損狀況。它們用切成立方體的古怪玄武岩石磚建成，並往圓形頂部微微變窄，除了龐大門板外，高塔中沒有任何窗戶或開口的蹤跡。我也注意到某些較為低矮的建築，全都因數紀元以來的風化過程而坍陷，其基本結構也相當類似這些漆黑圓塔。在這幾堆異常的立方體石磚周圍，飄散著某種難以解釋的威脅感與濃烈恐懼，類似封閉活板門所散發出的氛圍。

無所不在的花園怪異得令人害怕，型態怪誕又陌生的植物往寬闊道路下垂，道路兩旁則擺設了雕工奇特的巨石碑。異常龐大的蕨類植物占了多數，有些呈綠色，有些則具有陰森真菌般的蒼白色澤。

這些植物中，有些揚起、如鬼魅般的巨大物體，外觀類似蘆木，竹子般的樹幹往上生長到驚人高度。還有些叢生的植物，看起來像是外型奇異的蘇鐵，以及醜惡的暗綠色灌木與針葉類植物。花朵相當渺小，不只缺乏色彩，也無法判斷它們的形狀；它們在幾何狀的花圃中盛開，也在綠色植被之間大量生長。

有些高台與屋頂花園，有尺寸更大、數量也更多的花朵，形狀相當駭人，似乎也顯示出這是人工栽種的成果。大小、輪廓與色彩令人難以想像的蕈類，已顯示出某種來源不明，卻設計完善的園藝傳統，在周遭零星生長。在地面更大型的花園中，似乎有某種計畫，冀圖保存自然界中的不規律狀況，但在屋頂上則有更明確的篩選感，也有更多園藝的跡象。

天空幾乎總是潮濕且烏雲密布，有時我似乎目睹了豪雨，不過，我三不五時能窺探到看起來異常巨大的太陽，還有月亮，月亮上的痕跡，與正常狀況下不同，但我說不上是哪種差異。鮮少發生的是，每當夜空變得晴朗，我便會看到幾乎無法辨認的星座，有時會有與已知星座輪廓相似的狀況出現，但從沒有一模一樣的星座，從我認得出的少數星群來看，我覺得自己肯定位於地球的南半球，靠近南迴歸線。

遠方的地平線總是瀰漫蒸氣，且模糊不清，但我可以看到城市外的巨大叢林，裡頭長滿不明蕨樹、蘆木、鱗木與封印木，它們獨特的葉片則在飄移的蒸氣中，狀似輕蔑地顫動。天空中經常出現某種動靜，但我早期的夢境從未解釋過這點。

到了一九一四年秋季，我偶爾會夢到飄過城市的奇怪過程，並穿越城市周遭的區域。我看到無盡的道路穿越由駭人植物構成的森林，以及植物斑駁又長有凹槽與環帶的樹幹，還穿過其他城市，它們和持續糾纏我的城市一樣古怪。

我看到樹林與空地上那黑色或彩色的可怕建物，永恆的微光則照耀著當地。我也沿著漫長堤道穿越沼澤，當地漆黑到讓我只能看見一丁點潮濕又高聳的植物。

我一度看見某塊延伸無數英哩的區域，上頭滿布玄武岩遺跡，其中的建築類似陰森城市中那幾座無窗的圓頂高塔。

我有次看見海洋，那是座飄散蒸氣的無垠水域，坐落於一座龐大城鎮的巨型石砌碼頭外，城裡滿是圓頂與拱門。上頭籠罩著無形的碩大黑影，四處噴湧而出的古怪水流則劃破了水面。

第三章

如我所說，那些狂野夢境並未立刻顯露出駭人特質。當然了，許多人都曾夢過本質相當奇怪的東西，像是由日常生活中毫無關聯的片段所組成的夢境，包括圖畫與閱讀內容，並透過不受控的睡夢，將之塑造為奇異光景。

即使我先前從來不會做誇張的夢，不過有段期間，我認為這些夢境是自然現象。我認為，許多模糊異象肯定是來自難以估算的諸多渺小來源，其他幻象則反映了普通課本中的知識，與一億五千萬年前原始世界裡的植物和其他狀況有關，那正是二疊紀或三疊紀的世界。

不過幾個月來，恐怖感越趨增強。此時夢境開始產生強烈的回憶特質，我的心智也企圖將夢境連結到自身高漲的抽象不安感——對記憶限制的感覺、對時間的奇特印象、對我和從一九〇八年到一九一三年間出現的第二人格之間，進行可怕交換的感覺，和長時間以來，我對自己所感到的神祕憎惡。

隨著某些明確細節開始進入夢中，恐怖感也大幅增加，直到一九一五年十月，我才覺得自己應該著手處理這件事。當時我開始對其他失憶症與夢境案例展開詳細研究，覺得或許能藉此客觀看待自己的問題，並甩開它對我情緒的掌控。

然而，如我先前所說，剛開始的成果幾乎完全相反。當我發現自己的夢境居然有這麼多相符案例時，使我感到極度不安，特別是因為某些紀錄發生在太早的年代，病患不可能有任何地理知識，因此也不可能聯想到任何原始地形。

再者，許多紀錄提供了與巨型建築與叢林花園……和其他東西有關的恐怖細節與解釋。確實的景象和模糊回憶已經夠糟了，但某些做夢者所暗示或主張的內容，瀰漫著瘋狂與不淨的氛圍。最糟的是，我自己的偽記憶造就了更狂放的夢境，也暗示了未來將揭露的真相。但大多醫生依然認為，整體而言，我的研究方向非常恰當。

我系統性地研究心理學，在我的強烈影響下，我兒子溫蓋特也踏上同樣的道路，最後他的研究使自己成為如今的教授。一九一七至一八年，我在米斯卡托尼克大學修了特別課程，同時，我也孜孜不倦地研讀醫學、歷史與人類學紀錄，並前往遙遠的圖書館，最後甚至閱讀了涵蓋禁忌古老知識的邪惡書本。我的第二人格曾對這類知識顯露出不祥的興趣。

後者中有些書，是我的不同人格曾實際閱覽過的書本，我也對某些書頁邊緣注記，以及對醜惡內文做出的字面更正感到非常不安。注記的字體與用語似乎怪異地缺乏人性。

這些注記大多是用不同書本中所使用的語言所寫，書寫者似乎對這些語言瞭若指掌，也明顯流露出學術氣息，不過，在馮．榮格的《無名教派》上的一段注記，卻顯露出極大差異。注記使用了特定的彎曲象形文字，並與德文正文處使用了相同的墨水，但這些文字卻完全不像人類已知的文字，且這些象形文字肯定與持續出現在我夢中的文字相仿。我有時會短暫認為，自己清楚那些文字的意義，或快想起來了。

讓我更困惑的是，圖書館員向我保證，根據先前檢視這些書本和借閱紀錄，所有注記肯定都是我的第二人格寫下的，然而，無論是過去或當下的我，都不懂其中使用的三種語言。

將從古至今的醫學與人類學分散記錄串連起來後，我發現一段均勻混合了傳說與幻覺的狀況，其中的規模與誇張程度使我咋舌。只有一件事讓我感到寬慰：傳說都來自早期年代。我完全猜不出是哪種失落的知識，將古生代與中生代的畫面灌入這些原始故事，但那類畫面確實出現了，因此，某種固定類型的幻覺的確擁有存在基礎。

失憶症病例肯定創造出了傳說的普遍模式，但事後誇大的傳說也必然影響了失憶症患者，並勾勒出他們的偽記憶。當我失憶時，確實曾閱讀並聽說過所有古代故事，我的旅途已足夠證明這點，那麼，我後來的夢境與情緒印象受到來自第二人格的微妙回憶所影響，是否算是正常狀況呢？

有幾篇傳說與關於人類出現前的世界那些隱晦故事之間，具有重大關聯。特別是與龐大的時間深淵有關的印度故事，這些故事也構成了現代神智學家部分的理論。

原始傳說和現代幻覺都認為，在這座星球漫長且大略未知的生命中，人類只是其中一種（或許還是最低等的）高度演化且占有統治地位的種族。它們影射道，早在人類的兩棲類祖先於三億年前爬出炙熱的海洋之前，無法形容型態的生物就曾建造升入天際的高塔，並深入探索自然界的各種祕密。

有些生物從群星間降落，有些和宇宙同樣古老，其他生物則從陸生細菌迅速演化。這些細菌出現的時間，遠晚於我們生態系中的第一種細菌，時間長度如同我們和最早的細菌之間的差距。故事中提到成千上萬個年頭，還提到其他銀河系與宇宙。的確，人類所理解的時間概念，在故事中並不存在。

但大多故事與傳說，都與某種相對較晚出現的種族有關，它們的體態怪異且複雜，與科學領域已知的生物型態完全不同，並一直到人類登場前五千萬年才消失。傳說指出，這就是最偉大的種族，因為只有它們征服了時間的奧祕。

它們利用敏銳的心靈，將自己投射到過去與未來，甚至穿越了數百萬年的時光，它們知曉地球自古到未來的一切事物，並研究每個時代的知識。從這支種族的成就中，產生了先知的傳說，這也包括了人類神話中的先知。

在它們龐大的圖書館中，存放有包含文字與圖畫的書本，裡頭記錄了地球的編年史，與古往今來每支種族的相關描述，加上對各個種族的藝術、成就、語言與心理狀態的完整記錄。

擁有這項穿越萬古的知識後，偉大種族（Great Race）便從每個時代中，挑出思想、藝術與生理發展適合它們天性與情況的生物。它們透過將心靈投射到已知感官外，以便取得來自過去的知識，但這比取得未來的知識更加困難。

在後者的狀況中，方式較為簡單與具體。透過恰當的機械輔助，心靈便能將自己往未來投射，摸索朦朧且超越感知的通道，直到它抵達目標時代。接著在初步試驗後，它會逮住該時期最高等的生物中最適合的代表。隨後它會進入生物的大腦，在其中設立自身的振動頻率，遭到置換的心靈，則會被傳送回取代者的時代，一直待在取代者的軀體中，直到反轉過程開始。

留在未來生物軀體中的心靈，則會偽裝成當代種族的成員，也使用對方的外表，並盡快從被選擇的時代中，學習所有可吸收的知識，包括該時代的大量資訊與技術。

同時，遭到置換的心靈會被拋入取代者的時代與身體，並受到嚴加看守。它被禁止傷害自己佔據的身體，訓練有素的質詢者也會搾取它所有知識。對方經常會用它自身的語言進行詢問，因為先前前往未來的旅程，曾帶回當代語言的記錄。

如果偉大種族無法透過生理方式，發出該心靈的軀體使用的語言，它們就會製造複雜的機器，機器會宛如演奏樂器般播出異族語言。

偉大種族的成員是長有皺紋的龐大圓錐體，身高為十英呎，頭部與其他器官則連到一英呎厚、且可延展的附肢上，附肢則從軀幹頂點往外生長。它們說話的方式，是敲擊或摩擦四根附肢中其中兩根末端的巨掌或巨爪，並透過延展和收縮十英呎龐大身軀底部的黏膜來走動。

當遭到捕捉的心智不再感到訝異與憤怒後（假設它的本體與偉大種族截然不同），它便會忘卻自己對陌生的暫時體態感到的恐懼，也會得到允許，能夠研究自己身處的新環境，並體驗其取代者所經歷的驚奇與智慧。

有了恰當的預防措施，囚犯也提供適當服務後，囚犯便能搭乘巨大飛船探索整個可居住的世界，或是乘坐在巨路上移動的原子引擎車輛，車輛外型大如船隻，且能自由使用備有地球過去與未來記錄的圖書館。

許多遭到俘虜的心靈因此感到寬慰。因為每個心靈都相當敏銳，而對這類心靈而言，能揭開地球歷史中的神祕謎團，其中涵蓋了令人無法想像的過去，與未來時代的炫目渦流，還包括它們自身壽命結束後的年代。儘管這經常會揭露深不見底的恐怖光景，卻形成了最極致的生命體驗。

有時某些俘虜會得到允許，能和其他從未來被抓來的俘虜心靈見面，以便和居住在它們自身時代前後一百年、一千年或甚至一百萬年的意識進行交流。所有俘虜都被要求用自己的語言，寫下關於自己與自身時代的大量紀錄，這些文件會被收錄在中央大資料庫。

我得補充，有一種特別俘虜擁有比大部分俘虜還高的特權。這些是瀕死的**永久**流亡者，它們在未來的身體遭到偉大種族中心智敏銳的成員奪取；那些偉大種族為了逃避精神滅絕，做出了這種手段。

這種悲哀的流亡者並不常見，因為偉大種族的漫長壽命減低了它們對生命的熱愛，特別是對能夠進行投射的優越心靈而言更是如此。古老心靈做出的永久投射案例，造就了日後歷史（包括人類歷史）中，許多延續終生的人格變化。

至於正常的探索狀況是，當取代者學到了它想得知的未來知識，就會打造一台類似讓它展開旅程的設備，並扭轉投射過程。它會再度回到自己時代的本體之中，遭擄的心靈則會回到屬於自己的未來軀體。

只有當其中一具軀體在交換過程中死亡時，重置工作才會失效。在這種狀況下，和其餘逃脫死亡的種族成員一樣，出外探險的心靈自然得用異族身體在未來生活；遭擄的心靈也得和瀕死的永久流亡者一樣，被迫用偉大種族的軀體，在過去度過終生。

當遭擄心靈同樣也是偉大種族時，這種命運就較不恐怖，但這種事並不罕見，因為在所有時代，該種族都相當關切自己的未來。偉大種族中，瀕死永久流亡者非常稀少，大多是由於，如果瀕死者將自己與未來的偉大種族進行心靈交換，就會遭受莫大的處分。

透過投射，它們做出了安排，確保居住在未來新軀體中的犯罪心靈會受到懲處，有時也會發生強制重新替換心靈的狀況。

關於不同過往時代中的心靈，企圖替換探險中或已遭擄心靈的案例，都有相關紀錄，也都做了仔細修正。自從發展出心靈投射技術後，每個時代都會有一小撮來自過往歲月的偉大種族心靈，在或長或短的期限內待在該時期，過程也都有完整記錄。

當來自異族的遭擄心靈被送回自己在未來的軀體時，就會受到複雜的機械式催眠，清除掉它在偉大種族的時代學到的所有事情，因為將大量知識攜往未來，通常會引發嚴重後果。

有少數幾次未消除記憶的傳輸過程，曾對（或未來將會對）已知的未來造成大災難。根據古老傳說的說法，大多是由於兩件這類案例的後果，導致人類得知了偉大種族的事。

所有遙遠的太古世界倖存的物體，只有偏遠地區與海底的某些巨石遺跡，以及可怕的《納克特抄本》中的部分篇章留有紀錄。

於是，返鄉的心靈回到了自己的時代，對自己遭擄後的經歷，也只剩下最模糊破碎的印象。所有能抹滅的記憶都已消失，因此在大多案例中，只剩下一股如夢般的空白，一路延伸到交換首度發生時。有些心靈會回想得比他人更多，少數狀況下，恢復的記憶會將對禁忌過往的暗示，帶到未來的時代。

有些團體或教團一直都小心守護著這些暗示。《死靈之書》提過人類之間存在著這種教團，有時該教團會幫助從太古時期前來的偉大種族心靈。

同時，偉大種族本身也近乎全知，因此它們轉向與其他星球的心靈進行置換，並探索對方的過去與未來。它們想摸索過往歲月，並找到遙遠太空中那座自太古以來便一片死寂的黑色星球，那裡正是它們自身心靈的源頭。偉大種族的心靈，比它們的肉體還要古老。

它們是一座瀕死古老世界的居民，睿智的它們抱持著終極奧祕，並往未來找尋新世界與物種，使自己能得到漫長的壽命。它們將心靈大量投入於最適合容納它們的未來種族中：也就是十億年前居住於我們地球上的圓錐狀生物。

偉大種族於焉誕生，而大批被送回過去的心靈，則被迫死在詭異體態帶來的恐懼之中。之後那批種族會再度面對死亡，但它們也會再度往未來遷徙，將族內最佳的心靈投入擁有漫長肉體壽命的生物之中。

這就是傳說與幻覺交會的背景。約莫在一九二〇年，當我將自己的研究整理出頭緒時，就感到先前高漲的壓力稍微放鬆了點，畢竟，儘管盲目的情緒引發出幻想，我身上大多狀況不都得到合理解釋了嗎？失憶症發病期間，任何機會都可能使我聚焦於邪門研究上。接著我閱讀了禁忌傳說，並與惡名昭彰的古老教團成員見面。那明顯為夢境提供了素材，也造就了記憶恢復後的不安感。

至於以夢中象形文字和語言寫下的書緣注解，儘管我不懂內容，圖書館員卻將之歸咎於我。我可能在第二人格出現期間輕易地學會了一些語言皮毛，而象形文字肯定是我根據古老傳說中的描述想像而成的。我試圖透過與已知的教團領袖交談，來確認特定線索，但我從未建立起與他們聯繫的正確方式。

有時候，與這麼多來自遙遠歲月的案例之間的重疊處，持續像剛開始一樣令我擔憂。但另一方面我也想到，引人遐想的民俗傳說，在過去肯定比在當代更廣為流傳。

至於我在第二人格出現時聽說的故事，對其他案例和我相似的受害者而言，可能早就是熟悉的常識。當這些受害者失去記憶時，他們便將自己聯想到家喻戶曉的傳說所描繪的生物：據說會置換人類心靈的奇異入侵者。人們因此展開求知旅程，自以為會將之送回幻想中的非人類過去。

接著，他們恢復記憶後，便扭轉了聯想過程，並認為自己是先前遭擄的心靈，而非取代者。因此夢境與偽記憶便遵循了傳統的故事模式。

儘管這些解釋看似繁瑣，卻終於取代了我心中其他念頭，主要是由於其餘反面理論中更明確的弱點。許多傑出的心理學家與人類學家也逐漸同意我的觀點。

我思考得越深，這種邏輯就變得更有說服力，到最後，我便對依然會侵襲自己的夢境與回憶，建立起了有效的防禦。如果我在夜裡看到怪東西呢？這些只是我聽過或讀過的東西。如果我確實有古怪的厭惡感、觀點與偽記憶呢？那些也只是我的第二人格所吸收的傳說迴響而已。我的夢境與可能感到的一切，都不再具有任何確切的重要性了。

受到這股想法強化後，我大幅改善了自己心理的平衡，不過夢境再也不是抽象的影像，並穩定地變得更加頻繁，也充滿令人憂心的細節。一九二二年，我覺得自己能再度從事正常工作，就接受了大學的心理學教職，將自己獲取的新知用於實際生活。

早就有能幹的人才頂替了我之前的政治經濟學職位，再說，教導經濟學的方式，早已和我鼎盛時期時有所不同。此時我兒子剛開始念研究所，並在最近成為教授，我們也共事了很長一段期間。

第四章

不過，我持續仔細記錄自己的怪誕夢境，因為這些夢濃烈又鮮明地襲上我，我聲稱，這種記錄實際上具有心理學文獻的價值。幻象看起來依然相當類似回憶，不過我努力抗拒這種印象，也得到顯著的成功。

寫作上，我將幻象描述為實際見到的景象，但在其他時候，我則僅僅將它們視為細絲般的夜間幻象。我從未在日常交談中提及這些事，不過這種事情的傳聞總會逐漸流傳出去，也激起了和我的心理健康有關的各種謠言。有趣的是，只有門外漢會談論這些謠言，醫生和心理學家則完全不理睬此類傳聞。

我只會在這裡稍微提及一九一四年後出現的夢境，因為更完整的敘述與記錄都由認真嚴肅的學者處理。古怪限制明顯隨著時間過去而減弱，因為我夢境的規模變得更為寬廣，然而，它們總是些支離破碎的片段，似乎沒有明確目的。

在夢中，我似乎在漫遊時逐漸取得更高的自由。我飄過許多古怪的石造房屋，沿著地底巨型通道經過不同建物，這些通道彷彿構成了主要的運輸通道。有時我會在最深的樓層碰上封死的龐大活板門，門口周圍則瀰漫著一種恐怖的禁忌氛圍。

我看到方格狀的巨大池塘，以及擺放諸多費解古怪工具的房間。還有擺滿複雜機器的高聳洞窟，我全然不知它們的輪廓與目的，也只有在經歷多年夢境後，我才聽到裡頭的聲音。我得在此聲明，在那個夢境世界，我只有視覺與聽覺兩種感官功能。

真正的恐怖始於一九一五年五月，當時我首度見到活著的生物，這是在我研究傳說與歷史案例前發生的事，因此我完全沒料到這種情況。隨著心理屏障減弱，我在房屋中的不同位置和底下的街道上，看見龐大的薄霧。

霧氣逐漸變得鮮明又具體，到最後，我不安地察覺它們的恐怖輪廓。它們似乎是高大的彩色圓錐體，大約有十英呎高，底部則有十英呎寬，全身以某種隆起且帶有鱗片的半彈性物質構成。它們的頂端長出四根有彈性的圓柱狀附肢，每根附肢都有一英呎厚，上頭也有節節隆起的構造，和圓錐本身相同。

這些附肢有時會收縮到完全消失，有時則會向外延展十英呎。有兩根附肢末端長有巨大的爪子或鉗子，第三根附肢末端則有四根喇叭狀的額外附肢，第四根附肢末端有個形狀不規則的黃色球體，直徑約有兩英呎，還有三顆碩大黑眼，沿著球體外圍中央生長。

這顆頭上長有四根纖細的灰色莖稈，上頭還有類似花朵的附肢，底部則垂著八根綠色觸角或觸手。中央圓錐周邊圍繞著橡膠般的灰色物質，整個身體透過延展和收縮這層物質來移動。

儘管它們的行為毫無危險之處，卻比外表更讓我感到驚駭，因為看到怪物做出只有人類會做的事，令人感到相當不舒服。這些物體以帶有智慧的方式在巨大房間內移動，從架上取下書本，並將書本拿到大桌上，或是反向而行，有時則勤奮地用綠色頭部觸手握著特殊圓棒寫字。它們將龐大的鉗子用於搬運書本和交談，語言則以某種敲擊與摩擦聲構成。

物體們並未穿著衣物，只在圓錐形身軀頂端掛著書包或小背包。它們通常都將頭部和支撐附肢維持在圓錐體頂端，但也經常抬頭或低頭。

另外三根大型附肢平常往下垂放在圓錐體旁，沒有使用時，會收縮到五英呎的長度。從它們閱讀、書寫與操作機器（桌上的機器似乎與思緒相連）的效率看來，我斷定它們的智慧遠遠高於人類。

之後我發現它們到處都是——擠在所有大廳與走廊上，處理穹頂地窖中的可怕機器，並搭乘船型巨車在寬闊道路上高速移動。我不再畏懼它們，因為它們在此環境中，似乎是相當自然的存在。

它們之間的個體差異逐漸浮現，有幾個物體似乎則受到某種限制。這些物體儘管在軀殼上沒有差距，卻擁有不同的手勢和習慣，使它們不只與多數物體不同，彼此間也有莫大差別。

在我迷濛的夢中，這些個體總是用大量不同的文字撰寫文件，且從未使用多數物體使用的典型彎曲象形文字，我覺得，其中有幾個物體使用了我們所熟悉的字母。這些物體的工作速度，大抵上比多數物體都來得緩慢。

我在夢中的角色似乎是某種出竅的意識，視野超乎尋常地寬廣，也能自由飄動，但只能使用尋常道路與正常的移動速度。一九一五年八月前，都沒有任何東西具體騷擾我過。我說騷擾，因為第一階段的感覺，是種將我先前對身體的厭惡，與夢中景象相連的抽象感，但也恐怖無比。

有一段期間，我在夢中主要的擔憂，是想避免往下看自己，我也想起自己對古怪房間內完全沒有大鏡子這件事，感到無比慶幸。讓我極度不安的是，我總是從不矮於巨桌表面的角度看到它們，而桌子的高度不可能矮於十英呎。

接著，想低頭看自己的病態誘惑變得越來越強，直到某晚我再也無法抗拒。剛開始，我往下看的目光並未觀察到任何東西，一瞬之後，我察覺到這是因為我的頭部位於富有彈性且極長的頸部末端。我收回頸部，並仔細往下看，便目睹了滿布鱗片與皺紋的大型彩色圓錐體，有十英呎高，底部則有十英呎寬。當我瘋狂地脫離睡夢深淵時，發出了足以吵醒阿卡漢一半居民的尖叫。

只有在重複了恐怖的數週後，我才對這些自己擁有怪物身軀的夢境，感到有些習慣。在夢中，我真真切切地在其他不明生物之間走動，從無盡的架子上閱讀駭人書本，並花了數小時在巨桌邊，用從頭部垂下的觸手握筆撰寫。

我讀過和書寫內容中的片段，依然在我的記憶中殘留，其中有其他世界和宇宙的恐怖歷史，也提及在所有宇宙外蠢動的無形生命。有紀錄講述曾在被遺忘的遠古統治世界的古怪生物，駭人的編年史中，還記載了最後一名人類死亡數百萬年後，繼承世界的智慧生物，它們的軀殼非常醜陋。

我在人類歷史的章節中，得知了沒有任何當代學者猜想過的事，這些書寫記錄大部分是由象形文字構成的語言寫成。透過發出嗡鳴的機器，我用古怪的方式學會了這種語言，那明顯是種黏著語[4]，具有和人類語言完全不同的詞根系統。

其他書本則以不明語言寫成，我也用同樣的怪異方式學會了它們，只有少數典籍使用我認識的語言。極度精巧的圖片對我幫助很大，有些夾雜在記錄中，有些則構成不同的圖冊，在此同時，我似乎也用英文寫下了自身時代的歷史。醒來後，對夢境中的自己所熟識的不明語言，我只記得些許毫無意義的片段，不過我的記憶還保有完整的歷史走向。

執行清醒自我相似案例研究、或是催生夢境的古老傳說前，我就得知自己周圍的生物是世上最偉大的種族，它們征服了時間，也將探險家心靈送往各種時代，還有少數古怪身軀包含著同樣遭擄的心靈。我似乎是用敲響爪子的古怪語言，和來自太陽系每個角落的流亡智慧生物說話。

有個心靈來自我們稱為金星的星球，它的時代遠在漫長無比的紀元之後，還有一個心靈來自六百萬年前的木星外圈衛星。來自地球的心靈之中，有些是古近紀南極的半植物種族，它們長有翅膀和星狀頭顱；有一個是傳說中的瓦盧西亞[5]；有三個是人類出現前的許珀耳玻瑞亞長毛生

4 譯注：agglutinative speech，具有詞性變化的語言類型，會在詞根上加入意義不同的詞尾。

5 譯注：Valusia，在羅伯特・霍華德（Robert E. Howard）筆下的「征服者庫爾」（Kull the Conqueror）相關作品中出現的遠古城市，受蛇人控制。

物，是札特瓜的信徒；有個是可怕的丘丘人[6]；兩個是地球上某個時代的蜘蛛型居民；有五個是繼人類之後出現的堅韌甲蟲類物種，若是某天偉大種族遭遇恐怖危機，就會大舉將最敏銳的心靈傳送到它們身上。還有好幾個心靈出自不同的人類分支。

我和李彥（Yiang Li）的心靈交談，他是來自殘忍的燦昌帝國（Tsan-Chan）的哲學家，該帝國在西元五千年時將會出現；還有在西元前五萬年統治南非的大頭棕色人種之中的將軍；有個心靈是位十二世紀的佛羅倫斯僧侶，名叫巴托洛密歐．寇爾西（Bartolomeo Corsi）；以及一位洛瑪的國王，他曾統治過那座恐怖的極地國度，而矮胖的黃皮膚印努托人（Inutos）則在十萬年後於西方出現，並征服該地。

我和努格索斯（Nug-Soth）的心靈交談過，他是西元一萬六千年時黑暗征服者手下的魔法師；也和名叫泰忒斯．薩姆普羅尼斯．布雷蘇斯（Titus Sempronius Blaesus）的羅馬人談話，他在蘇拉[7]的時代曾擔任財務官；生活於第十四王朝的埃及人克甫涅斯（Khephnes），把奈亞拉索特普的邪惡祕密告訴我，也提到亞特蘭提斯中部王國某位祭司的祕密；來自克倫威爾[8]時代的薩福克郡（Suffolk）紳士詹姆斯．伍德維爾（James Woodville）；來自印加帝國前祕魯的宮廷天文學家；澳洲物理學家奈維爾．金斯頓—布朗（Nevil Kingston-Brown），他將在西元二五一八年過世；來自太平洋上消失的逸（Yhe）的一位大法師；來自西元前兩百年的希臘—巴克特里亞王國（Greco-Bactrian Kingdom）的官員席奧多提底斯（Theodotides）；來自路易十三時代的年老法國人，名叫皮耶—路易・蒙塔格尼（Pierre-Louis Montagny）；西元前一萬五千年的西梅利亞[9]酋長克倫亞（Crom-Ya）；以及其他許多人，而我的大腦無法負荷從他們身上學到的驚人祕密與奇異知識。

每天早上我都是發著燒醒來，有時則慌亂地企圖證實或駁斥落在現代人類知識範疇中的資訊。傳統事實蒙上了全新的可疑面向，我也對能在歷史和科學上添加這麼多驚人注解的夢境幻想，感到相當驚奇。

我對可能潛藏在過去的謎團感到戰慄，未來或許會出現的威脅也害我發起抖來。人類之後的生物，在言談中所暗示的人類命運，對我產生了極大影響，我也不會把這件事寫出來。

人類滅亡後，世上會出現高度發展的甲蟲文明，當恐怖災難吞沒遠古世界時，偉大種族中的精銳成員便會佔領這些甲蟲的身軀。等到地球的壽命結束時，置換過的心靈會再度進行時空遷徙，搬到水星上另一個停靠處的球根狀植物上。但它們會將部份族群拋在後頭，這些個體可悲地不願離開冰冷星球，並在末日來臨前鑽入充滿恐怖物體的地心。

---

6 譯注：Tcho-Tcho，奧古斯特・德雷斯創作的類人亞洲民族，居住在緬甸與馬來西亞等地。

7 譯注：Sulla，古羅馬將軍與政治家。

8 譯注：James Cromwell，英格蘭政治家，於一六五三年至一六五八年出任英吉利共和國的護國公。

9 譯注：Cimmeria，霍華德著作《蠻王柯南》（*Conan the Barbarian*）主角柯南的故鄉。

同時，在我的夢中，我無止盡地寫下自身時代的歷史，準備將之交到偉大種族的中央資料庫，此舉一半出於自願，一半則是用於換取更多待在圖書館與旅行的機會。資料庫位於靠近市中心的雄偉地底建物，經過頻繁工作與諮詢後，我已對此處瞭若指掌。這裡的使用年限被設計得和偉大種族的壽命一樣長，也能抵擋最強勁的地震。這座巨大保存庫如高山般穩固的建築規模，遠遠超越了其他建物。

紀錄被抄寫或印在大書頁上，書頁是由某種出奇強韌的纖維製成，並裝訂成能從頂端打開的書本。書本存放在個別箱子中，箱子以極度輕盈的古怪不銹金屬打造而成，顏色呈灰色，上頭刻有數學符號，也有用偉大種族的彎曲象形文字寫下的書名。

這些箱子放在長方形的存庫隔間中，那應該是上鎖的密閉架子，用同種不銹金屬製成，並以轉動方式複雜的圓形把手鎖上。我自己的歷史，則被指定擺在存庫最底層的脊椎動物區中的特定位置，該區專門收藏人類文化，與在人類之前宰制地球的長毛生物和爬蟲類生物的文化。

但這些夢境從未讓我看到完整的日常生活。一切都只是朦朧且不連續的片段，這些片段肯定也不是以正常順序出現。比方說，我對自己在夢世界中的生活起居方式，便缺乏完善概念，不過我似乎擁有屬於自己的石造大房間。我身為囚犯的限制逐漸消失，因此有些夢境便包含了在寬闊叢林道路上的鮮明旅程，在怪異城市中逗留的過程，以及我在某些龐大漆黑的無窗廢墟中的探索，不過偉大種族卻出奇地對那些廢墟感到畏懼。我也搭乘了備有多層甲板、且速度飛快的巨船，在海上進行漫長航程，還坐在拋射器般的密閉飛船中，穿過荒野地區。飛船是透過電磁互斥力起飛與移動。

寬闊溫暖海洋的另一頭，還有其他偉大種族的城市，而在一處遙遠大陸，我看到長有黑色鼻口部的有翼生物建立的粗糙村落。當偉大種族將最精銳的心靈送入未來，以躲避潛伏的恐怖事物後，這些生物便演化為優勢物種。當地最常見的特色，是平地與茂盛的綠色植被。丘陵低矮且罕見，通常也顯示出曾有火山活動。

我可以就自己看到的動物，寫出一整本書。那裡全都是野生動物，因為偉大種族機械化的文化，早已不採用馴化過的動物，食物則完全是植物或合成製品。體型龐大的笨拙爬蟲類，在冒著蒸氣的沼澤中翻滾、在沉重的空氣中拍翼或躍出海洋與湖泊。這些動物之中，我粗略辨識出許多形體的古老原型：像是恐龍、翼龍、魚龍、迷齒亞綱動物、蛇頸龍，與古生物學經常提到的其他生物。我沒看到任何鳥類和哺乳類。

地面與沼澤滿是蛇、蜥蜴與鱷魚，還有在蒼綠植被中不斷發出嗡鳴的昆蟲。海面遠處，隱匿身形的不明怪物將高聳如山的沫柱，噴入瀰漫蒸氣的空中。有一次，我搭乘裝有探照燈的巨大潛水艇深入海中，瞥見了某些尺寸驚人的恐怖生物。我也目睹了壯麗的下沉都市，以及滿布四周的海百合、腕足動物、珊瑚與魚類。

我的夢境鮮少提供偉大種族的生理狀態、心理、習俗與詳細歷史的資訊，而我寫下的諸多零散要點，則是從我對古老傳說的研究和其他案例中蒐集而來，並非出自我的夢境。

當然，隨著時間過去，我的閱讀與研究在許多層面趕上並追過了夢境內容，因此某些夢境片段便提前得到解釋，也證實了我所打聽到的知識。這點使我感到安慰，因為這證實了我的論點：我的第二人格進行的閱讀與研究，確實催生出整段恐怖的偽記憶。

我夢中的時代明顯是一億五千萬年前，當時是中生代取代古生代的時期[10]。偉大種族佔據的軀體完全不像任何存活至今、或科學上已知的陸生演化產物，反而屬於某種特殊有機體，族群全然同質，並且高度特化，與動植物都十分相似。

它們的細胞活動相當獨特，幾乎不會感到疲勞，也完全抹滅了睡眠需求。它們也透過其中一根富有彈性的觸手上的紅色喇叭狀附肢吸收營養，來源通常是半流體，在許多層面都不像已知動物的食物。

這些生物具有我們認識的兩種感官功能：視覺與聽覺。它們使用頭頂灰色莖稈上外型如花的附肢來感知聽覺，且擁有其他難以理解的感官能力，不過，遭擄的異族心靈寄居在它們的軀體中時，無法妥善使用這些能力。它們三顆眼睛的位置，讓它們取得了異常寬敞的視野，且其血液是某種濃厚的深綠色黏液。

它們沒有性別，只透過叢生處的種子或孢子繁殖，這些種子也只能在水底生長。它們使用龐大又深邃的水槽讓後代生長，不過，有鑑於此個體極度漫長的壽命（一般長度為四到五千年），它們只會扶養少許後代。

一等身上的殘缺被發現，具有嚴重缺陷的個體便會被迅速抹殺。在缺乏觸覺或身體痛苦的情況下，只能透過可見症狀來察覺疾病與瀕死狀況。

死者會在隆重儀式下火化。如先前所提，偶爾會有敏銳的心靈將自己投射到未來，以便逃避死亡，但這種案例並不多。當狀況確實發生，來自未來的流亡心靈便會受到最和善的照顧，直到它的陌生軀殼腐朽殆盡。

偉大種族似乎組成了組織鬆散的單一國家或聯盟，擁有共同的主要機構，不過國內有四個明確分支。每個單位的政治與經濟系統，都採用了某種法西斯社會主義，主要資源受到合理分配，由所有通過特定教育與心理測試的生物投票選出的小型行政委員會，則握有權力。它們並不強調家庭組織的重要性，不過來自相同族系的個體之間確實有聯繫，幼兒通常也由父母扶養長大。

它們與人類心態和制度的相似之處，在某些領域十分明顯。那些領域一方面具有高度抽象的元素，另一方面占有優勢的，則是在所有有機生命體身上常見的非特化基本需求。由於偉大種族探測過未來，也複製了它們所喜歡的習性，便刻意採用了這些額外的相似之處。

高度機械化的工業，只需要每位公民貢獻一丁點時間，大量空閒時間中，充斥著各種智慧與

10　譯注：此處為洛夫克拉夫特筆誤，中生代接續古生代的時間點約莫為兩億五千萬年前。

美學活動。

科學已達到了令人無法想像的高度發展，藝術也是生活中重要的部分，不過我的夢境已經過了藝術發展的高峰期。科技受到持續不斷的生存壓力大力刺激，還得維持龐大都市的實體結構。在那段原始歲月，強烈的地質變動帶來了危機。

犯罪率出奇地低，擁有高度效率的警方會處理案件。懲處方式從剝奪特權、終生囚禁或嚴重情緒折磨都有，也只有在謹慎研究過罪犯動機後，才會施行。

過去幾千年來，發生的戰爭大多是內戰，但有時也會對抗爬蟲類或章魚型入侵者，或是長有翅膀與星狀頭部的古族（Old Ones）。這種生物聚集在南極，也不太常出現，但總是有極高的毀滅性。偉大種族有批大軍，使用能產生強烈電擊的相機式武器。軍隊隨時待命，但它們鮮少提起軍隊的目的，但明顯與它們對漆黑又無窗的古老遺跡，和地下最深層封死的龐大活板門所感到的無盡恐懼有關。

這股對玄武岩遺跡和活板門的畏懼，大多只是沉默的暗示，或頂多是偷偷摸摸的隱晦傳言。尋常書架上的書本全然缺乏和這點有關的細節，這是偉大種族成員間的禁忌話題，也似乎與駭人的過往鬥爭、與某天將迫使整支種族把大量敏銳心靈送往多年後的未來危機有關。

夢境與傳說呈現了其他不完整的片段，因此這件事依然令人困惑地籠罩在謎團之中。隱晦的古老神話避開這點，或許所有對這件事的影射，都因某種理由而遭到移除，在我自己與其他人的夢中，暗示也出奇地少。偉大種族的成員從未刻意提起此事，僅有的線索，只來自某些觀察力敏銳的遭擄心靈。

根據這些支離破碎的資訊，這股恐懼的根源是某種恐怖的古老半水螅生物，它們是徹徹底底的外星生物，從無比遙遠的宇宙穿越太空前來，並在約六億年前統治地球與太陽系中其他三顆星球。它們身上只有部分是我們認知中的物質，其意識與感應媒介，則與地球生物截然不同。比方說，它們的感官缺乏視覺，精神世界則充滿古怪的無視覺印象。

不過，它們身上有足夠的物質，能在包含物質的太空區域中，使用正常物質構成的工具；它們也需要住處，但性質相當特殊。儘管它們的感官能穿透所有物質屏障，身體成分卻辨不到這點，且電力的某種狀態能將它們完全摧毀。它們具有飛行能力，但卻缺乏翅膀或其他可見的飛行器官。其心靈特質，則使偉大種族無法對它們進行置換。

這些生物來到地球時，打造了滿是無窗高塔的玄武岩城市，也兇殘地獵食它們找到的生物。此時，偉大種族的心靈從銀河系彼端的神祕世界穿越虛空，而不祥且充滿爭議的埃爾特頓陶片（Eltdown Shards），則稱此世界為伊斯（Yith）。

新的到訪者利用自己創造的設備，輕鬆打敗了掠食生物，並將它們往下趕入地底洞穴，這時掠食者們早已將這些洞穴連結到自己的居所，開始在裡頭居住。

接著它們封住入口，讓對方自生自滅，之後則占據了掠食者的巨城，並保存了某些重要建築，比起無感、大膽、或是對科學與歷史的熱情而言，這種行為的動機更接近迷信。

但隨著數紀元過去，開始浮現些許邪惡跡象，顯示在地底的古老生物變得越來越強，數量也大幅增加。在偉大種族的某些偏遠小都市，以及它們並未定居的某些荒廢古城中，發生了零星的入侵事件，狀態非常駭人。在這些地方，導向地底深淵的通路並未受到妥善封印或嚴加戒備。

在那之後，偉大種族採取了更嚴格的防範措施，並永久封閉了某些通道。不過有少數出口它們是以活板門封上，如果古老生物在預料外的地點出現，偉大種族就會在對抗敵人時，將這些出口用於戰略佈署。

古老生物的入侵肯定造成了難以描述的恐慌，因為它們永久影響了偉大種族的心理。恐懼在它們心中根深蒂固，因此它們絕口不提任何那些生物的相關描述，我也從來無法得知那些生物確切的長相。

有些曖昧跡象顯示它們擁有恐怖的可塑性，也能暫時隱形，其餘零碎謠言則提到它們能夠控制強風，並將之當作武器運用。獨特的哨音，與由五個圓形腳趾痕跡組成的巨型腳印，似乎也是與它們有關的特徵。

偉大種族明顯極度畏懼即將到來的末日，這場末日將會使數百萬個敏銳心靈穿越時間深淵，進入較安全未來中的陌生軀體，而末日降臨的原因，與古老生物最終入侵成功有關。

來自未來的精神投射已清楚預示了這樁恐怖事件，偉大種族也決定，無法逃脫災難的成員，都得面對它。它們從地球日後的歷史得知，那場突襲是對方的報復行動，而非企圖重掌地上世界。它們的投射顯示，那些怪物完全沒有干擾後續出現的物種。

或許比起變化萬千、狂風肆虐的地表，這些怪物比較喜歡地底深淵，因為光線對它們毫無意義，或許經過了數紀元後，它們也會緩緩變弱。眾所皆知的是，在人類之後的甲蟲物種時代中，它們確實已完全死去，而逃跑的偉大種族心靈則寄居在那些甲蟲體內。

在此同時，偉大種族維持著謹慎的警戒心，儘管已將敵人的蹤跡從一般談話的紀錄中驚駭地抹去，卻依然毫不止息地準備強力武器。無名陰影總是籠罩著封閉的活板門，與漆黑的無窗古塔。

第五章

那正是我的夢境每晚帶給我的零散模糊迴響。我無法真正了解這種迴響中的恐怖與畏懼，因為這種感覺的來由，完全是根據虛無飄渺的特質，只不過是鮮明的偽記憶。

如我所說，我的研究逐漸使自己能夠用理性的心理學解釋，來抵禦這些感覺。隨著時間過去，我習慣了這些夢境，這點也微妙地加強了自己的心理防護，但儘管有一切防範措施，不斷蔓延的模糊恐懼三不五時仍會出現。不過，恐懼並沒有像之前一樣吞沒我，一九二二年後，我過著兼有工作與休閒的正常生活。

接下來的數年，我開始感覺該詳盡整理自己的經驗（加上相似案例與相關民俗傳說），並為了嚴謹的學者們出版這些紀錄。於是我準備了一系列文章，概略講述了所有要素，並以粗糙的素描畫出我在夢中所記得的型態、場景、裝飾主題與象形文字。

這些文章於一九二八至二九年時，不定期在《美國心理學會期刊》（*Journey of American Psychological Society*）上刊載，但並沒有受到多大關注。我持續仔細地記錄自己的夢境，逐漸累積的報告數量變得非常大，造成了麻煩。一九三四年七月十日，心理學會轉寄了一封信給我，信中揭露了這整件瘋狂苦難其恐怖的高潮。郵戳來自西澳洲的皮爾布拉（Pilbarra），經我詢問後，上頭的簽名來自某位知名礦業工程師，信中有些非常怪異的照片。我會重新呈現完整的信件內文，讀者肯定也能了解，這封信和照片對我造成了多大的震撼。

有段期間，我感到震驚又不敢置信。儘管我經常想到，那些影響我夢境的傳說底下，必然藏有某種事實基礎，但我依然從未準備好，面對超越想像的遠古失落世界依然倖存的可能性。最可怕的證據是照片，之中不容置疑的冰冷現實裡，沙地背景前矗立著受過風吹雨打的石磚，稍微突起的頂端與些許凹陷的底部，突顯了自身的故事。

用放大鏡研究照片時，我在磨損處與坑洞之間，明確看出彎曲圖樣與經常出現的象形文字痕跡，它們的意義對我而言，再醜惡不過了。以下就是這封信的內容，其中的意義已不言而喻。

丹皮爾街（Dampier Street）四十九號
西澳洲皮爾布拉
一九三四年五月十八日

納撒尼爾．溫蓋特．皮斯理教授
美國心理學會轉寄
東四十一街三十號
美國紐約市

親愛的閣下：

最近我和珀斯（Perth）的E．M．波以爾博士（E.M. Boyle）談過話，也讀過他剛寄給我的一些刊有你文章的報紙，這使我覺得，該把我在位於我們金礦東邊的大沙沙漠（Great Sandy Desert）中發現的東西告訴你。有鑑於你描述的傳說提到充滿巨石建物、古怪設計和象形文字，我可能發現了某種非常重要的事物。

黑人們老是提到「有記號的巨石」，也似乎對這種東西滿懷恐懼。他們將這類巨石以某種方式連結到他們與布戴（Buddai）有關的通俗民族傳說，布戴是名把頭部枕在手臂上、並在地底沉睡了數世紀的老巨人：某天他會醒過來，吞噬世界。

當地有些幾乎已遭人遺忘的古老故事，和以巨石打造的龐大地底屋舍有關，該處的通道不斷往地底延伸，那裡也曾發生駭人事件。黑人們宣稱，有些戰士曾在逃離戰役時，往下走入其中一條通道，從此沒有回來過，不過他們下去後不久，當地便颳起可怕的強風。然而，這些當地人說的話通常不怎麼可信。

但我要說的事不只如此。兩年前，當我在沙漠東方五百英哩處進行探勘時，發現許多打磨過的石頭，尺寸為3×2×3英呎，外表遭到嚴重風化與腐蝕。

剛開始我找不到任何黑人提過的記號，但當我仔細觀察時，儘管石塊受盡風霜，我卻能看出某些深邃的雕刻紋路。那些是特殊的曲線，和黑人試圖描述的一樣。我想那裡肯定有三、四十塊石磚，有些幾乎完全埋在沙中，所有石磚圍成一圈，圈子直徑約莫四分之一英哩。

我看到一些石磚後，就在四處仔細找尋更多石磚，並用自己的設備謹慎地測量此地。我也拍下十到十二塊外型最典型的石塊，並附上照片讓你參考。

我將自己收集的資訊與照片交給珀斯政府，但他們並未對此採取任何行動。

接著我碰上波以爾博士，他在《美國心理學會期刊》上讀過你的文章，後來我恰好提起了石塊。他非常感興趣，我給他看照片時，他也感到相當興奮，並說石塊與記號和你的夢境和傳說中出現的石造建物一模一樣。

他打算寫信給你，但耽擱了。同時，他把大部分刊有你文章的雜誌寄給我，我也立刻從你的繪畫和描述中看出，我肯定找到了你筆下的石塊。你可以在隨信附上的照片中理解這點，之後波以爾博士會直接向你解釋。

我現在了解這一切對你有多重要了。我們毫無疑問地碰上了某種超越人們夢中想像的未知文明遺跡，這些東西也構成了傳說的基礎。

身為礦業工程師，我對地質學有些了解，也能告訴你，這些石塊古老到使我害怕。它們大多以砂岩和花崗岩組成，不過有一塊大抵上是用某種怪異的水泥或混凝土製成的。

石塊上頭有經歷過水蝕的痕跡，彷彿自從這些石塊被製造出來使用後，當地曾深藏海中，度過了漫長歲月才重新浮上來，期間可能過了成千上百個年頭，天知道有沒有更長，我不喜歡想這件事。

考量到你先前蒐集傳說與所有相關證據的努力，我相當肯定你會想率領探險隊，前往沙漠進行考古挖掘。如果你或你認識的組織能夠出資，波以爾博士和我都準備好和你在行動中合作。

我可以找來十幾名礦工進行重型挖掘，黑人毫無助益，因為我發現他們對這個地點抱有幾乎瘋狂的恐懼。波以爾和我沒有向其他人提起此事，因為你顯然應該先得到探索成果，或享有應有的名份。

從皮爾布拉搭乘牽引機走四天，就能抵達該處，我們需要牽引機來運送裝備。地點約莫位於沃伯頓[11]一八七三年路線的西南方，和喬安娜泉（Joanna Spring）東南方一百英哩處。與其從皮爾布拉啟程，我們也能從迪格雷河（De Grey River）漂流過去，但這可以之後再談。

那些石塊大約位於南緯二十二度三分十四秒，東經一百二十五度〇分三秒的位置。當地屬於熱帶氣候，沙漠的自然環境十分難熬。

我相當歡迎你就此事進一步來信討論，也很願意協助你想出來的任何計畫。研究過你的文章後，我就對整件事的深邃重要性感到印象深刻。之後波以爾博士也會寫信給你。如果需要快速通聯的話，可以透過發送無線電報到珀斯。

衷心希望能盡快收到回音。

相信我

羅伯特・B・F・麥肯錫（Robert B.F. Mackenzie）敬上

媒體曾大幅報導這封信帶來的後續狀況。我很幸運地得到米斯卡托尼克大學的贊助，澳洲那頭的麥肯錫先生與波以爾博士也在安排事務上扮演了要角。我們沒有對大眾公開我們的目標，因為整件事很容易被廉價報紙加油添醋。結果，報紙上只有零星報導，但也已公開了我們要前往謠傳中的澳洲廢墟進行探險一事，並記錄了我們每一步準備過程。

大學地質系的威廉・戴爾（William Dyer）（他是一九三六年米斯卡托尼克南極探險隊的隊長）[12]、古代歷史系的斐迪南・C・艾許利（Ferdinand C. Ashley）與人類學系的泰勒・M・弗里伯恩（Tyler M. Freeborn），再加上我兒子溫蓋特，都與我同行。

---

11 譯注：Peter Warburton，首位跨越大沙沙漠的歐洲人。

12 譯注：此處影射《瘋狂山脈》的劇情；戴爾是《瘋狂山脈》中的旁白。

我的通信人麥肯錫於一九三五年上旬來到阿卡漢，協助我們進行最終準備。他是個相當能幹又和藹可親的五十歲男子，自身學識豐富，也相當熟悉在澳洲旅行會碰上的所有狀況。

他派拖拉機在皮爾布拉待命，我們也雇了台尺寸夠小的不定期貨輪，能夠航行到河流中那個位置。我們準備好用最謹慎的科學方式進行挖掘，篩出每一粒沙，並且不擾亂其他處於原態的物體。

一九三五年三月二十八日，我們搭乘嘶嘶作響的雷辛頓號（*Lexington*）從波士頓啟航，悠閒地渡過大西洋與地中海，穿過蘇伊士運河，往下航入紅海，再穿越印度洋，抵達我們的目的地。我不需要多提西澳洲低矮的沙岸有多讓我感到沮喪，以及我有多厭惡粗鄙的礦業城鎮和荒涼的金礦場，拖拉機在那取得了最後一批貨物。

和我們碰面的波以爾博士，是位年長可親又聰慧的人，他對心理學的豐富知識，也讓我和我兒子與他進行了多次漫長討論。

當我們一行十八人終於穿越乾燥的砂礫與岩石時，大多人心中都混雜了古怪的不安與期待。五月三十一日星期五，我們涉水渡過迪格雷河，踏入荒涼無比的國度。當我們前往傳說幕後的古老世界遺址時，我心裡萌生了一股具體的恐懼，這股恐懼會開始增長，自然是由於我的不祥夢境與偽記憶依然從不鬆懈地侵擾我。

六月三日星期一，我們看到第一塊半掩埋在沙中的石磚。我無法描述自己在現實中實際碰觸到巨石建物碎片時，察覺到的情感——這些石磚各方面都與我夢中建築的牆面相仿。上頭有明顯的刻痕，等到我認出部分彎曲的裝飾圖樣時，雙手便不禁顫抖，數年來的駭人惡夢與複雜研究，已使我對這種圖案感到顫慄。

挖掘了一個月後，我們找到了一千兩百五十塊石磚，磨損與解體狀態各有不同。大多石磚都是巨石雕刻出來的，頂端與底部都有弧度。少部分較小而扁，表面相對平滑，也和我夢中的地板與鋪面道路上的石磚一樣，呈正方形或八角形。有幾塊異常巨大，彎曲或傾斜程度顯示，它們被用於穹頂或交叉拱頂，也可能是拱門或圓形窗框的一部分。

我們挖得越深、更往東方與北方挖，就發現越多石磚，不過我們依然無法找出與石磚排列方式有關的跡象。戴爾教授對碎片古老得難以估算的歷史感到驚駭，弗里伯恩則發現，有些符號痕跡陰森地符合古老的巴布亞和玻里尼西亞傳說。石磚的狀態與分散位置，無聲地講述了野蠻宇宙中令人暈眩的時間循環與地質變動。

我們帶了架飛機過來，我兒子溫蓋特經常會飛上不同高度，掃視滿布砂石的荒原，找尋模糊的大範圍輪廓，可能是地面高度不同，或是石塊蹤跡分散，他什麼也沒發現。無論他何時認為自己瞥見某種重要跡象，下一趟航程中，他就會發現別種毫不重要的景象，取代了先前的跡象，這是變化萬千的砂礫被風吹拂後的結果。

不過，有一兩種短暫的跡象，對我造成怪異且不祥的影響。透過某種方式，它們似乎可怕地符合我夢過或讀過的某些東西，但我完全記不得那些事物的原貌。那類跡象有種駭人的熟悉感，也使我偷偷摸摸又擔憂地望向位於北方與東北方的可憎荒原。

約莫七月第一週，我對東北方地區產生了難以解釋的混雜情緒。其中包含了恐懼與好奇，但更強烈的，則是持續不斷且令我困惑的記憶幻覺。

我嘗試了各種心理應急措施，以便將這些想法趕出腦海，但沒有成功。我逐漸失眠，但我幾乎對這點感到慶幸，這樣便能縮短自己夢境的長度。不久後我就產生了新習慣，會在深夜獨自到沙漠中散步，無論古怪的新衝動如何微妙地拉扯我，我通常都往北方或東北方走。

有時在散步期間，埋在沙中的古老石造建物碎片會把我絆倒。儘管比起我們的開挖點，這裡可見的石磚更少，但我確定地底肯定藏有大量石塊。地面比起我們的營地而言較不平坦，旺盛的強風則三不五時將砂礫暫時吹成形狀特異的沙丘，並在掩蓋其他痕跡時，暴露出古老石塊低矮的跡象。

奇怪的是，我急於將挖掘工作擴張到這塊區域，同時又害怕可能會發現的東西。我明顯落入相當不良的狀態，更糟的是，我無法控制它。

從我對某次夜間漫遊時的古怪發現做出的反應，就能看出我惡劣的心理狀態。事情發生在七月十一日晚間，當時月亮特異的蒼白光芒，照射在神祕的沙丘上。

我走到超越以往範圍的位置，並碰上了一塊巨石，它看起來和我們先前看到的石塊都不同。

它彷彿完全埋在沙中，但我停下腳步，用雙手清掉砂礫，之後則仔細研究這個物體，並用手電筒的光線增強月光的照明度。

和其他大岩石不同的是，這座石塊被切割得非常方整，表面沒有突起或凹陷。它似乎是由某種黑色玄武岩構成，其組成和我熟悉的花崗岩、砂岩和有時出現的混凝土石塊不同。

我忽然站起身，並掉頭高速跑回營地。我的逃跑是種不由自主的非理性行為，等我靠近自己的帳篷時，才完全明白自己為何跑走。此時我明白了，我曾在夢中與資料中看過那怪異黑石，它也與太古傳說中最恐怖的事物有關。

那就是傳說中偉大種族深深畏懼的古老玄武岩磚，它來自陰沉的半物質怪物所留下的高聳無窗遺跡。它們躲藏在地底的無盡深淵，活板門封住了它們如風的隱形力量，門外則駐有不眠的守衛。

我整晚都醒著，但黎明時，我發現自己居然因傳說而感到擔憂，實在愚蠢。與其感到害怕，我應該感受到發現人該有的狂喜才對。

隔天上午，我把自己的發現告訴其他人，戴爾、弗里伯恩、波以爾、我兒子和我則出發觀看那座特殊岩石。不過，我們失敗了。我不曉得石塊的確切位置，且夜風完全改變了沙丘的樣貌。

第六章

現在我將提到整篇故事中最重要、也最難解釋的部分，困難之處在於，我無法確認這件事的真實性。有時我不安地覺得，自己並不是在作夢、或看到幻覺。由於這種感覺，加上我經驗中的客觀真相所具有的莫大意義，驅使我製作這份記錄。

我兒子將對我所說的事進行專業判斷。他是個訓練有素的心理學家，也完全了解我的案例。首先，讓我描述這件事表面上的狀況，這是待在營地的人所知的事。七月十七日至十八日夜間，颳起強風的一天後，我提早就寢，但無法入睡。我在十一點前後不久起床，與往常相同的古怪感覺，使我再度注意起東北方地區，於是我和平常一樣，出發進行夜間散步。我離開營區時，只碰到一人，並向他打招呼，他是位名叫圖伯（Tupper）的澳洲礦工。

月亮剛度過滿月期，並在晴朗的天空中發光，在古老砂礫上撒下不潔的白光，對我而言卻似乎邪惡無比。外頭再也沒有颳風，五小時內也相當平靜，圖伯與其他看到我迅速跨越飽含祕密的蒼白沙丘、往東北方走去的人，都可以為此作證。

約莫凌晨三點半時，一股猛烈強風吹了起來，驚醒了營區中的所有人，還吹倒了三座帳篷。天空萬里無雲，沙漠依然閃爍著邪惡月光，眾人檢查帳篷時，發現我不在場，但由於我先前會出外行走，就沒人對這件事感到警覺。不過，最多有三個人（全是澳洲人），似乎感受到空氣中某種不祥氛圍。

麥肯錫向弗里伯恩教授解釋，這是從黑人民俗傳說中感染的恐懼。當地人對每隔一段長時間，就會在晴朗天空下橫掃沙漠的強風，編織出了一套奇特的邪門傳說。據說，這種風從地底的巨石住所中吹出，該處曾發生過可怕事件，在有記號的巨石零散分布的地區外，不會感受到這股強風。強風在靠近四點時消散，和出現時一樣唐突，讓沙丘化為全新的陌生形狀。

剛過五點，帶有真菌色彩的腫脹月亮往西落下時，我蹣跚地走進營區，頭上少了帽子，衣物破爛，身上滿是抓傷與血跡，手電筒也不見了。大多人都已上床，但戴爾教授在他的帳篷前抽煙斗。看到喘不過氣又處於癲狂狀態的我，他便叫來波以爾博士，兩人把我扶到我的窄床上，將我安頓下來。我兒子被騷動吵醒，也迅速加入他們，三人則試圖強迫我躺好入睡。

但我完全沒有睡意。我的心理狀態非常特殊，和之前的症狀完全不同。過了一段時間後，我堅持要說話，緊張又特意地解釋我的狀況。我告訴他們，自己覺得疲勞，便在沙地上躺下小睡。我說，當時出現的夢境比以往更駭人，等到我被忽然颳起的風驚醒時，我承受過度壓力的神經便失控了。我慌張地逃跑，在半埋在沙中的岩石堆中頻繁跌倒，才會讓自己變得衣著破爛又狼狽，我肯定睡了很久，才會失蹤了好幾小時。

我完全沒暗示自己看到或體驗到任何怪事，也在此層面上展現了最嚴謹的自我控制，但我提到對整場探險改變了心意，也要求所有人全面停止往東北方挖掘。我的理由顯然相當薄弱，因為我提到該處缺乏石磚，也不願冒犯迷信的礦工，加上大學提供的資金可能短缺，還有其他虛假或不重要的原因。自然沒有人理會我的新心願，就連我兒子都置之不理，他明顯把心思放在我的健康上。

隔天早上我起床並在營區附近行走，但沒有參與挖掘。發現我無法阻止工程後，我便決定為了自身精神而迅速回家，也要我兒子保證，一等他探勘完我希望大家能遠離的地帶後，就開飛機載我飛回位於西南方一千英哩處的珀斯。

我想，如果自己看到的東西依然可見，我可能就會甘冒遭到嘲笑的風險發出特殊警告，清楚當地民俗故事的礦工，可能也會支持我的說法。為了迎合我，我兒子在那天下午進行探勘，飛越了我可能走過的整座區域，但我發現的東西已完全消失。

狀況和異常的玄武岩磚相同，不斷變動的砂礫抹去了所有蹤跡。在那一瞬間，我有些後悔在恐懼中失去了某個驚人物品，但現在我明白，這損失相當幸運。我依然相信這整件事是場幻覺，我也衷心希望，永遠不要有人找到那座地獄般的深淵。

溫蓋特於二十日載我到珀斯，不過他拒絕放棄探險並返家。他陪我待到二十五日，前往利物浦的蒸汽輪船於當天啟航。現在待在女皇號（*Empress*）艙房中的我，花了很長時間驚慌地思考整件事，並認為至少得讓我兒子得知真相，要不要將這件事公諸於世，就留給他決定。

為了應付各種可能發生的情況，我準備了這份解釋自身背景的總結，其他人已經零散地得知此事。現在我將盡量簡短地講述，我在那醜陋夜晚失蹤時，究竟發生了什麼事。

滿心緊張的我，再次受到東北方那股費解又令人害怕的回憶衝動所驅使，在閃爍邪光的月亮底下緩緩前進。我看到四處半掩埋在沙中的原始巨型石磚，它們來自遭人遺忘的無名太古歲月。

這座可怕荒原無可計量的歷史與陰森的恐怖感，開始以前所未見的方式壓迫我，我也不禁想到自己瘋狂的夢境，以及潛藏其後的駭人傳說，還有現代當地人與礦工對沙漠與雕刻巨石感到的畏懼。

但我繼續前進，彷彿要參與某種怪誕的集會，也越受到誇張的幻想、衝動與偽記憶影響。我想到某些疑似是石塊排列線條的輪廓，我兒子曾從空中看到它們過，也想知道為何它們看起來如此不祥且熟悉。有東西正摸索翻動著將我回憶鎖上的門閂，另一股不明力量則企圖緊閉大門。

夜色中沒有颱風，蒼白沙漠的曲線如結凍海浪般往上下延伸。我沒有目的地，卻彷彿受到命運牽引般向前走。我的夢境湧進清醒世界，使每座埋在沙中的巨石碑，似乎都成為人類出現前的石造建物中無盡的房間與走廊。上頭滿布雕刻與象形文字，由於我身為偉大種族俘虜心靈多年，使我相當熟稔這些符號。

有時候，我覺得自己似乎看到那些全知的圓錐形怪物正在進行它們習慣的工作，我也害怕往下看，以免發現自己和它們擁有相同體態，但只要我望向被砂礫覆蓋的石磚，就能看見那些房間與走廊。燃燒般的邪惡月亮，使我想起發亮的水晶燈；無盡的沙漠，則讓我看到在窗外搖曳的蕨類。我醒著，同時也在做夢。

我不清楚自己走了多久或多長，連方向我也說不上，此時我首度瞥見石堆，白天的強風已吹走了上頭的砂礫。那是我目前看過最大的石堆，輪廓鮮明得使我眼前的古老幻象忽然消失。

我面前再度只剩下沙漠、邪惡月亮與神祕過往殘留下來的碎石。我走近並停下腳步，將手電筒的光芒照到崩塌的石堆上。有座沙丘被吹垮，留下一座形狀不規則的低矮圓形巨石堆，與較小塊的碎片，總長大約四十英呎，高度從兩英呎到八英呎都有。

從一開始，我就明白那些石塊有某種不尋常的特質。石群不只數量獨特，當我用月光與手電筒混合的光線檢視它們時，沾滿砂礫的雕痕中，有某種東西吸引了我的目光。

這些石塊與我們先前發現的樣本並無不同，那是某種更微妙的感覺。單獨看一塊石磚時，並沒有這種感覺，只有當我的視線幾乎同時掃過好幾塊石磚，才會察覺徵兆。

最後，我明白了真相。許多石磚上的彎曲圖樣之間有緊密連結，那是一大塊裝飾圖案的一部分。在這塊歷經亙古的荒原，我首度遇見了依然留在原址的石砌建物，它們確實已坍陷破碎，但確實仍存在於世上。

我從低處出發，努力攀爬石堆。我用手指四處清除砂礫，並持續研究不同的大小、形狀與風格，還有設計上的關聯。

過了一陣子，我就多少能猜出這座過往建物的本質，還有曾一度散佈在原始石砌建物龐大表面的圖像。整體建物和我在夢中窺見的某些畫面完全吻合，使我感到訝異又害怕。

這曾是一道三十英呎高的龐大走廊，地面鋪設了八角形石磚，頂端則建有堅固的穹頂。右邊有房間的入口，遙遠的另一端，則有一座古怪的斜坡，並蜿蜒地延伸到地底深處。

當我想到這些事時，便劇烈顫抖起來，因為它們提供了比石塊更多的資訊。我怎麼曉得這塊區域會深藏地底？我怎麼知道通往上方的斜坡在我身後？我怎麼會清楚知道導向巨柱廣場（**Square of Pillars**）的漫長地底通道，應該位於我左側的上一層樓？

我怎麼知道機械室和右邊通往中央資料庫的隧道，就位於兩層樓底下？我怎麼知道在四層樓之下的底部，有其中一道用金屬環帶拴住的恐怖活板門？

對夢境世界入侵現實感到驚訝的我，邊顫抖邊冒出了一身冷汗。

接著，出現了令人難以忍受的最後一絲跡象：我感到微弱又陰森的冷空氣，從靠近石堆中央的凹陷處往上竄。和之前一樣，我的幻象立刻消失，眼中再度剩下邪惡月光、陰鬱沙漠，與蔓延坍塌的古老建物。我感受到某種具體的寫實氛圍，但其中又混雜了無限的邪門暗示。那股氣流只代表了一個東西：地面雜亂石磚下的巨型隱藏深淵。

我第一個念頭，是不祥的黑人傳說：裡頭敘述了巨石間的龐大地底屋舍，怪事在此發生，強風也源自此處，接著我腦海中再度浮現關於夢境的思緒，也感覺到偽記憶拉扯著我的心智。我腳下究竟是什麼地方？我即將發現的，是哪種超乎想像的原始祕密？古老神話與揮之不去的惡夢便萌生於此。

我只猶豫了一下，因為驅使我前進、並令我壓抑高漲恐懼的，並不只是好奇心與對科學的熱情。

我幾乎像是機械化般地移動，彷彿受到強烈命運所掌控。我將手電筒收入口袋，並用上從未想過自己擁有的力氣，先將第一塊巨石碎片搬開，再移開另一塊，直到底下冒出一股強風，風中的溼度和沙漠乾燥的空氣形成怪異對比。一道黑色裂隙逐漸張開，而當我推開每塊小到能被推開的碎石後，邪淫的月光便照亮了一條寬度足以容納我的裂縫。

我拿出手電筒，向開口照下一束明亮的光線。我底下有座坍陷的建物，以四十五度角往北方微微傾斜，顯然是過往的坍塌所造成。

建物表面與地表之間，有座漆黑無比的深淵，洞口頂端有乘載壓力的龐大穹頂跡象。這裡的大漠砂礫，似乎直接壓在某種於地球遠古時代、就坐落在此的雄偉結構上。從當時到現在，我都猜不出它是如何撐過自太古以來的地質變動。

現在回想起來，在沒有人知道自己下落的情況下，忽然獨自衝進可疑的深淵，是個極度瘋狂的想法。或許肇因確實是瘋狂，但那晚，我毫不猶豫地往下爬。

那股指引我方向的誘惑與命運驅動力再度浮現。我斷斷續續地打開手電筒，以便保存電力，我就這樣展開往開口底下的不祥巨型斜坡的瘋狂旅程。有時當我發現手可以抓握的部位，或是良好的落腳處時，便面向前方，其他時候，我則轉身面對巨石群，同時更小心地緊抓石壁與摸索前進。

往我身旁兩個方向看去，遙遠又碎裂的雕製牆面，在手電筒光束下朦朧地矗立。不過，我前方只有深不可測的黑暗。

向下爬時，我並未記錄時間。我腦海中滿是困惑的跡象和影像，使所有客觀事物似乎都退到遙不可及的距離之外。物理感受完全消失，就連恐懼都宛如成了死靈般毫無動靜的石像鬼，有氣無力地瞪視著我。

最後，我抵達了平坦地面，上頭四散著落石、形狀難辨的石塊碎屑、沙子與各種瓦礫。間隔約三十英呎的兩側，矗立著雄偉高牆，頂端則聚合成為交叉穹窿。我能判斷出它們上頭有雕刻痕跡，但完全無法看出紋路本身的樣子。

最讓我驚嘆的，是頭上的穹頂。我的手電筒光線無法照到屋頂，但可怖拱門的下半部相當明顯，它們完全符合我身處無數古老世界的夢境時看到的景象，使我首度劇烈顫抖起來。

我身後高處，一股微光透露出外頭受到月光照亮的世界。某種不明確的謹慎警告我，不該讓那股微光脫離自己的視線，不然就沒有東西能指引我回去了。

我走向左側的牆壁，上頭的雕刻痕跡最明顯。瓦礫四散的地板幾乎和下坡路一樣難走，但我依然辛苦地抵達目的地。

我搬開其中一處的石磚，並踢開碎石，想觀看鋪面地板的外型。熟悉的龐大八角形石磚使我打起冷顫，彎曲的表面依然勉強貼緊彼此。

我離牆走了一小段距離，用手電筒緩慢又仔細地掃過磨損的雕刻殘骸。過往的水流似乎侵蝕了砂岩表面，上頭還有我無法解釋的水垢。

建物上有些鬆散又扭曲的部分，我也想知道，這座原始又隱匿的建築剩餘的結構，還能在地球動盪中撐過多少紀元。

但使我最感到興奮的，是雕刻本身，儘管它們因時間而磨損，在近距離依然清晰可辨。我對它們所有細節的熟悉度，幾乎震驚了自己的想像，我居然對這座古老建物的主要特色感到熟悉，但這點其實並不異常。

這些特質強烈影響了某些特定神話的作者，並成為一連串神祕學識的一部份。失憶期的我不知怎地注意到這些學識，並在我潛意識中引發了鮮明畫面。

但我要如何解釋這些古怪設計中的每條線和每個螺旋，都與我二十多年來夢過的圖案完全相符呢？是哪種隱晦且遭人遺忘的圖像，重現了我夢中圖案每種微妙陰影與細微差別呢？這些圖案曾夜復一夜不斷侵擾著我。

或許這點並非運氣，只是有些許相似。千真萬確的是，我身處其中的這道隱藏了數紀元的古老走廊，就是我夢中熟識景象的本體，我對它的熟稔度，就和對自己位於阿卡漢鎮克萊恩街上的住家一樣熟悉。的確，我的夢顯示出此地尚未敗壞的全盛期，但這裡確實是相同的地點。可怕的是，我完全熟悉此地。

我認識自己身處的這座建築，也清楚它在夢中的恐怖古老都市裡的位置。醜陋的直覺告訴我，自己能在躲過無盡歲月帶來的變化與災難的建築或城市中，精準地造訪任何地點。這究竟代表了什麼？我怎麼會得知這些事？那些與居住在這座原始岩石迷宮的生物有關的古老故事，到底隱藏了什麼恐怖真相？

言語只能傳達啃食我心靈的莫大驚懼與困惑。我認得這裡，我知道面前的是什麼，也清楚高塔崩塌為塵埃瓦礫、並化為沙漠前，上頭的景象為何。我邊打了個冷顫邊想到，現在不需要讓微弱的月光維持在視野之中了。

逃跑的渴望、強烈好奇與宿命般的驅動力在我心中相互拉扯。自從我夢中的時代後，數百萬年來，這座恐怖的古老巨城發生了什麼事？在城市地底連結所有巨塔的地底迷宮，還有多少部分在地殼變動中倖存呢？

我來到了深埋地底的不淨古老世界嗎？我還能找到撰寫師的房屋，以及斯格哈（S'gg'ha）在牆上空白處刻下特定圖片的高塔嗎？那個遭擄心靈，是來自南極、長有星形頭顱的肉食植物。導向地下第二層異域心靈大廳的通道，會不會還沒有遭到礫石掩埋，且能夠通行呢？那座大聽之中，有個擁有驚人物體的遭擄心靈，曾保有某個它用黏土做出的物體。它是一千八百萬年後的未來、某顆位於冥王星外未知星球的空曠地心中的居民，身體具有半可塑性。

我閉上眼睛，用手摀住頭部，無力又可憐地企圖將這些瘋狂的夢境片段，從我的意識中驅離。此時，我首次迅速感受到周圍空氣的涼意、動靜與潮溼。我顫抖著發現，在我遠方與腳下，必然有大量在數紀元中都一片漆黑的深淵。

我想到夢中駭人的房間、走廊與斜坡。通往中央資料庫的道路還能通行嗎？那股宿命驅動力不斷拉扯我的腦海，我則想起曾一度收藏在以不銹金屬製成的長方形存庫中的驚人紀錄。

根據夢境與傳說，裡頭存放了涵蓋宇宙時空連續體過去與未來的所有歷史，由太陽系每個星球與不同時代的遭擄心靈所寫。這聽起來當然十分瘋狂，但我不也踏入了和我一樣瘋狂的黑暗世界嗎？

我想到上鎖的金屬架，還得用奇特方式轉動球狀手把，才能打開架子，我自己的架子在腦海中鮮明地浮現。我經常穿越那充滿彎道的複雜路線，並壓下最底層的地球脊椎動物區存櫃！每項細節都令人感到新鮮又熟悉。

如果我夢中的存庫確實存在，我就能立刻打開它。此時我完全由失心瘋掌控，一瞬之後，我就跳過礫石堆，跌撞地走向熟悉的斜坡，往地底深處走去。

第七章

從那時開始，我就難以仰賴自己的記憶。的確，我依然焦慮地保有最終的一絲希望，認為那一切都是某種邪門夢境或因譫妄而產生的幻覺。我的腦中產生了一股狂熱，一切思緒彷彿都變得朦朧，有時這種狀況會斷斷續續地發生。

我手電筒的光線虛弱地照入吞沒一切的黑暗，熟悉的牆壁與雕刻如鬼影般一閃而逝，它們都流露出歲月的痕跡。有塊巨大穹頂落在某處，所以我得爬過一堆高聳石堆，高度幾乎延伸到長滿醜陋鐘乳石的崎嶇穹頂。

這是惡夢的高峰，偽記憶不祥的拉扯則使情況變得更糟，只有一點令我覺得陌生，也就是我與恐怖建物相較之下的尺寸差距。我萌生了一股不習慣的渺小，彷彿從區區人類身體中望向這些高聳石牆，是種全新的異常體驗。我一再緊張地往下看自己，對自己人類的軀體感到微微不安。

我跌跌撞撞地衝過深淵中的黑暗。我經常摔倒，並害自己撞傷，有次還差點摔壞手電筒。我認得那座邪惡深淵中的每顆石頭與轉角，也在許多位置停下，並用光線照過已經坍陷，卻令人熟悉的拱門。

有些房間已完全崩塌，其他房間則空無一物，或塞滿礫石。我在少數房間內看到金屬物體，有些完好無缺，有些上頭有破損痕跡，有些已完全遭到壓碎或擊毀。我認出它們是夢中的巨型臺座或桌子，但不敢猜測它們實際的功能。

我找到下坡，並開始往下爬，但過了一陣子後，一道邊緣不平整的裂隙便擋住了我，最窄的部分也不小於四英呎。石造結構曾落入這道裂口，露出底下深不見底的黑暗。

我知道這棟巨型建物中，還有另外兩座地下樓層，回想到最底層被金屬封條封住的活板門時，我就開始驚慌地顫抖。現在不可能有守衛存在，任何潛伏在底下的事物，其醜惡任務早已結束，並展開漫長的衰退過程，等人類之後的甲蟲種族出現時，它們早已全數死亡。不過，我一想到當地的傳說，就再度發起抖來。

我費了一番工夫，才跳過那道大張的裂口，因為我無法在滿布礫石的地板上助跑，但瘋狂依然驅使我前進。我選擇了靠近左側牆面的位置，那裡的裂縫最窄，落地點也沒有危險的碎石。在驚慌的一瞬後，我就安全抵達了另一端。

我終於抵達下層區域，並蹣跚地經過擺設機器的房間，裡頭留有奇異的金屬殘骸，半埋在塌下的穹頂之中。每個東西都待在我記憶中的位置，我也充滿信心地爬過擋住龐大橫向走廊的石堆。我知道，這條路能帶我進入城市底下的中央資料庫。

沿著那條擠滿碎石的走廊艱辛地跳躍攀爬時，無盡的歲月似乎在我面前展開。我經常能辨識出古老牆面上的雕刻，有些令我感到熟悉，其他則是在我夢境後的年代加上的。既然這是連結建築的地底通路，就只有在道路穿過不同建築物的地下樓層時，才會碰上拱門。

我在部分路口暫時停下腳步，望向再熟悉不過的走廊和房間。我只發現過和夢境中截然不同的情景兩次，在其中一個狀況中，我也能摸索出印象中的拱門輪廓。

當我急迫又猶豫地穿過其中一座無窗高塔遺跡的地窖時，我猛烈地顫抖，並感到一股阻撓自己的怪異虛弱感。高塔特異的玄武岩結構，透露出傳聞中的恐怖起源。

這座原始地窖呈圓形，直徑有兩百英呎，漆黑的石牆上沒有任何雕刻。此處的地板除了塵埃與沙子外，什麼都沒有，我也能看到通往上下的門口。那裡沒有樓梯或斜坡，在我的夢境中，偉大種族確實完全不會碰觸這些奇異古塔，建造高塔的對象不需要階梯或斜坡。

夢中，通往下方的門口被緊緊封死，也受到嚴加戒備。現在漆黑的門口往外大張，飄出一股潮濕的冷空氣。我不願讓自己去想，底下究竟有哪種永遠處於黑夜的無盡洞窟。

之後，我勉強沿著走廊落石堆積嚴重的部分爬行，並抵達一處屋頂完全坍陷的位置。碎石如山般堆疊，我則爬過石丘，穿過龐大的空曠空間，手電筒完全無法照出內部的牆壁或穹頂。我想，這肯定是金屬供應者的住宅地窖，地點位於離資料庫不遠的第三廣場前方。我猜不出這裡發生了什麼事。

我在礫石堆後再度找到走廊，但在一小段距離後，又遇到一處完全堵塞的位置，塌下的穹頂幾乎碰觸到搖搖欲墜的天花板。我不曉得自己是如何搬開足夠的石塊，以便清出通道，也不清楚自己怎麼敢移動緊密貼合在一起的碎石。只要平衡有一丁點歪斜，上頭數噸的建物就會把我壓扁。

如果整場地底冒險並不是我所希冀的恐怖幻覺或夢境，那麼我當時便全然是受到瘋狂驅策與指引，但我確實（或夢到自己這樣做）挖出了能勉強擠過的通道。我在礫石堆中扭動時，能感受到自己被上頭天花板上鋸齒狀的鐘乳石割傷，也將持續開啟的手電筒緊緊咬在口中。

我現在非常靠近龐大的地底資料庫建築，那裡似乎就是我的目的地。我滑行又攀爬到礫石堆另一側，並沿著走廊的殘存處走，手裡拿著斷斷續續打開的手電筒。最後我抵達一座低矮的圓形地窖，每道牆上都有敞開的拱門，整體的保存狀態依然驚人地完美。

我手電筒所照亮的牆壁遺跡，上頭布滿了密集的象形文字，還有典型的彎曲符號雕刻，有些是我夢境的時代過後才添加的。

我明白這就是自身命定的目的地，並立刻轉向熟悉的左側拱門，奇怪的是，我毫不猶豫地找到一條乾淨的通道，上下順著斜坡連接到所有尚存的樓層。這座受地球保護的龐大建物，容納了太陽系所有歷史，並由異常的工法和力量建造而成，能與太陽系維持同樣漫長的時間。

尺寸巨大的石磚因傑出的數學法則而維持平衡，並以強韌無比的水泥黏合，組成了和地球的岩石核心同樣堅固的結構。經歷了我無法體會的亙古歲月後，深埋地底的巨型建物依然完好無缺，滿布塵埃的龐大地板和別處不一樣，沒有那麼多碎石。

從這裡開始，相對輕鬆的路程對我產生了奇怪的影響。至今為止遭障礙物打亂的狂亂急迫，現在以狂熱的高速一湧而出，我沿著拱門外屋頂低矮的走廊全力衝刺，而且我十分熟悉此地。

我不再對熟悉此地感到訝異。寫滿象形文字的大型金屬架門板四處聳立，有些門依然立在原處，其他門則因過往的地質壓力而彎曲，卻不足以動搖巨型建物本身。

四處可見敞開的空架底下，有堆覆滿塵埃的物體，似乎顯示架內的箱子曾因地震而掉落。有些柱子上有大型符號或字母，象徵著典籍的分類與子分類。

有次我曾站在一處敞開存庫前，儘管遍布塵埃，我卻看到某些自己有印象的金屬箱依然放在原位。我伸出手，有些困難地拿出其中一只較為輕薄的箱子，並為了檢查而將它擺在地板上。上頭的標題以常見的彎曲象形文字寫成，不過字母排列的方式似乎有些微妙反常。

我相當熟悉古怪的鉤狀鎖，將依然無鏽且能正常使用的蓋子掀開，取出裡面的書本。如我所料，書本約莫有二十英吋長、十五英吋寬、兩英吋厚，可以從頂端打開薄金屬封面。

它堅韌的纖維製書頁，似乎並未受到經歷過的萬千歲月影響，我則抱持著有些激動且揮之不去的回憶，研究顏色怪異、以筆刷寫成的文字符號，它們不像常見的彎曲象形文字，或人類學術界已知的任何字母。

我發現，這是自己在夢中稍微認識的一名遭擄心靈所使用的語言，那個心靈來自某顆大型小行星，原本是某顆原始行星的碎片，有大量古老生命和知識在上頭倖存。此時，我想到這層資料庫專門存放非地球行星的資料典籍。

暫時停止閱讀這份驚人文件時，我發現手電筒的光線正開始轉弱，就迅速把總是帶在身上的電池裝入裡頭。得到更強勁的照明後，我繼續熱切地快速衝過無盡的走道與迴廊，三不五時會認出某些熟悉的架子，也對自己的腳步聲在古墓中發出不協調回音的聲音特質，感到有些惱怒。

我的鞋子在數千年無人踩踏的灰塵上留下的腳印，使我發起抖來。如果我瘋狂的夢境屬實，那麼先前便從未有人類涉足那些古老路面。

我的主觀意識完全不曉得瘋狂的自己要跑向哪，不過，某種強烈的邪惡力量正拉扯著我迷濛的意志和潛藏的回憶，因此我隱約覺得自己並非隨意亂跑。

我來到一處下坡，並沿著它走到更深處，當我奔跑時，不同樓層在我身邊一閃而逝，但我沒有停下來探索它們。在我混亂的腦海中，開始響起了一股明確節奏，使我的右手隨著節奏顫動。我想解鎖某種東西，也覺得自己曉得所有開鎖必備的扭轉和擠壓方式，它像是擁有密碼鎖的現代保險箱。

無論是否在夢境中，我都曾知道開鎖的方式，現在也一樣。我沒有試圖向自己解釋，為何在夢境或無意識下得知的傳說片段，會讓我知曉如此細微又複雜的細節，我全然失去了邏輯思維。因為，除了無比熟悉此未知遺跡，以及夢境和傳說片段暗示我的所有完整細節外——這整場經驗不正是超脫理性的恐怖事件嗎？

我當時的基本信念，和我現在較為理智的時刻一樣，認為我並未醒來，而整座地底城市都只是發燒產生的幻覺片段。

最後，我抵達了最底層，並往斜坡右側出發。由於某種隱晦的原因，即使速度會因此變慢，我仍試著放輕腳步，在這最後一座深埋地底的樓層，有個我害怕跨越的空間。

靠近它時，我便想起自己害怕那空間中的什麼了，那是座用金屬環帶封死，並受到嚴格看守的活板門。現在不會有守衛了，因此我邊發抖、邊墊起腳尖，就像先前經過那座漆黑玄武岩地窖時一樣，裡頭也有座相似的敞開活板門。

我察覺到一股先前感受過的潮濕冷空氣，也希望自己的路線是往別的方向，我不明白為何自己得走這條路線。

我來到那空間時，便看到活板門完全敞開。前方再度出現架子，在其中一只架子前的地板上，我瞥見了一堆覆蓋了細塵的東西，有許多箱子最近曾落在該處。此時，全新的慌張感攫住我心頭，然而我一時卻找不出原因。

成堆的掉落箱子並不少見，太古以來，這座無光迷宮曾遭受多次地質變動侵襲，每隔一段時間，便會響起物體墜落的驚天巨響。當我快要穿越那座空間時，才明白自己為何如此劇烈地顫抖。

使我感到緊張的並不是那堆東西，而是跟平坦地面的塵埃有關的某種跡象。在我的手電筒燈光下，那層塵埃似乎並不平整，有些地方看起來較薄，彷彿不到幾個月前時曾被攪亂過。我無法確定，因為就算是明顯較薄的部分，依然積有厚重塵埃，但原應不平整的區域，卻出現了規律的跡象，這使我感到極度不安。

當我將手電筒移近其中一處古怪位置時，便厭惡起自己看到的景象：有股非常強烈的規律感。上頭彷彿有某種混合壓痕的規律線條：有三個壓痕，每個都約莫有一平方英吋寬，由五個近乎圓形的三英吋印痕構成，其中一個圓形痕跡位於其他四個前方。

這些可疑的一平方英呎壓痕線條似乎通往兩個方向，彷彿有東西去了別處，然後折返。痕跡自然相當模糊，也可能只是錯覺或意外，但我覺得它們蔓延的方式，有某種曖昧不明的恐怖感。痕跡一端，有堆肯定是不久前落下的箱子，另一端則是飄出冰涼濕風的陰森活板門，在無人看守的狀況下，往超越想像的地底深淵敞開。

第八章

從我的恐懼遭到抑制這點，可以看出我怪異的衝動深邃又強勁。見到那些醜惡印記，又因此激起潛藏的夢境回憶後，任何理性動機都無法驅使我前進。但即使我的右手因畏懼而搖晃，也依然急切地帶著顫動旋律，企圖打開它想找到的鎖。察覺之前，我就已經跨過先前落下的箱子，躡手躡腳地穿越塵埃完好如初的走道，前往我似乎病態般熟識的地點。

我的內心詢問自己各種問題，我也才剛開始猜測這些問題的起源與重要性。人類軀體能觸碰那座架子嗎？我的人手能掌握太古回憶中開鎖的所有動作嗎？那道鎖依舊毫髮無傷，並能正常運作嗎？既然我現在開始明白了真相，我該怎麼做？我又怎麼敢處理自己希冀又害怕發現的東西呢？它會是超越常人理解、又足以粉碎大腦的真相，或證明我只是在做夢呢？

下一秒，我就停止躡手躡腳地奔跑，一動也不動地站著，並盯著一排我無比熟悉的架子，上頭寫滿了象形文字。它們的保存狀態近乎完美，這個區域也只有三道門是打開的。

我難以形容對這些架子的感受，那是種持續不斷的情感，彷彿見到了老熟人。我抬頭往高處看一排接近頂端的架子，它完全不在我的可觸範圍內，我想知道的是，自己該如何順利攀爬上去。隔了四排架子的底部敞開門口或許能幫忙，封閉門扉上的鎖，也能作為手腳的抓握處。我用牙齒咬住手電筒，和我在其他地方需要雙手時一樣，最重要的是，我絕對不能出聲。

將我想取得的東西搬下去，會是個艱困的任務，但我或許能把它可拆卸的鎖勾在我的大衣領子上，把它像背包一樣背起來。我再度對鎖是否損壞感到好奇，我毫不質疑自己能重複熟悉的動作，但我希望那道鎖不會掉落或裂開，也希望自己的手能恰當地使用它。

我想到這些事時，已經將手電筒塞入口中，並開始攀爬了。向外突出的鎖是糟糕的支撐物，但如我所料的是，敞開的架子幫了大忙。我用搖擺著的門板與門框本身的邊緣支撐自己向上爬，也沒有發出任何過大的噪音。

我靠在門板的上層邊緣維持平衡，並靠往右邊遠處，便剛好能觸及我找尋的鎖。我因攀爬而有些麻木的手指，剛開始非常笨拙，但我很快便發現，手指的生理結構足以應付這項工作，手指也熟識記憶中的規則動作。

複雜的祕密動作竄出未知的時間深淵，將每項正確細節都傳送到我腦中，嘗試了不到五分鐘後，就傳來一陣熟悉的喀噠聲，這出乎意料的聲響使我感到更為訝異。下一刻，金屬門就緩緩打開，也只發出最細微的摩擦聲。

我有些暈眩地望向暴露在外的一排灰色盒子，並感到一股全然無法解釋的情感大量湧現。有只箱子位在我右手可及的範圍內，上頭的彎曲象形文字使我顫抖地察覺到一股痛楚，感受比單純的恐懼還要強烈。依舊顫抖的我，成功地將它取出，並揚起了大量灰色塵埃。我將箱子移到身邊，沒有造成任何噪音。

和我碰過的其他箱子一樣，這只箱子長約二十英吋，寬十五英吋，上頭刻有彎曲的數學符號淺浮雕，厚度稍微超過三英吋。

我勉強將它塞到自己與攀爬的平面之間，並摸索著扣環，最後終於解開了鉤子。我掀開蓋子，將沉重的物體移到我背部，並讓鉤子勾住我的衣領。雙手空出來後，我笨拙地爬到積滿灰塵的地面，準備檢視自己的戰利品。

我跪在骯髒的塵埃中，把盒子轉過來並放在面前。我的雙手顫抖，也害怕取出裡頭的書，儘管我渴望這樣做，也對此感受到強烈驅使。我逐漸明白自己應該找到什麼，這項理解也幾乎使我感到癱瘓。

如果那東西在裡頭，我也沒作夢的話，背後的意義便遠遠超出人類精神能承受的範疇。最讓我感到煎熬的，則是在剎那間無法認為我周圍的東西只是夢境。現實的感受相當醜陋，且當我回想起那片景象時，就再度產生相同的感受。

最後，我顫抖著把書從盒中取出，並驚奇地盯著封面上熟悉的象形文字。它的保存狀況絕佳，書名彎曲的字母，使我陷入宛如受到催眠的狀態，彷彿我能理解文字的意思。我確實無法發誓說，自己沒有透過某種短暫又駭人的異常回憶來閱讀它們。

我不曉得過了多久，自己才敢掀開那塊薄金屬蓋，我拖延時間，並為自己找藉口。我從口中取出手電筒，並關閉它以節省電力，接著在黑暗中，我終於鼓起勇氣，在沒有開燈的狀況下掀開蓋子。最後，我確實往暴露出的書頁打上燈光，並提前穩住自己，以便在見到內容物時，不讓自己發出任何聲音。

我看了一下，接著就此倒地，不過我咬緊牙關，並保持緘默，我整個人倒在地上，並在無窮黑暗中用手摀住前額。使我感到畏懼、也在預料中的東西就在面前，我要不是在做夢，就是時空已成了荒誕笑話。

我一定在做夢，但我得將這東西帶回去，讓我兒子檢查是否屬實，以測試這段惡夢的真實性。即使濃密的黑暗中，沒有任何可見物體在我身邊盤旋，我依然感到暈頭轉向。極度恐怖的想法與畫面，受到我瞥見的東西帶來的思緒所激發，開始襲上我心頭，並遮蔽了我的感官。

我想到塵埃中的模糊痕跡，也因自己的呼吸聲而打起冷顫。我再度將燈光打在書頁上，像蛇的獵物般，望向掠食者的雙眼與獠牙。

接著，我在黑暗中用笨拙的手指闔上書本，將它放回盒中，並關上蓋子與奇特的鉤狀鎖。如果這東西確實存在，我就得將它帶到外界，前提是，這座深淵確實存在，我和世界本身也必須真正存在。

我無法確定自己何時才勉強站起身，並踏上回程。奇怪的是，在地底的驚魂數小時中，我從來沒看過自己的錶，這點本可用於評估我脫離正常世界的感受。

我拿著手電筒，一支手臂夾著不祥的箱子，帶著某種沉默的慌張感踮起腳尖，穿過飄出氣流的深淵與模糊足跡。爬上無盡斜坡時，我就放鬆了警戒，卻無法甩掉自己在往下走時，從未感受到的心理陰影。

我畏懼得重新穿過比城市還古老的漆黑玄武岩古墓，該處的冷空氣從無人看守的深處飄出。無論它們是否虛弱且瀕臨死亡，我想到偉大種族害怕的東西，以及可能還潛伏在地底的事物。我想到那些附有五個圓痕的足跡，以及夢境中對這類足跡的解釋，還有與它們有關的怪風和哨音。我也想到當代黑人的傳說，這些故事與恐怖強風和無名的地底遺跡有關。

根據牆上雕刻的一個記號，我得知該走入哪座樓層，而在經過先前檢查過的另一本書後，我終於抵達建有分支拱門的圓形大空間，我立刻認出右邊那來程時曾穿過的拱門。我進入這道門，十分清楚由於資料庫外建物的坍陷狀態，剩餘路程將更難走。我新取得的金屬箱帶來了負擔，也發現在碎石與各種瓦礫間蹣跚行走時，越來越難保持安靜。

接著我抵達了和天花板齊高的礫石堆，之前自己曾在其中挖出了一條狹窄通道。再度扭動穿過通道時，我的恐懼達到高點，因為挖開第一條通道時，我曾製造出一些聲響，而在看到那些模糊足跡後，我便極度害怕發出聲響，箱子也增加了穿越狹窄縫隙的困難度。

但我盡快爬過障礙物，並將箱子推到前方的裂隙。接著我把手電筒塞入口中，自己爬了過去，背部也和之前一樣遭到鐘乳石劃傷。

當我試圖再度抓起箱子時，它摔落到我前方的礫石斜坡下，發出了令人不安的撞擊聲與回音，使我冷汗直流。我立刻衝向它，並在沒有造成其他聲響的狀況下重新抓起箱子，但那一瞬間，我腳下滑落的石磚，突然發出了前所未聞的噪音。

這股噪音為我帶來危機，因為無論那是不是幻覺，我都認為自己聽到後方遠處的空間，傳來了駭人的回應。我彷彿聽見尖銳的哨音，完全不像世上該有的聲響，也超出任何言語能形容的範疇。如果屬實，隨後發生的事便相當諷刺，因為，要不是對這件事產生的驚慌，可能就不會發生第二件事。

當時，我的慌張強烈且無法平復。我拿起手電筒，並虛弱地抓著箱子，狂野地往前跳去，腦中除了從這些惡夢般的遺跡，衝到上頭遠方清醒世界中的沙漠與月光之外，別無其他想法。當我抵達頂端延伸到塌陷屋頂外那黑暗中的礫石堆時，自己幾乎沒意識到這點，還在攀爬以不平整的石塊和碎石組成的斜坡時，一再撞傷與割傷自己。

接著大難降臨。當我盲目地穿越丘頂，卻沒有預料到前方突然下降的斜坡時，我的腳滑了一跤，自己則與諸多石塊一同如山崩般滑落，如砲火般響亮的巨響，產生了一連串驚天動地的回音，劃破了黑色洞窟中的空氣。

我不記得自己是如何從這場混亂中脫身的，但在短暫的回憶片段中，我和落石一同翻滾掉落，但箱子與手電筒依然在我身上。

接著，正當我接近那座自己害怕的原始玄武岩古墓時，終極瘋狂就此出現。山崩的回音消散時，我先前曾以為自己聽到的那股駭人的怪異哨音，便不斷迴響而出。這次它毫無疑問地存在，更糟糕的是，它並非從我後方傳來，而是從**前方飄來**。

當時我可能放聲尖叫了。在我的模糊記憶中，自己衝過古老生物的恐怖玄武岩地窖，並聽到那股來自無垠黑暗的可憎怪聲，從無人看守的敞開門口傳來。隨之出現的還有一股風，不只是濕冷的氣流，還有猛烈強勁的暴風，它從那座邪惡深淵中蠻橫冷冽地吹出，不祥的哨音也出自同處。

有些回憶中，我跳過各種障礙物，強風與尖銳聲響則不斷增強，也似乎刻意繚繞在我周圍，同時歹毒地從後方與下方空間竄出。

不過在我身後，強風產生了古怪的阻礙效果，而非幫助我逃跑，彷彿它是套在我身上的繩圈或套索。我無視自己發出的聲音，喀噠作響地爬過龐大石牆，再度踏入通往地面的建築物。

我記得自己瞥見了導向機器室的拱門，並在看到下坡時幾乎大叫出來，其中一道活板門肯定就在底下兩層樓的位置敞開著。但我沒有叫出聲，反而一再對自己低聲咕噥，說這一切只是場夢，我得趕快醒來，或許我在營地，或許我在阿卡漢家中。當這些希望激起了我的理智後，我便再度踏上導向上方樓層的斜坡。

我自然清楚，自己得重新跨越四英呎寬的裂隙，但由於其他惱人的恐懼，一直到我幾乎抵達裂隙，才想起這裡的恐怖。往下走時，跳過去很容易，但往上坡走時，也因畏懼、疲勞與金屬箱的重量而受到拖累，何況遭魔風往後拉扯時，要如何和先前一樣輕易跳過裂口呢？我在最後一刻想到這些事，也想到躲藏在懸崖下漆黑深淵中的無名生物。

我搖晃的手電筒光線逐漸轉弱，但透過某種曖昧不明的回憶，我得知自己已經靠近懸崖了。我身後的冷冽強風、和令人作嘔的尖銳哨音，在那一瞬間就像是慈悲的鴉片，減輕了我對前方深淵恐怖的想像。接著我察覺到前方增強的大風和哨音：可憎邪物從無可想像的深處，沿著懸崖往上竄出。

現在，純粹的惡夢精髓確實落在我身上。失去理智的我，忽視了動物性的逃跑衝動以外的所有思緒，我奮力往上衝過斜坡上的碎石，彷彿深淵並不存在。接著我看到懸崖邊緣，並用上全身每絲力氣，狂亂地一跳，也立刻被地獄般的噁心聲響漩渦、與實體化的有形黑暗完全包覆。

根據我的回憶，這就是我經驗的盡頭，任何之後的印象，全都是虛無飄渺的幻覺。夢境、瘋狂與記憶狂放地合為一體，化為一連串支離破碎的奇異幻象，和任何真實事物都毫無關聯。

我在具有意識的黏稠黑暗中墜落，穿越無可計量的距離，身邊環繞與我們所知的地球，和上頭的有機生命完全不同的魔音。潛伏的基礎感官似乎在我體內甦醒，訴說起擠滿漂浮怪物的坑洞與虛空，並導向毫無陽光的裂隙與海洋，和滿是玄武岩無窗高塔的大型都市，從未有光芒灑落在這些高塔上。

原始地球與它度過的亙古歲月中的祕密，在缺乏視覺或聽覺的狀況下閃過我腦中，我也得知了先前最狂野的夢境中，從未暗示過的事物。同時，冰冷的濕氣緊抓並摸索著我，那古老的邪門哨音則狂亂尖鳴，音量高過周邊黑暗漩渦中所有喧囂魔音。

之後出現了我夢中的雄偉城市，並非廢墟，而是像我先前夢境中的狀態。我再度回到圓錐形的非人軀體中，並混在偉大種族的大量成員與遭擄心靈之中，它們帶著書本，在高聳的走廊和龐大斜坡中上下走動。

接著施加在這些影像上的，則是一閃而逝的非視覺意識，其中包含了焦急掙扎，企圖扭動擺脫呼嘯強風的觸手，如蝙蝠般飛越半固態的空氣，狂熱地穿過龍捲風肆虐的黑暗，並瘋狂爬過掉落的建物結構。

某股奇特的入侵式視覺景象曾一度出現：那是微弱又瀰漫開來的藍光，源自上頭遠方。接著浮現了充滿風的夢：我被追逐時向上攀登又爬行。我鑽進一道輕蔑的月光，穿過大量礫石，礫石隨即在我身後崩塌，落入病態的颶風。令人發狂的月光，發出邪惡又單調的波動，它讓我明白，自己已回到客觀的清醒世界。

我匍匐爬行，穿越澳洲沙漠中的砂礫，身邊則響起猛烈風聲，而我從未在地球表面聽過這種聲響。我的衣服被扯得稀爛，全身也佈滿瘀青與割傷。

完整意識恢復得非常緩慢，我也不曉得幻夢何時消失、真實記憶又從何展開。似乎有一堆巨石，底下還有座深淵，來自過去的恐怖真相，最後則出現了恐怖惡夢——但有多少是事實？我的手電筒遺失了，還有我可能發現過的金屬箱。真的有這種箱子、或是深淵、或石堆嗎？我抬起頭，往身後看，只看見荒涼起伏的大漠砂礫。

魔風已然止息，帶有真菌色彩的腫脹月亮，則冒著紅光沉入西方。我站起身，開始蹣跚地往西南方的營地走去。我身上究竟發生了什麼事？我只是在沙漠中昏倒，還拖行了惡夢纏身的軀體，跨越上英哩的沙漠和埋在沙中的石磚嗎？如果不是的話，我要怎麼繼續活下去？

在這股新的質疑中，對自己的夢境是由神話催生的幻象這個想法，已再度於先前的駭人疑慮中消失，如果深淵確實存在，那麼偉大種族也是真的，它們穿越如宇宙般寬闊的時間漩流、進行不淨的旅行與綁架行為這件事，就並非神話或惡夢，而是令人膽戰心驚的可怕真相。

恐怖的是，難道我在失憶症令人困惑的黑暗時期中，確實被拖進了一億五千萬年前、在人類出現之前的世界？我的現代身體，曾成為穿越太古歲月的可怖異種心靈寄宿的軀殼嗎？

做為遭這些緩行怪物俘虜的心靈，難道我的確熟識可憎的石砌城市在遠古全盛期的模樣，並藉由綁架者的噁心肉體，蠕動著走過那些熟悉的走廊嗎？那些折磨我二十年以上的惡夢，難道是恐怖回憶的產物嗎？

我是否真的曾與來自無垠時空各角落的心靈談話，並得知宇宙從過去到未來的祕密，並寫下自身世界的歷史，再將之存放在巨型資料庫中的金屬箱？而那些東西——發出魔風與邪惡尖鳴的駭人古老生物，是否的確是某種潛伏在黑暗中的威脅？它們在黑暗深淵中等待，並緩緩變弱，狀態各異的生命體，則在地球歷經亙古歲月的地表上，經歷了數百萬年的演化過程。

我不知道，如果深淵與我看到的東西屬實，希望便不復存在。的確，一股超越時間的驚人黑影，已輕蔑地籠罩人類世界，但幸運的是，沒有任何證據能證明，這些不過是我受到神話影響的夢所產生的新內容。我沒有攜回能作為佐證的金屬箱，目前為止也沒有人找到那些地下走廊。

如果宇宙法則具有良善本質，就永遠不會有人發現那些東西。但我得告訴我兒子自己看到、或自認看到的東西，並讓他以心理學家的身分，評估我經驗中的真實性，並將這紀錄與他人分享。

我提過，自己多年來酷刑般夢境後的駭人真相，完全取決於我自認在巨型地底遺跡中所見事物的真實性。我難以親筆寫下那件重要真相，不過讀者都能猜出答案。當然了，它來自金屬箱中的那本書，也就是我從存放處挖出的東西，那裡已堆疊了上百萬世紀以來的塵埃。

自從人類在這座星球上出現後，就沒有眼睛看過、也沒有手碰過那本書。然而，當我在可怖深淵中將手電筒照到上頭時，就發現因歲月而轉為褐色的脆弱纖維書頁上，那些色彩古怪的文字，並非地球早期時代的無名象形文字。反而是我們熟悉的字母，是我自己的筆跡寫下的英文語句。

New Black 005

無名之城

H.P. Lovecraft短篇怪談選＋克蘇魯神話故事傑作選（全新重譯版）

The nameless city and other stories.

作　　者　H.P. 洛夫克拉夫特（H.P. Lovecraft）
譯　　者　李函
責任編輯　簡欣彥
行銷助理　許凱棣
封面設計　傅文豪
內頁構成　李秀菊

總 編 輯　簡欣彥
社　　長　郭重興
發行人兼出版總監　曾大福
出　　版　遠足文化事業股份有限公司 堡壘文化
地　　址　231新北市新店區民權路108-2號9樓
電　　話　02-22181417
傳　　真　02-22188057
Email　service@bookrep.com.tw
郵撥帳號　19504465
客服專線　0800-221-029
網　　址　http://www.bookrep.com.tw
法律顧問　華洋法律事務所　蘇文生律師
印　　製　呈靖彩藝有限公司
初版1刷　2021年12月
定　　價　新臺幣440元
ISBN　978-626-95266-5-9
978-626-95266-4-2（Pdf）
978-626-95266-6-6（Epub）

國家圖書館出版品預行編目（CIP）資料

無名之城：H.P. Lovecraft短篇怪談選＋克蘇魯神話故事傑作選／H.P. 洛夫克拉夫特（H.P. Lovecraft）著；李函譯. -- 初版. -- 新北市：遠足文化事業股份有限公司堡壘文化, 2021.12
面；　公分. -- (New black ; 5)
譯自：The nameless city and other stories.
ISBN 978-626-95266-5-9（平裝）

874.57　　110018474